DIE BÜCHER MIT DEM BLAUEN BAND

Nataly Savina wurde in Riga geboren und ist in Finnland und Deutschland aufgewachsen. Nach ihrem Diplom in Kulturwissenschaften und dem darauffolgenden Drehbuchstudium an der Deutschen Film- und Fernsehakademie Berlin (dffb) gelang ihr mit dem Jugendroman »Herbstattacke« (»Die besten 7 Bücher für junge Leser«) der erfolgreiche Einstieg als Romanautorin. Darauf folgte der mit dem Peter-Härtling-Preis ausgezeichnete Roman »Love Alice«. Seit 2009 arbeitet sie zudem als Drehbuchautorin und Dramaturgin für verschiedene Filmförderanstalten und freie Produktionsfirmen im In- und Ausland. Nataly Savina lebt mit ihrer Familie in Berlin.

Weitere Informationen zum Kinder- und Jugendbuchprogramm der S. Fischer Verlage finden sich auf *www.fischerverlage.de*

NATALY ELISABETH SAVINA

MEINE BESTE Bitch

FISCHER

DIE BÜCHER MIT DEM BLAUEN BAND
Herausgegeben von Tilman Spreckelsen

MIX
Papier aus verantwortungsvollen Quellen
FSC® C014496
FSC
www.fsc.org

Erschienen bei FISCHER

Lektorat: Alexandra Rak

Umschlaggestaltung: Annemarie Seidel
unter Verwendung eines Fotos von Claudia Becker und Nataly Savina
Satz: Pinkuin Satz und Datentechnik, Berlin
Druck und Bindung: GGP Media GmbH, Pösneck
Printed in Germany
ISBN 978-3-7373-4139-4

Für Mama

Lose yourself but don't lose your mind
Somewhere out there in between
The moon and the sea
I'll be waiting for you my dear
Just wait and see

›Wait for me‹, Sean Lennon, 2006

NIKE

Unsere Kleinstadt liegt an einem großen See. Wir lebten auf der Südseite, in der besseren Hälfte der Stadt, wo das Wasserwerk von einer natürlichen Quelle gespeist wird. Unsere Straße wurde von Fliederbüschen und Kirschbäumen gesäumt, unser Viertel zwischen Fachwerkhäusern, einem mittelalterlichen Friedhof und den Resten einer Stadtmauer eingeklemmt. Meine Mutter blickte gerne von unserem Balkon auf den Friedhof. Stolz und erhaben wie eine Herrscherin stand sie da, fest überzeugt, dass man auf einem Friedhof die Energie tanken konnte, die man zum Leben brauchte – weil die dort »frei von Urteil und voller Gelassenheit« aus dem Boden stieg, wie sie meinte.

»Jeder, der mit den eigenen Ressourcen nicht zu Rande

kommt, kann sie da aufsaugen. Osmotisch, ganz natürlich«, fachsimpelte meine Mutter und fügte verdrießlich hinzu: »Unbemerkt und ohne Dank.«
Undankbarkeit war für sie zum Lieblingsthema geworden, seit sie immer häufiger mit meinem Vater stritt. Ich nahm die Worte meiner Mutter ernst und versuchte auf dem Friedhof die innere Ruhe zu finden, die mir fehlte. Das Gelände ließ sich in einer Viertelstunde umrunden. Es roch dort nach feuchter Erde und Fichtennadeln, manchmal huschte eine Maus von einem Busch zum anderen. Mein Lieblingsbaum unweit des Eingangs sah aus wie ein nacktes Paar, das sich im Stehen umarmt. Deutlich sah man den dicken Frauenhintern, dessen grobe Baumrinde zwischen den Backen aufgeplatzt war und das helle, glatte Holz darunter preisgab. Die verästelten Köpfe waren dicht miteinander verwachsen. In der Armbeuge des Baummannes lebte ein Eichhörnchen. Ich versuchte ein paarmal, es zu füttern, aber es nahm die Nüsse nicht. Der Spaziergang auf den Friedhof entspannte mich. Abseits der Gräber und Wege überfiel mich jedoch oft eine Unruhe, gegen die ich machtlos war.

Es fing schon als Kind an, dass ich nicht zur Ruhe kam. Ich konnte mich genau erinnern. Mein Vater behauptete, dass ich diese Angst erst in mir trug, seitdem meine Mutter nur knapp den Scherenangriff eines Patienten überlebt hatte. Wir haben es nie geschafft, uns darauf zu einigen, seit wann genau die Panik in mir loderte – meine Mutter arbeitet auch heute noch als Psychiaterin auf der Geschlossenen. Damals, kurz nachdem es passierte, begannen irgendwo in Russland die Wälder zu brennen. Die Schlagzeilen im Internet waren voll davon, sie wirbelten um mich, kreisten mich ein. Vielleicht hatte ein bösartiger Algorithmus sie extra für mich herausgefiltert. Das Feuer jedenfalls ließ sich nicht beherrschen, immer flammten neue Brandherde auf. Ich las alles darüber und spürte, dass auch meine Haut brannte, von innen, für andere nicht sichtbar. Mit dem Gesicht zur Decke, die Beine ausgestreckt, lag ich mit dem Rechner im Bett und stellte mir die Birken vor. Wie sie funkengeschmückt erst silbergrau waren und dann pechschwarz wurden. Wie die Vögel, Mäuse und Blindschleichen in schwelender Hitze vertrockneten, bevor sie vom Feuer verschlungen wurden. Ich stellte mir all die schwarzverkohlten, übelriechenden leblosen Details vor, nur um nicht darüber nachzudenken, dass meine Mutter fast getötet worden war. Aber irgendwann wurde mir das Feuerknistern in meinem Zimmer zu viel. Ich kroch aus den Laken und hastete wie getrieben aus der Tür durch die verzweigten kleinen Straßen bis in unsere beengte, klaustrophobisch aufgeräumte Innenstadt.

An meinem Gymnasium wurde gestreikt, wie an allen anderen Schulen in der Umgebung auch. Auf dem größten Platz der Kleinstadt brüllten die hübschen Jungs aus der Oberstufe abwechselnd Parolen in das Megaphon, während kluge Mädchen mit klobigen Stiefeln Unterschriften für den zuständigen Kultusminister sammelten. Die meisten wirkten älter als ich. Seit meiner Geburt war ich so hager, dass ich neben Gleichaltrigen wie eine Mittelstufenschülerin daherkam. Meine Mutter behauptete, es sei ihr früher peinlich gewesen, mit mir auf die Straße zu gehen, weil es so aussah, als würde sie mir nicht genug zu essen geben.

Ich schob mich in die Menschenmasse und machte ein Gesicht, als würde ich jemanden suchen. In Wirklichkeit irrte ich alleine und orientierungslos herum. Die ins Megaphon gegrölten Reden deprimierten mich. Die Welt schien wieder ein Stück schlimmer geworden zu sein. Es gab kein Entkommen. Es war laut. Zwischen den Demonstranten fühlte ich die ohnmächtige Wut von allen, blieb stehen, folgte einem kindischen Impuls, hob mein Bein und stampfte mit dem Fuß auf, so heftig ich konnte. So, wie ich das von wütenden Zeichentricktieren kannte. Anstatt einen tiefen Riss in die gepflasterte Altstadt zu sprengen, traf ich aber nur einen Farbeimer. Lila Brühe lief über ein schneeweißes Laken, das ein fotogenes Transparent werden sollte. Aufgebrachte Stimmen ließen mich zusammenfahren wie ein ertapptes Frettchen. Die empörte Gruppe Protestmaler wuselte um mich herum, jemand schubste mich unsanft zur Seite. Meine Hände wurden feucht, der Muskel in meiner Brust pumpte wie ein Presslufthammer.

Doch dann, noch bevor ich sie sah, legte Nikes Stimme sich von oben wie eine weiche Schutzdecke über mich.
»Hey, Schnauze, stellt euch nicht so an, lasst sie in Ruhe!«, rief sie von einer kleinen Stehleiter in das empörte Schimpfen hinein.
Sie versuchte gerade erfolglos, eines der Transparente an einer Hauswand zu befestigen. Das Laken löste sich und schwappte mit der farbfeuchten Seite über ihre nackte Schulter. Nike lachte, wischte sich mit der Hand ab, stieg von der Leiter und rührte mit einem breiten Pinselstab in der verschütteten Farbe, um sie dünn auf dem Laken zu verteilen. Ich stand unschlüssig daneben. Nike trat einen Schritt auf mich zu und streckte mir ihre Hand mit dem Pinsel entgegen. Sie hatte lange braune Haare und einen athletischen, geschmeidigen Körper mit hübschen Beinen, die unterhalb ihres kurzen Rockes mit blauen Farbpunkten gesprenkelt waren.
»Wunschpunkte«, sagte ich, zu leise, Nike hörte mich nicht.

Wenn Nike etwas sagte, drang immer ein Geruch von Mandeln und gezuckerten Orangen aus ihrem Mund. Und wenn Nike etwas wichtig war, kam sie ganz nah. Ihre Augen leuchteten giftgrün und stachen mitten hindurch, durch jeden, der ihr zuhörte.
Nicht unbedingt sofort, erst etwas später dann, aber durch Nike wurde mir klar, dass Menschen mit grünen

Augen anders sind als die anderen. Tief in ihrem Inneren wissen sie mehr. Wie Außerirdische, die nur für eine bestimmte Zeit auf die Erde kommen.

An dem Tag, als wir uns das erste Mal begegneten, machte ich einen Schritt auf Nike zu und nahm den Pinsel, ohne meinen Blick von ihrem abzuwenden. In den nächsten Stunden pinselten wir gemeinsam im Akkord Sprüche auf Baumwollfetzen und banden sie an lange Stöcke, damit die Protestler sie in die Höhe halten konnten.

»Schneller!«, riefen uns die Oberstufenschüler zu und schoben immer wieder neue Laken oder Kartons unter die Pinsel, »Super Spruch!« »Direkt noch so einen!« »Da ist einer von der Zeitung, mach ein Foto!« »Nein, nein, das wollte ich in Rot!!!«

Ich blieb bis zum späten Nachmittag bei Nike, die meisten anderen waren da schon gegangen. Dann half ich ihr beim Aufräumen. Wir stopften die verschmierten Pinsel, Lackrollen und leeren Farbtuben in eine alte Plastiktüte, hängten sie an Nikes Fahrrad und suchten nach einem Mülleimer. Doch keine der orangefarbenen Tonnen war leer genug. Wir liefen von einer Laterne zur nächsten, starrten auf die überquellenden Öffnungen der Müllschlucker und lachten darüber, dass wir unseren politisierten Müll nicht loswurden.

Nike war ein Jahr älter als ich und würde noch in diesem Jahr ihr Abitur machen. Sie ging auf das Mädchengymnasium, weil ihre Eltern der Meinung waren, dass es sich ohne Jungs im Klassenraum besser lernen ließ. Auch Nike war davon überzeugt. Ich erzählte ihr, dass ich mir immer einen Jungen pro Jahrgang aussuchte. Den beobachtete ich dann im Unterricht und ärgerte ihn mit kleinen Randbemerkungen. Die Methode hatte sich bewährt, um mich für den frühmorgendlichen Gang zur Schule halbwegs zu motivieren. Ich erzählte Nike auch von dem russischen Austauschschüler, der keiner mehr war, weil er seit diesem Jahr fest in unsere Klasse ging. Er war mein aktueller Kandidat.

Vor ein paar Wochen hatte ich mich mit ihm auf dem Hügel im Stadtpark getroffen. Wir waren eine Weile nebeneinanderher gelaufen und standen dann ewig in der Nähe einer Laterne herum, bis er sich ein Herz fasste und mich küsste. Er küsste so weich und so hilflos, dass ich Lust bekam, ihm heftig auf den Rücken zu hauen. Was ich nicht machte, ich stellte mir aber vor, ich hätte ein langes Messer in der Hand. Ohne dass der russische Austauschschüler es bemerkte, tat ich so, als würde ich ihn hinterrücks erstechen. Hack, hack, hack.

»Wie bei Hitchcock«, sagte ich.

»Du bist ein Weirdo«, sagte Nike und lachte.

Dann erzählte ich Nike von Achim Borkmann. Nachdem er mich in einer Mittagspause darauf aufmerksam gemacht hatte, dass ich was Grünes zwischen den Zähnen hatte, war er mein Vertrauter. Für meine Versetzungen sorgte er sogar schon seit der ersten Klasse. Er ließ mich abschreiben, und in den Pausen fütterte er mich immer mit seinen Chips mit Rauchgeschmack.

»Jungs in der Schule können durchaus nützlich sein«, sagte ich. »So loyal ist keine Frau.«

Dessen ungeachtet blieb Nike bei ihrer These, dass Jungs laut sind und stinken.

»Es sind die Hormone, die können nicht einmal was dafür«, meinte sie großzügig.

Wir spazierten durch die Stadt und strandeten auf meinem Hitchcock-Hügel im Stadtpark. Nike legte ihr Fahrrad zur Seite, und wir setzten uns nebeneinander ins Gras.

In unserer Kleinstadt konkurrierte der Stadtpark üblicherweise mit der Südseepromenade. Pärchen und junge Kinderwagenmütter bevölkerten beide Orte. Sie zogen wie Serienzombies kiesknirschende, gleichmäßig zähe Kreise über die Wege. Ihr Giggeln und Geschnatter bestimmte die Akustik genauso wie das Vogelgezwitscher. Am späten Nachmittag war der mäßig beleuchtete Stadtpark jedoch vollkommen ausgestorben. Hinter dem Park begann der Berg, auf den ich trotz der angeblich berühmten Spazierpfade nie ging, weil er steil, langweilig und dunkel war. Dann kam das Industriegebiet und dahinter nur noch ein Flickenteppich aus pestizidverseuchten Weizenfeldern mit einer Landstraße, die ins Nichts führte. Der Hitchcock-Hügel im Stadtpark grenzte mit einer Seite an die vierspurige Straße an, die aus unserer Provinz hinausführte. Eine Weile lauschten wir dem rauschenden Verkehr, der sich jeden Feierabend wie ein Gürtel um die Stadt legte.

Ich lehnte mich zurück, öffnete meinen Haarknoten, der den ganzen Tag über festgeschnürt gewesen war, und ließ meine flachsfarbene Mähne wie einen Wasserfall vor meinem Gesicht herabstürzen. Meine Mutter pflegte das Rapunzelgewächs seit meinem ersten Geburtstag mit Bier, Honig und Zwiebelkuren. Meine Haare waren ihr heimliches Hobby.

»Du siehst ja aus wie eine Meerjungfrau«, sagte Nike.

»Vielleicht war ich mal eine«, sagte ich.

Als es stockfinster und klamm wurde, stand Nike auf.

»Mein Hintern wird nass«, sagte sie, »lass uns gehen.«

Sie stieg auf ihr Fahrrad und wandte sich noch einmal kurz zu mir. Ihre schnelle Bewegung und der aufmerksame Blick ließen mich an einen Eichelhäher denken.

»Pass auf, tritt nicht auf die Schnecken!«, rief sie zum Abschied und radelte im Zickzack davon.

Auf dem steilen Weg nach unten rutschte ich tatsächlich zweimal auf etwas aus und versuchte, nicht über das Ableben unschuldiger Nacktschnecken nachzudenken. Auf den Wegen lagen überall vermoderte Blätter, und ich sah in der Dunkelheit rein gar nichts.

Am nächsten Tag ging ich direkt nach der Schule wieder auf den Hitchcock-Hügel. Nike war bereits dort und wartete. Ihre Familie lebte auf der Nordseite der Kleinstadt, aber ihr naturwissenschaftliches Gymnasium lag in Südrichtung, unweit von meinem. Es hatte einen guten Ruf, zumindest schnalzten alle Eltern immer wissend mit den Zungen, sobald davon die Rede war. Der Hügel wurde zum Mittelpunkt unseres jeweiligen Alltags, unsere Treffen zu den Höhepunkten im Tagesablauf. Aber das reichte uns bald nicht mehr. Wir begannen, uns während des Unterrichts zu schreiben. Da es nicht bei kurzen Textnachrichten blieb, lag bei mir bald ein extra Heft neben den Schulsachen, in das ich meine vielen Briefe an Nike schrieb, nebenbei, als wären es meine Unterrichtsnotizen. Nike fand die Idee gut und griff sie auf. Sie protokollierte die peinlichsten Sprüche ihrer Lehrer, analysierte deren Kleidungsstile, die von einem absurden Hang zu Monstrosität geleitet schienen, und karikierte ihre besserwisserischen Fratzen. Ich zeichnete die interessanten und die weniger interessanten Jungs meiner Klasse für Nike und erstellte Punktevergabelisten, damit sie die optischen und charakterlichen Vorzüge gegeneinander auswerten konnte, die ich wiederum mit meinem eigenen Punkteranking verglich. Nike erfand für unsere Berechnungen mathematische Gleichungen und chemische Formeln. Sie waren furchtbar kompliziert und sehr unterhaltsam. Aber auch die Briefe – wir sammelten sie und wollten sie irgendwann zu einem Buch binden lassen – reichten uns irgendwann nicht.

Jeden Abend vergrub ich mich mit dem Telefon unter meiner Daunendecke, bis mir in dem schalldichten Versteck die Luft ausging. Durch Nikes samtenes Flüstern war ich wie berauscht.

»Ich vermisse dich«, hauchte sie. »Kannst du nicht die Schule wechseln? Dann könnten wir wenigstens mein letztes Jahr zusammen rocken.«

Seit dem Tag unseres Kennenlernens erzählte ich Nike alles, und das meistens sofort. Nur die eine Winzigkeit mit der Unruhe behielt ich für mich. Meine Ängste und ihre Begleiterscheinungen, gegen die meine Mutter seit meiner Kindheit wie ein tapferer Zinnsoldat kämpfte, existierten in Nikes Gegenwart einfach nicht.

»Und das sollte auch so bleiben«, sagte meine Mutter, »Vielleicht kriegen wir das Problem so besser in den Griff. Ohne Stigma.«

»Ich vertraue Nike«, sagte ich.

Ich wusste, dass Nike im Gegensatz zu meinen früheren Freundinnen niemals über die Unruhe lachen würde. Sie würde nie »Reiß dich mal zusammen« und auch nicht »Heulsuse«, »Opfertyp« oder »Tabletten dagegen« sagen. Nike war jemand, bei dem ich mich verstanden fühlte. Jeder fühlte sich bei ihr verstanden.

»Sei nicht so naiv«, sagte meine Mutter, »ihr seid schöne junge Frauen. Bald kommt die Konkurrenz und frisst euch beide auf. Behalte deine Geheimnisse erst einmal für dich, zumindest ein paar davon. Genieße die Zeit, die ihr gerade habt.«

Meine Unruhe kam in vielen Gestalten. Je nach Tagesform war sie ein Zittern, eine nervöse Niedergeschlagenheit, und zuletzt wurde sie immer häufiger zum quälenden Jucken. Sie speiste sich aus Edgar-Allan-Poe-Geschichten auf dem Nachttisch, aus Fernsehberichten, aus Filmen im Geschichtsunterricht und den abendlich blinkenden Internetschlagzeilen. Wenn ich das Essen meines Vaters nicht essen wollte und er darüber mit meiner Mutter stritt, zitterte ich so heftig, dass die Gläser auf dem Tisch klirrten. Wenn mir das Kopfrechnen schwerfiel, ich grübelnd über meinen Schulheften brütete und mein Vater mir über die Stuhllehne seinen Raucheratem in den Nacken pustete, fror ich so entsetzlich, dass meine Zähne klapperten. Wenn er mit mir auf dem Beifahrersitz zu schnell fuhr, dann kribbelten meine Achseln so bestialisch, dass die Vorstellung, die hinterhältig juckenden Hautteile mit einem Messer wie Marzipan von einer Torte zu pulen, mir wie ein süßer Traum vorschwebte. Wenn ich darüber klagte, wurden meine Eltern hilflos. Sie nannten mich sensibel, dünnhäutig und manchmal empfindlich. Mein Vater beharrte darauf, dass an allem der Scherenangriff schuld sei. Meine Mutter beharrte darauf, dass das so nicht stimmte, dass ich schon immer anders gewesen sei, so ernst, grüblerisch, oder eben traurig, schon als Baby. Was aber genau zu tun war, wie das Ganze richtig zu handhaben war, das wusste niemand.

DIE KORYPHÄE

Vor ihrem Medizinstudium hatte meine Mutter Philosophie studiert. Als sie letztlich Psychiaterin wurde, ergab das eine eigentümliche, geradezu okkulte Mischung. Sie war der Meinung, dass man jedes Problem lösen konnte, wenn man *ganzheitlich* daranging. Das bedeutete, alles Infragekommende zu probieren, bis die Lösung, das Heilmittel, die Linderung für das Problem gefunden war.

»Mit deiner Nike kannst du wunderbar die alten Strukturen aufbrechen, und in dem positiven Chaos kümmern wir uns um den Rest«, murmelte sie nun, zuversichtlich, dass die ersehnte Stunde der Erkenntnis gekommen war.

Doch auch wenn meine arglose Freundin bestens gegen

meine Ängste half, war sie kein Allheilmittel. Das Passionsblumenkonzentrat aus der Apotheke versagte, das ganze verschreibungspflichtige Zeug ebenfalls. Meine Eltern stritten sich bewusst nicht länger in meiner Gegenwart, doch ich spürte ihre Anspannung. In der Nacht juckte es schlimmer. Meine Haut wurde röter und krustiger. Meine Mutter brachte mir feuchte Tücher zur Linderung und flüsterte schamanenhaft Unverständliches vor sich hin, etwas von Vererbung, Zönästhesie und Somatisierung. Sie machte ein besorgtes Gesicht und streichelte mich mit ihren kleinen, kühlen Händen wieder in den Schlaf. Tagsüber löcherte sie ihre Ärztefreunde und ehemaligen Patienten, drängte auf Empfehlungen, Hausmittel und Tipps.

Mein Vater schüttelte nur den Kopf. Er fand ihren Einsatz hysterisch, meine Juckreizattacken grotesk und meine Beschwerden übertrieben. Er schimpfte, ich und meine Mutter würden uns in etwas hineinsteigern und bräuchten bald beide psychiatrische Hilfe.

Als mein Vater uns ein paar Monate später verließ, wurde ich das diffuse Gefühl nicht los, dass mein Juckreiz schuld an der Trennung war.

»Mein Vater schneidet jede Woche seine dicken Zehennägel vor dem Fernseher im Wohnzimmer«, tröstete mich Nike.

Ohne Männer, betonte sie wieder und wieder, sei das Leben ordentlicher.

»Einfach hygienischer!«, meinte sie.

Auch meine Mutter hielt sich nicht lange mit dem Verarbeiten ihrer Trennung auf. Sie beschäftigte sich lieber mit meiner Haut, als gäbe es für sie nichts anderes. Dass ich mit meinem Vater weiterhin telefonierte und mich nicht auf die eine oder andere Seite ihrer zerstörten Ehe stellen wollte, ignorierte sie mit einem Zitronengesicht. Als vernünftiger Elternteil, der sie immer sein wollte, hielt sie sich pflichtbewusst mit Kommentaren zurück.

»Ich habe jemanden gefunden«, verkündete meine Mutter schließlich an einem Freitagnachmittag, »Sie war vor zehn Jahren bei uns auf der Dermatologischen, soll eine Koryphäe sein und hellsichtig.«
Ich wusste nicht, was ich von hellsichtig halten sollte – Koryphäe klang zumindest vielversprechend. Also fuhren wir mit der Ente meines Vaters aus der Stadt und knatterten in das nächste Dorf zu einem gepflegten kleinen Häuschen, das mich an das Märchen von der Knusperhexe und an die Cover hipper Indieplatten erinnerte. Die Koryphäe stellte sich als eine weitaus weniger alte Frau heraus, als ich es erwartet hätte. Sie hatte große Hände, rote Haare und Wangen und einen mütterlich warmen Gesichtsausdruck, der nicht ganz zu ihrer strengen Art zu sprechen passte.
Sie wies uns an, die Schuhe im Flur auszuziehen. Meine Mutter und ich legten unsere Taschen und Jacken in einem mit alten Kisten vollgestellten Garderobeneck ab, kicherten unterdrückt und folgten, von zwei neugieri-

gen Katzen eskortiert, der Koryphäe in das gut beheizte, mit hübschen Dielen ausgelegte Behandlungszimmer. Sie ließ sich auf einem ihrer plüschigen Bodenkissen nieder und lud uns ein, neben ihr Platz zu nehmen. Die Knie meiner Mutter knackten, als sie sich hinsetzte. Während wir schwiegen, sprach die Koryphäe mit einer tiefen, ruhigen Stimme darüber, wie Leid, Freud und Traumata unserer Vorfahren ihren Platz in unserer DNA fänden. Bei allem, was sie sagte, hielt die Koryphäe abwechselnd einen intensiven Augenkontakt zu mir und zu meiner Mutter. Zelle für Zelle würden sich die Verletzungen eingraben, eine unwiderrufliche Information für die Nachkommen, nicht entschlüsselbar und heikel in ihrer Präsenz, sagte sie. Meine Mutter schaute skeptisch, aber ich spürte, dass sie der Koryphäe innerlich zustimmte.

»Wir sind alle verbunden, lange über die Zeit hinaus, die wir in unserem Menschsein wahrnehmen«, sagte die Koryphäe, »und die Lichtphotonen um uns herum reagieren auf unsere Gefühle. Wir sind in der Lage, mit Emotionen eine eigene, faktische Realität zu erschaffen. Unser emotionales Erleben aber sollte von den Traumata der Vergangenheit geheilt werden, nur dann kommen wir weiter.«

Danach schwiegen wir eine Weile. Schließlich fragte die Koryphäe meine Mutter, ob sie ihr etwas von ihren Vorfahren erzählen wolle. Meine Mutter nickte kaum merklich. Dort, in dem hellen Zimmer auf dem Land, erfuhr

ich, dass mein lang verstorbener Opa Israel Fischmann hieß und dass dessen Mutter, meine Urgroßmutter also, im Zweiten Weltkrieg nach Minsk verschleppt und dort von den Nazis ermordet worden war.
Den größten Teil seines Erwachsenenlebens hatte Israel nach ihr gesucht, rastlos, wütend und sehnsüchtig. Niemand sonst kümmerte ihn, am allerwenigsten seine eigene kleine Tochter. Wie besessen forschte Israel nach den letzten Spuren seiner Mutter, suchte das Massengrab, in dem sie hätte liegen können. Er fand rein gar nichts, und es brach ihm das Herz. Nach dieser vermissten Mutter bin ich benannt worden: Ich heiße Faina, so wie sie.
»Und je älter ich werde«, sagte meine Mutter leise, den Blick auf die Holzbohlen gerichtet, »desto häufiger denke ich daran, dass er mich vielleicht ja doch hätte lieben können. Er war ein sehr alter Vater, ich war kein geplantes Baby. Aber vielleicht hätte er es gekonnt, wenn es nur mit seiner eigenen Mutter anders gekommen wäre.«
Dann schwiegen wir.

Ich versuchte den Kloß in meinem Hals herunterzuschlucken. Die Koryphäe betrachtete meine Mutter mit einer undurchschaubaren Miene, wand sich daraufhin an mich und sagte, ich solle meine Augen schließen und mir die verschwundene Urgroßmutter Faina vorstellen. Und den Menschen, der sie getötet hatte. Ich versuchte, an die fernen Gesichter zu denken. Aber ich konnte

mir nur eine große weiße Wolke und flachen schwarzen Rauch ausmalen. Mehr nicht. Dennoch musste ich weinen. Meine Mutter hielt meine Hand. Die Koryphäe stand von ihrem Samtkissen auf, ging zu ihrem Regal und holte verschiedene Gefäße und Fläschchen heraus. An ihrem Schreibtisch mischte sie eine stark duftende, tiefgrüne Kräutertinktur zusammen. Diese drückte sie mir in einem verkorkten Kolben in die Hand und presste meine Mutter zum Abschied an ihre ausladende Brust.
Immer, wenn ich fortan zu Hause »Es juckt, es juckt!« rief, eilten meine Mutter und ich zusammen ins Badezimmer.
Ich riss die Arme hoch, und meine Mutter bepinselte meine glühenden Achseln mit der grünen Brühe. Die Tinktur brannte, doch der Schmerz war jetzt ein anderer. Er war angenehm im Vergleich zu der juckenden Folter. Mit grünen Achseln ließ sich das Jucken besser ertragen, und nach und nach verschwand es fast komplett.

Dennoch, wirklich heil fühlte ich mich tatsächlich nur mit Nike. Die Stunden, die wir zusammen hatten, erschienen mir zunehmend wertvoller, auch weil sie immer knapper wurden. Nikes Prüfungen schoben sich zwischen uns. Klausuren, Referate, Hausarbeiten: Termine, Stunden des Lernens, wie von grauen Herren ausgehandelt. Um die Zeit auszutricksen, blieb Nike immer öfter über Nacht bei mir. Meine Mutter argwöhnte, ich und Nike wären ein lesbisches Pärchen geworden.

Sie befürchtete, ich würde in der vermeintlichen Liebesbeziehung unterdrückt.
»Und wenn?! Ich wäre stolz, lesbisch zu sein!«, schmetterte ich ihr rebellisch entgegen, aber meine Mutter zuckte nur die Schultern.
»Als wäre das etwas Besonderes.«
Dass Nike selbst außergewöhnlich war, daran zweifelte nicht einmal meine Mutter. Es war, als würde jedem Winter zum Trotz ein helles Feuer in Nike brennen, von kleinen Kobolden entfacht.
Während meine Noten immer weiter absackten und ich tagsüber nur noch an mein Bett denken konnte, lud sich Nike trotz anstehender Abiprüfungen täglich neue Aufgaben auf. Sie hasste den spießigen Muff, der in unserer Kleinstadt ein friedliches Dasein fristete, barst vor Energie und wollte die Welt verändern. Nike schrieb für die Schülerzeitung und veranstaltete »politische Wahlen« für Grundschüler, führte einen feministischen Blog und teilte ständig Onlineartikel, die sich um irgendwelche neuen Gesetze und europäischen Ungerechtigkeiten drehten. Sie machte bei einem Sprachaustausch für Geflüchtete mit und lernte dabei Liebesschwüre und Flüche auf Persisch, Arabisch und Zulu.
Als ihre Schule ein Hilfsprojekt für Peru ins Leben rief, sollten alle Schülerinnen Meerschweinchenkäfige bauen. Meerschweinchen wurden in Peru gegessen. Nike hatte selber zwei Meerschweinchen zu Hause und war Vegetarierin. Es war ein Albtraum für sie, indirekt

für den Tod der von ihr geliebten Tiere verantwortlich zu sein. Deshalb schlichen wir uns eines Abends durch die Fahrradeinfahrt in das Schulgebäude. Ein paar Volkshochschulgruppen benutzten dort vereinzelt Räume. Wir mischten uns unter die Seidenmaler, unsere Anwesenheit fiel niemandem auf, und mit vier tiefgefrorenen Steaks, die mein Vater bei uns in der Kühltruhe deponiert hatte, versuchten wir, demonstrativ Protestblut an die Schulwände zu schmieren. Die halbgetaute Steakflüssigkeit sah allerdings mehr nach braunem Dreck aus, unsere Botschaft blieb unleserlich und unerhört. Kurz darauf half Nike, eine mobile Volksküche für regionale Autobahngegner zu organisieren. Sie war überall gleichzeitig. Und als wäre das alles nicht genug, lernte sie Violine. Und übte täglich.

Für mich hingegen war es das Höchste, nachmittags kurz die Augen zuzumachen und in einen seligen Schlaf einzutauchen. Ich vermute, mein Kreislauf steckte dahinter. Oder der Stoffwechsel. Ich war ständig müde.
»Komm, ich mach dir einen Kaffee«, nörgelte Nike abends, »lass uns was unternehmen!«
Dass mir Kaffee nicht schmeckte, ließ sie nicht gelten.
»Wir sind wie ein altes Ehepaar«, gähnte ich, »und ich bin der ewig tattrige Mann.«
»Aber alte Leute schlafen viel weniger, weil sie wissen, dass sie nicht mehr viel Zeit haben. Mit einem guten Espresso kommst du auch noch dahinter«, sagte Nike.

Inzwischen hatte sie eine Packung davon in unserem Küchenschrank deponiert und eine Zahnbürste bei mir im Zimmer.
An den Abenden, die Nike doch bei sich zu Hause und ihren auf mich eifersüchtigen Eltern verbrachte, bemalte ich sieben weiße Unterhosen, die ich ihr als Set schenken wollte. Damit Nike sieben Tage die Woche bei mir blieb.

Eines Nachts setzte sich Nike unvermittelt aufrecht neben mich und rüttelte an meiner Schulter. Ihr Flüstern drang zu mir wie aus einer fernen Welt und aufdringlich in mein Ohr – viel zu laut, wie mein verschlafener Kopf fand.
»Versprich mir etwas«, bat mich Nike.
Ich hatte Schwierigkeiten, mich auf ihre Stimme zu konzentrieren. Der Schlaf griff nach mir wie ein langfingriges Monster aus der Unterwelt. Ich versuchte, die Augen zu öffnen, aber es gelang mir nicht, daher gab ich bloß einen inhaltsleeren Laut von mir.
»Wenn du zuerst stirbst, dann lass mich nicht im Stich! Versprich mir, dass du zu mir kommst, als Geist«, sagte Nike.
»Ich habe schon geschlafen«, knurrte ich, presste mir die Handflächen aufs Gesicht und drückte auf meine geschlossenen Augenlider, bis ich blauschwarze Kreise sah.
»Faina, das ist wichtig, ich muss das wissen«, drängte Nike und klang ungewohnt aufgewühlt.

Ich schob die Hände vom Gesicht, die blauschwarzen Kreise verschwanden. Stattdessen leuchtete Nikes weißes Antlitz in der Dunkelheit auf. Ihre Augenhöhlen lagen schwarz im Schatten der Nacht.

»Und wenn dir etwas passiert, kommst du dann zu mir?«, flüsterte ich. »Als Geist?«

»Ja, also der, der zuerst stirbt«, sagte Nike. »Aber es soll nicht grausig werden. Komm normal.«

»Und dann?«, fragte ich.

»Dann erzählst du mir, wie es drüben ist und dass ich nichts zu befürchten habe«, flüsterte sie.

»Wie kommst denn du jetzt darauf?«, fragte ich.

»Ich weiß nicht, ist bestimmt der Vollmond. Keine Ahnung. Vielleicht kriege ich meine Tage.«

»So etwas versprechen sich nur Seelenverwandte«, sagte ich.

Es klang wie eine Frage.

»Sind wir das etwa nicht?«, fragte Nike zurück.

Als sie sich zur Wand drehte, raschelte ihre Decke. Ich rückte näher und umarmte sie.

»Als ich noch klein war, hatte ich Angst, auf die Toilette zu gehen. Ich glaubte, es käme eine schwarze Hand heraus, eine langfingrige, dürre Hand ohne Körper, tiefschwarz, wie Lakritz«, sagte ich. »Keine Ahnung, was die Hand von mir wollte. Zwicken, klatschen, eigentlich egal – die bloße Vorstellung, dass die schwarze Hand wie eine fünfbeinige Ratte aus der Kloschüssel hochkriecht und umherkrabbelt ...«

»... gruselte dich zu Tode«, vollendete Nike leise meinen Satz.
»Ja! Ich konnte mich kaum rühren vor Angst. Einmal habe ich deswegen lieber unter den Schreibtisch meiner Mutter gepinkelt. Auf den Wollteppich.«
Nike drückte ihren Rücken an meinen Bauch.
»Und?«
»Jetzt weißt du alles von mir und meiner Angst.«
»Also kommst du als Geist?«
»Klar. Abgemacht.«

In dieser Nacht hatte ich einen *schrecklichen Albtraum.* Schreckliche Albträume sind für mich die, die sich so echt anfühlen, dass man aufwachen möchte.
Ich hockte wie versteinert in einem dunklen Raum ohne Fenster auf dem Boden, ganz nah an einer abgeschlossenen Tür und hörte durch das Schlüsselloch ein fremdes, keuchendes Atmen. Auf einmal kicherte es dahinter so kreatürlich laut und böse, dass ich schreiend aufwachte. Nike saß mit bestürztem Gesicht bei mir und streichelte mir den Kopf.
»Du hast mit offenen Augen geschlafen, Faina, so was Unheimliches habe ich noch nie gesehen«, flüsterte sie, »Scheiß Vollmond!«

Es kam mir vor, als ob uns nichts trennen könnte. Doch als das Schuljahr endete, konnte ich es nicht mehr verdrängen: Nike war ein fertiges Mitglied der Gesellschaft.

Sie musste nicht mehr in schlechtgelüfteten Klassenzimmern oder gar bei ihren angestrengten Eltern am Tisch sitzen. Nike ging voran und ließ mich zurück. Zum Abschied drückte sie mir ein gelbes Buch in die Hand, mit einem Foto von Jean-François Jonvel auf dem Cover[1]. Ein Mädchen, vor dem ein nackter Typ auf dem Boden kauert. Das Mädchen zieht sich ein weißes Rüschenkleid über den Kopf. Man sah bloß ihren nackten Hintern und die gebräunten Beine. Der Junge stützt seinen Kopf nachdenklich – oder nur erschöpft? – mit der Hand. Die zerfledderte Ausgabe war alt, die Schrift auf den Seiten klein und eng gesetzt. Nike küsste mich hinters linke Ohr und fuhr nach Hamburg, um Medizin zu studieren – »Die unvollkommenste Kunst!«, wie es meine Mutter beeindruckt kommentierte.
Zu stolz, um zu weinen, reichte ich Nike am Bahnsteig ihr Abschiedsgeschenk. Es waren die sieben Unterhosen, auf die ich Frösche, Friedenszeichen, Davidsterne, Cocktails, Regenbogen, Schnabeltiere und Violinen gemalt hatte. Nike nahm ihren Koffer, mein Päckchen, zwinkerte mir zu und stieg ein. Erst als Nikes Zug verschwunden war, fiel mir auf, dass ich außer ihr keine Freunde hatte.

---

1 Leonard Cohen war Mitte zwanzig, als er seinen Debütroman »The favorite Game« schrieb. Sein kanadischer Verlag McClelland & Stewart beurteilte das Manuskript als langweilig und allzu sexuell und weigerte sich, es zu veröffentlichen, so dass das Buch erst in England und den USA erschien und in Kanada nur als Import zu haben war. Die deutsche Ausgabe von »Das Lieblingsspiel« erschien in Frankfurt am Main im März Verlag im Jahr 1972.

HERRRRRRRRLING AM APPARAT

Nach Nikes Abreise verschlimmerten sich meine Unruheattacken wieder. Manchmal klopfte mein Herz so heftig, dass ich nur noch nach Hause wollte – ganz gleich, wo ich gerade war. Ich trank literweise Passionsblumentee, versteckte mich in fremden Hauseingängen und atmete in Papiertüten. Meine Achseln waren grüngetränkt.

In den Sommerferien brachte mich meine Mutter auf eine deutsche Insel, auf der es nichts gab, was man fürchten könnte. Oder unternehmen. Nicht einmal Handyempfang. Nur den seltsamen Fischer, dem meine Mutter täglich Fisch für unsere Mahlzeiten abkaufte.

»Omega-3-Fettsäuren polieren unsere Psyche und Persönlichkeit«, witzelte sie und zwang mich obendrein, jeden Morgen mindestens zwanzig Minuten im kalten Meerwasser zu baden.

Auch wenn mich ihre einfachen Methoden an die Hysterie-Kuren aus dem 18. Jahrhundert erinnerten – es fehlte nur noch der Vibrator auf Rezept –, musste ich eingestehen, dass es mir hier auf der Insel besserging. Das Gefühl der Eintönigkeit nahm ich in mein letztes Schuljahr mit. Die meiste Zeit versteckte ich mich hinter meinen Haaren, die ich wie einen Vorhang vor mein Gesicht fallen ließ. Kein Lehrer bekam es mit, wenn ich unter meiner wallenden Felldecke den Anschluss verpasste und den Unterricht in meine Nachmittagsschläfchen integrierte. Tangente, Parabel, Gleichung, sie tanzten einen Reigen, Schnarchformelschnarch. Der russische Austauschschüler, der keiner war, warf mir verstohlen verliebte Blicke zu. Aber er interessierte mich schon lange nicht mehr. Ohne Nike ergab nichts in der Schule einen Sinn. Lustige Briefchen an sie, die mich sonst über den Tag gerettet hatten, machten mich bloß sehnsüchtig, ihre Statusmeldungen deprimierten mich, weil ich nicht darin vorkam. Achim tat sein Bestes, indem er meine Hausaufgaben machte. Trotzdem war ich die meiste Zeit eine unerträglich gleichgültige Zicke, die nie zufrieden war. Ich telefonierte mit Nike, sooft ich konnte, aber es half nichts. Sie war so viel klüger als ich. Nike musste sich fürs Lernen nie sonderlich anstrengen und liebte es gleichzeitig, ihre Zeit damit zu verbringen. Ich hatte plötzlich das Gefühl, mein Leben wäre stumpf

und Nike meiner überdrüssig, weil sie Studentin und frei war und ich als halbwegs mäßige Schülerin eben nur mäßig.
Meine Mutter versprühte unbeirrt beruhigenden Lavendelduft in meinem Zimmer, redete betont fröhlich und ignorierte die Tatsache, dass ich fern jeglicher Begabungen auf die Welt gekommen war. Sie versuchte, mir bei den Hausaufgaben zu helfen.
»Wenn ich sitzenbleibe und ein Jahr länger als nötig in die Schule muss, sterbe ich«, jammerte ich, unfähig, gute Noten zu schreiben.
»Es gibt für alles eine Lösung«, murmelte meine Mutter und telefonierte wieder einmal bei Kollegen, Freunden und ehemaligen Patienten durch.
Das Ergebnis ihrer Recherche war diesmal Herr Ling. Er war ein kauziger Mathematiker in Rente, der in dem Türmchenzimmer eines innerstädtischen Altbaus mit hübschem Blick auf die Domkirche lebte und seltsame Dinge sammelte. Zum Beispiel Opale, die er in wassergefüllten Fünflitergläsern hortete. Weil »Opale zu fast zwanzig Prozent aus Feuchtigkeit bestehen«, wie er sagte.
Immer, wenn ich ihn anrief, meldete er sich auf die gleiche Art und Weise:
»Herrrrrrrling am Apparrrrrrrat!«
Herrrrrrrling wurde mein Nachhilfelehrer in Mathematik, Physik und manchmal Chemie. Ohne dass meine Mutter es erfuhr, nahm er aus Mitleid schon nach

wenigen Unterrichtseinheiten kein Geld mehr von mir. Ich kam dennoch weiterhin zu unseren verabredeten Stunden. Wir tranken literweise roten Kindertee, und ich erzählte ihm manchmal von Nike und manchmal von Achim oder dem russischen Austauschschüler. Es schien Herr Ling zu amüsieren. Er kicherte unaufhörlich, was mir wiederum ein eigenartig gutes Gefühl gab. Er zeigte mir kleine mathematische Tricks, mit denen ich die nötigen Ergebnisse ohne jegliches Grundverständnis errechnen konnte, und forderte mich regelmäßig auf, statt Mathe zu pauken lieber öfter spazieren zu gehen.

»Es bringt ja nichts«, sagte er, »dir kann man nicht mit Logik kommen, die scheint in deinem Denkapparat nicht vorgesehen. Da müssen wir uns bis zu deinem Abi irgendwie durchmogeln. Warum möchtest du überhaupt studieren? Wirf doch mal einen Blick in die Zeitung, für die da oben sind wir sowieso früher oder später nur Kanonenfutter. Mach was Schönes aus deinem Leben! Etwas Freies im Grünen, an der frischen Luft.«

Ich riskierte einen verlegenen Blick auf Herrrrrrrlings Nachttisch. Dort lag eine aufgeschlagene Tageszeitung mit dem Bild eines Babys quer übers halbe Blatt. Dem Baby fehlte es deutlich an Hinterkopf, sein Gehirn war zu klein. Seine Augen aber waren groß, leuchtend wach und voller Fragen. Ich spürte ein leichtes Kribbeln und schob beide Hände flach unter meine Achseln, um das Jucken aufzuhalten.

»Wenn wir morgen alle tot sind, interessiert es keinen Menschen, was du vorher studiert hast«, sagte Herrrrrrrling.

JULIAN

Langsam, mit bedächtigen Schritten, spazierte ich über den Friedhof. Mein Kopf schmerzte, meine Hände schwitzten, meine Achseln juckten. Um mich herum reihten sich verwunschene Grabstellen aneinander, die Wege dazwischen waren mit Eicheln übersät. Die ältesten Gräber waren über zweihundert Jahre alt. Wer hier frische Blumen niederlegte, war ein romantischer Kauz. Einmal hatte ich eine alte Frau beobachtet, die an einer verwitterten Gruft Schälchen mit Katzenfutter aufstellte. Vermutlich lockte sie damit nur Ratten an.

Das geschäftige Treiben der Eichhörnchen in der stillen Erhabenheit des Friedhofsweges illustrierte genau das, was ich mir unter dem osmotischen Energieaustausch vorstellte, über den meine Mutter immer so gern dozierte. Manchmal fühlte ich mich selbst wie ein altes, müdes Eichhörnchen, das sich ganzjährig auf den Winter des Lebens vorbereitet, mit Hausaufgaben, mit Atemübungen, mit aufgezwungenen Zukunftsplänen. Nike wäre bestimmt eine dieser klugen, selbstbestimmten Katzen. Und meine Mutter der Rabe, der auf dem Zweig über mir saß und warnend krächzte.

An einer Wegkreuzung blieb ich stehen. Neben dem Wasserhahn an der Ostmauer lag ein roter Felllappen, schutzlos ausgestreckt, bestürzend leblos. Ich trat näher und betrachtete die glänzenden Ohrpinsel, die sachte vom Wind bewegt wurden. Der weiße Bauch war grau vor Schmutz. Eine Fliege saß auf dem geschlossenen Augenlid. In meiner Nase ziepte es. Ich kniete mich nieder und verscheuchte das dicke Insekt. Am liebsten hätte ich das schöne Tier gestreichelt.

»Nicht anfassen, vielleicht hat es irgendeine Krankheit!«, rief eine Jungenstimme hinter mir.

Und im gleichen Moment hob das Eichhörnchen sein Augenlid.

Obwohl sein flauschiger Körper gänzlich tot aussah und sein großer Kopf weiterhin bewegungslos auf der Seite lag, war das Auge braunglänzend, leuchtend wach und voller Fragen.

Der Junge trug eine große, schwarzumrandete Hornbrille. So eine mit der verklärten Note eines Rebellen aus den Sechzigern. Er hatte schulterlange schwarze

Haare, Segelohren und hielt einen Zeichenblock unter dem Arm. Sein abgetragenes Samtjackett fiel lässig über die dunkelkarierte Wollhose, seine Haut war blass und so ebenmäßig, als wäre er gepudert. Ich sah ihm in die Augen und stellte fest, dass seine Wimpern auf der linken Seite seines Gesichts fuchsrot waren. So wie ein Teil seiner linken Braue. Wie bei einer gescheckten Katze. Der Junge zuckte leicht zurück.

»Ist 'ne Pigmentstörung«, sagte er fast entschuldigend. Und: »Ich bin Julian.«

Ich erkannte die Zeichnung auf der freiliegenden Seite seines Zeichenblocks. Es war mein Baum mit dem Frauenhintern.

»Fass es lieber nicht an, wer weiß, was es hat«, wiederholte Julian.

»Es lebt noch«, sagte ich.

Das Braun des Eichhörnchenauges tränte.

»Hol doch mal den Topf da«, sagte ich und wies auf die gestapelten Plastikübertöpfe, die neben dem Wasserhahn auf dem Boden lagen.

Julian brachte mir einen fleckigen Übertopf, während ich eine welke, dicke Rose aus dem Haufen vertrockneter Schnittblumen und abgeschnittener Zweige fischte. Vorsichtig fegte ich das Eichhörnchen mit dem Rosenkopf in den Plastikzylinder, wo es sich reflexartig zusammenkringelte. Ich legte die Rosenblüte und ein paar Tannenzweige dazu.

»Ich bringe es zum Tierarzt«, sagte ich.

Julian sah mich mit einer Mischung aus Ekel und Verwunderung an.
»Mein Moped steht draußen«, sagte er dann.
»Gut«, sagte ich und verscheuchte die Vorstellung, in der meine arme Mutter mich, das Eichhörnchen und Julian von einer Straßenkreuzung kratzen musste, weil ich unvernünftig genug war, auf das Moped eines fremden Typen zu steigen.

Die Tierarztpraxis, zu der ich mit Julian fuhr, kannte ich wegen der Katze meiner Oma. Beide waren inzwischen verstorben. Die Katze war groß gewesen und schwer wie ein muskelbepackter Straßenköter. Sie verabscheute jede Art von Transportkäfigen und Bewegung im Allgemeinen, zeichnete sich aber durch ein hohes Vertrauen in den Komfort menschlicher Arme aus. Damals hatte ich sie wie ein Plüschtier in eine Decke gewickelt aus dem Auto meiner Oma bis zum Behandlungstisch der Tierarztpraxis geschleppt. Nachdem meine Oma sich jahrelang geweigert hatte, ein »weibliches Wesen seiner selbst zu berauben«, bekam die Katze Zysten in den Eierstöcken und war von da an pausenlos rollig. Sie schrie ununterbrochen wie eine Operndiva am Spieß und bepinkelte die gesamte Möbelgarnitur in Omas Wohnung. Die Tierärztin, eine hagere und energische Frau, hatte mir nach dem geglückten Eingriff an Omas Katze hochzufrieden die herausoperierten Katzeneierstöcke präsentiert. Sie hielt sie mit spitzen Fingern vor mein Gesicht, um mir vorzuführen, dass es höchste Zeit gewesen war, die Katze zu behandeln.

Mit der lebhaften Erinnerung an die Katzenzysten, die wie aufgeblasene Froschbacken ausgesehen hatten, betrat ich zusammen mit Julian und dem Eichhörnchen die Praxis. Es hatte sich nicht viel verändert, nur war die Tierärztin diesmal erstaunlich still. Sie legte das Eichhörnchen auf den stählernen Behandlungstisch und tastete es ab.

»Es ist wahrscheinlich angefahren worden«, sagte die Tierärztin. »Die schleppen sich dann mit letzter Kraft irgendwohin, um in Ruhe zu sterben. Die Wirbelsäule ist intakt. Vermutlich drückt eine innere Blutung darauf, darum kann es sich nicht aufrichten. Ich nehme eine Spritze für Meerschweinchen, die genaue Dosis muss ich abschätzen. Ich behandle hier sonst keine Wildtiere.«

»Aber wird es überleben?«, hörte ich Julian hinter mir. Trotz seiner anfänglichen Skepsis wirkte er ernsthaft besorgt. Die Tierärztin machte ein unklares Geräusch. Ich sah zu Julian, unsere Blicke trafen sich. Es fühlte sich an, als ob jemand mir eine warme Hand aufs Sonnengeflecht pressen würde. Als wäre Julian mir nah und vertraut und zugleich irgendwie gefährlich. Er selbst musste es auch gespürt haben. Auf seinem Gesicht machte sich eine gewisse Verlegenheit breit. Wir traten auseinander und postierten uns jeweils auf den gegenüberliegenden Seiten des Behandlungstisches. Die Tierärztin in unserer Mitte drückte das Eichhörnchen sachte nieder und setzte die Spritze.

Wie in Zeitlupe nahm das rote Fellknäuel seine ganze Kraft zusammen, wand sich aus ihren Fingern und schlug seine langen, scharfen Zähne in die Hand der Tierärztin. Die arme Frau stieß einen gurrenden Schrei aus, ließ das Eichhörnchen los und zuckte zurück. Julian fing das von seinem überraschenden Aufbäumen jäh entkräftete Tierchen geschickt auf, bevor es von dem Behandlungstisch auf den Fliesenboden der Praxis plumpste.

»Ich kassiere von euch nur die Kosten für das Antibiotikum, die Behandlung fällt unter Umweltpflege«, keuchte die Tierärztin durch die Zähne.

Sie klingelte ihre Assistentin herbei und sah uns nicht mehr an. Ihren durchlöcherten Finger hatte sie in einen dicken, jodgetränkten Wattebausch gebettet.

»Lasst euch einen Käfig geben.«

Die Assistentin reichte uns einen alten Meerschweinchenkäfig, und Julian legte den feuerfarbigen Patienten vorsichtig wie ein Neugeborenes auf das Streu.

»Ich trage es«, sagte er und hob den Käfig hoch, ohne meine Antwort abzuwarten.

Ich spürte einen Stich von Eifersucht, was vollkommen albern war. Das Eichhörnchen schloss erschöpft die großen Augen, und Julian beförderte es feierlich aus der Praxis, während ich zwanzig Euro für das Antibiotikum bezahlte.

Um unser Eichhörnchen nicht noch mehr zu verstören, legte Julian sein Jackett über den Käfig und ließ sein Moped stehen. Wir nahmen den Bus und fuhren zum Stadtrand auf die Westseite. Dort gingen wir zu Fuß weiter.
»Am Hang ist das Haus meiner Tante«, sagte Julian, »da wohne ich.«
Er zeigte auf eine der Villen. Sie war vornehm grau, mit zu Rechtecken gestutzten Hecken. An der Stelle, wo der See sich wie eine Nierenschale krümmte, fanden wir einen alten Baumstumpf, auf dem man sitzen konnte. Der See war trüb und grünlich, die Sträucher am Ufer kahl, zwischen den schwarzen Ästen hatten sich Plastikfetzen vom Fasching verfangen. Eine alte Zigarettenschachtel gammelte in einer Pfütze. Ein Stück vom Ufer entfernt lag eine kleine, dichtbewachsene Insel mit einem hohen Baum in der Mitte, dessen feuchte Äste wie eine ausgestreckte Hand in unsere Richtung zeigten. Jemand hatte ein dickes Seil daran gebunden. Fransig und schmutzig hing es zum Wasser hinab.
»Im Sommer ist es ziemlich schön hier«, sagte Julian mäßig begeistert, »man kann sogar schwimmen.«
»Was ist mit deinen Eltern?«, fragte ich.
Julian schwieg. Er betrachtete unseren Schützling. Das Eichhörnchen schien friedlich zu schlafen. Sein Bauch hob und senkte sich.
»Es ist doch okay, wenn ich es nehme?«, sagte Julian.
Was mehr eine Feststellung als eine Frage war.
»Wir sollten Bananen kaufen. Und Nüsse«, sagte ich.

»Du musst ihm Wasser geben, am besten mit einer Pipette, bis es aufstehen und selbst trinken kann. Und ich glaube, es ist eine Sie. Die nächste Spritze braucht sie in zwei Tagen, hat die Assistentin gesagt.«
Julian nickte, schwieg, blickte über den See.
»Schließ die Augen und hör mal«, forderte er mich auf. »Hörst du das? Das Rauschen. Das Rauschen hier ist mein Zuhause.«
Ich machte die Augen nicht zu, schaute Julian an. Mit geschlossenen Lidern saß er ungelenk da, hatte seine schmale Hand mit den langen Fingern schützend auf den Meerschweinchenkäfig gelegt. Er lächelte.
»Gerade habe ich noch gedacht, nichts ergibt einen Sinn, und dann das.« Er schlug die Augen wieder auf und sah mich an. »Dann tauchst du auf.«
Auf seinem Brillenglas klebte eine Wimper. Sie war lang, wie von einem Mädchen und mohnblütenfarben. Ich registrierte aufgeregt, dass dieser Junge gerade etwas Nettes zu mir gesagt hatte. Mehr noch, etwas, das nach viel mehr klang als nach den bloßen Worten, die er verwendete. Ich atmete tief ein, um mir Zeit zu verschaffen, wollte etwas antworten. Aber wie mitten in einer Matheklausur setzte mein Gehirn aus und gab überaus überzeugend vor, komplett leer zu sein. Ich suchte Julians Blick, wollte ihm zeigen, dass das, was gerade passiert ist, auch mir etwas bedeutete. Aber ich kam nicht dazu, Julian sah mich nicht mehr an, er winkte jemandem.
»Kara!«, rief er, »Hey!«

In meinem Nacken spannten sich alle Muskeln an. Kara war ein Wesen in einem sehr kurzen Rock mit sehr langen Beinen und einem leichten wippenden Gang. Sie hatte langes schwarzes Haar und war einen Kopf größer als Julian. Sie winkte aus der Entfernung zurück, und Julians Gesicht hellte sich auf, als hätte sie ihm über die Wange gestreichelt.

»Hello, Sweetheart«, schnurrte Kara, als sie vor uns stand.

Sie kniete sich hin und küsste Julian ohne Umschweife auf den Mund. Ihre Lippen waren voll und ganz ohne Lippenstift von einem pulsierenden Rot. Meine Lippen waren trocken und aufgeplatzt. Das allerdings würde niemanden mehr interessieren, dachte ich.

»Was ist denn das?«, sagte Kara und betrachtete neugierig das Eichhörnchen im Käfig.

»Das ist Faina«, Julian wies auf mich, »und das – ich werde sie Käthe nennen.«

»Kääääthe!«, hauchte Kara künstlich amüsiert.

Ich bekam eine unbändige Lust aufzustehen, ganz schnell zum Bus zu laufen und nach Hause zu fahren, weit weg von dieser nach Maiglöckchen duftenden Frau.

Kara nahm Julians Hand in ihre und legte die andere Hand auf Käthes Käfig.

»Wow. Wollen wir sie zu uns bringen?«, fragte sie.

»Ich muss dann mal«, sagte ich.

Plötzlich machten alle diesen verkrampften Räusperer, als ob wir uns gerade gestritten hätten.

»Okay«, sagte Julian gepresst, »man sieht sich?«
Er holte sein Telefon hervor, es sah aus, als ob er sich meine Nummer notieren wollte. Aber Kara nahm es ihm sofort aus der Hand und löste wie selbstverständlich seine Tastensperre. Ihre Bewegungen waren geschmeidig und sicher. Offenbar nahm sie Julian täglich etwas aus der Hand, ohne zu fragen. Kara blickte auf die Uhrzeit, hob den Kopf und fixierte mich mit großen stahlgrauen Augen.
»Der nächste Bus ist gleich da. Und danach erst wieder in einer Dreiviertelstunde. Ich glaube, du musst jetzt echt rennen, Faina.«
Mein Name aus ihrem Mund klang gehaucht und kühl, wie eine Eisskulptur.
»Tschüss«, sagte ich, nahm meine Tasche mit den Mathebüchern und rannte auch schon los.
»Warte!« Julians Stimme verhallte erst weit hinter mir, kam dann aber näher, »Warte! Faina, warte auf mich!«
Ich wartete nicht, rannte schneller, hastete über die Straße und wunderte mich selbst. Es war, als gäbe es etwas zu gewinnen, als könnte ich einen Geschwindigkeitsrekord in Enttäuschung stellen.
Hallo, alle aufgepasst, das Zottelgerippe mit der rotgefleckten Haut hat den ersten Platz, Gratulanten bitte vorne beim Busfahrer einfinden!
Julian rannte mir nach, schnappte meine Hand und riss mich unerwartet heftig zurück. Auf einmal war da ein Auto, es kam aus dem Nichts und bremste scharf, die

Reifen quietschten, ich fühlte die ölige Wärme, die von der Motorhaube aufstieg. Meine Nasenlöcher weiteten sich wie bei einem Pferd. Julian atmete genauso heftig. Seine Pupillen waren dunkel und riesig, seine ohnehin helle Haut weiß wie Papier.

»Du kannst doch nicht einfach vor das nächstbeste Auto rennen ...«, stammelte er. »Stell dir vor, wir sind doch noch nicht einmal verlobt ...«

»Wie bitte?!«

»Stell dir vor ...«, sein Brustkorb hob und senkte sich sichtbar, seine Brillengläser waren durch sein Keuchen beschlagen, aber sein Atem regulierte sich beim Sprechen immer mehr, »... es kommt die Ambulanz, du liegst auf dieser weißen Trage und musst ganz schnell ins Krankenhaus, alle machen sich Sorgen ... Und dann sagen die zu mir – In welchem Verhältnis stehen Sie überhaupt zueinander? –, und ich möchte unbedingt mit, darf aber nicht, weil, wir kennen uns ja kaum ... also lüge ich und behaupte, wir wären verlobt, das reicht aber nicht, weil man doch verheiratet sein muss ... Dann fahren sie mit dir davon, und ich bleibe zurück und habe keine Ahnung, wie es weitergeht.«

Aus dem Augenwinkel sah ich den Bus und direkt vor mir Julian mit seinen bunten Wimpern. Es sind immer die winzigen Details, die unverzichtbar werden, nie das große Ganze. Die Kleinigkeiten haften uns oft wie unsichtbare Kaktusfeigenstacheln an. Gründlich, schmerzhaft und unwiderruflich.

»Du spinnst«, sagte ich.
Aber grinsen musste ich dennoch. Es ging gar nicht anders. Julian ließ mich los.
»Sehen wir uns beim Tierarzt?«

Ich erreichte Nike nicht sofort, nicht am selben Tag. Tests und Zwischenprüfungen gingen bei ihr vor. Telefonieren während der stundenlangen Lerngruppen war verpönt, danach unmöglich, Nike rauchte der Kopf. Doch sobald sie Zeit hatte, erfuhr sie alles. Ich ließ nicht die geringste Kleinigkeit aus.
»Bei der zweiten Spritze hat er behauptet, Kara sei seine Schwester«, sagte ich.
»Sie hat ihn geküsst und in die Brustwarze gekniffen, nie im Leben ist die seine Schwester«, sagte Nike.
Nike hätte auch Geheimagentin werden können. Eine, die nur aus versiegelten Mineralwasserflaschen trinkt und Angreifer mit Handkantenschlägen vertreibt. Was strategische Pläne zur Zielfokussierung anging, war Nike unschlagbar.
»Wir sehen uns am Wochenende und finden die Wahrheit heraus«, sagte sie. »Ich habe auch schon eine Idee, wie.«
Mit kribbelnden Zehen legte ich mich in mein Bett. Nike würde kommen! Ihr heiteres Gesicht schwebte über allem, leuchtend wie die personifizierte Erlösung.

In dieser Nacht träumte ich einen *wahren Traum.* Die wahren Träume waren für mich die, die sich besonders real anfühlten – Träume von der Art, die keinen Zweifel daran ließen, dass es ein fernes Paralleluniversum gab, in dem der wahre Traum Realität sein musste. Die Aussage eines realen Traums war unumstößlich – sie war genauso wahr wie die fernen Kriege im Fernsehen. Zumindest im Schlaf konnte man aus einem Paralleluniversum ein paar verborgene Wahrheiten aufschnappen.

In meinem Traum trug meine Mutter ein besticktes Tuch um den Kopf. Ihre Zähne waren aus Gold und ihr Lächeln so starr, dass Fliegen davon tot von der Zeltwand fielen. Wir waren ein Wandervolk, das klaute und räuberte und jeden Abend um ein großes Feuer tanzte. Es gab keine Familien, jeder war für jeden und für sich selbst verantwortlich. Meine Mutter war der Hauptmann. In einer Ecke zwischen den tuchverhangenen Wagenburgen leitete sie eine Verführungsschule für Mädchen. Ich war hochschwanger. Meine Beine waren geschwollen, meine Brüste spannten, mein Leib sah aus wie ein aufgeblasener Therapieball. Julian war der Held unserer Wagenburg. Er war in zweitausendfünfhundert Fällen des Mordes angeklagt. Diese Zahl machte uns alle stolz. Ich spürte, dass er in Gefahr war. Plötzlich hörten wir Geschrei und Gebell, und der Polizeichef mit seinem pechschwarz vermummten Gefolge war da, mit Pferden und Hunden, die wie große Wölfe aussahen.

»Ich liebe den Mörder«, flüsterte ich, »wir müssen ihn retten.«
Nike sah mir voll Mitleid und Verständnis dabei zu, wie ich den halbnackten Julian in einem Papiercontainer versteckte. Ich stopfte ihn hinein. Er hatte die langen schwarzen Haare seiner Schwester, einen athletischen, braungebrannten Oberkörper und trug eine hautenge Lederhose. Während ich alte Pizzakartons und benutzte Backpapierbögen auf ihn stapelte, spielte Nike mit Julians winzigem Hund und nahm die Lage nicht ernst.
»Der ist auch noch in tausend Vergewaltigungsfällen angeklagt, und du bist schwanger, was glaubst du, was das für ein Gerede gibt?!«, sagte sie.
Aber wir konnten seine Festnahme ohnehin nicht verhindern. Julian wurde gefunden und abtransportiert. Der Polizeichef rammte ihm ein Messer ins Bein, geräuschlos, wie durch Butter. Als die Männer fort waren, nahm Nike meine Hand, und wir lächelten uns an. Wir waren überhaupt nicht traurig.
»Männer kommen und gehen«, sagten wir im Chor.
Wir hatten ja uns, da war alles andere egal, ganz gleich, was kommen würde. Es kommt bestimmt wieder einer. Nimm es locker, bleib lässig, lebe lustig.
Das Aufwachen aus dem Traum war friedlich und hoffnungsvoll. Die verborgenen Aussagen der wahren Träume waren nie einfach zu entschlüsseln.

KARA

Nike traf am späten Freitagnachmittag bei mir ein. Damit wir mehr gemeinsame Zeit hatten, hatte sie ihren Eltern verschwiegen, dass sie schon am Freitag anreiste. Am Bahnhof zog sie sich zur Sicherheit ihre Kapuze ins Gesicht. Es würde eine lange Nacht werden: Achim hatte mich zu seiner Geburtstagsfeier eingeladen. Wir tranken Tee und aßen Schokoladen-Kirsch-Torte, bis meine Mutter zur Spätschicht aufbrach. Danach tranken wir Bier und warteten, bis sie vom Krankenhaus aus noch einmal anrief, um uns eine gute Nacht zu wünschen. Dann stolperte Nike in einer One-Woman-Slapstick-Show über den Kabelsalat in unserem Flur und unterbrach die telefonische Verbindung – nur für den Fall, dass meine Mutter noch einmal auf dem Fest-

netz anrief. Dass wir in die Nacht davontanzen wollten, und das auch noch benebelt, hatte ich ihr verschwiegen, damit sie sich keine Sorgen machte. Damit ich mich frei fühlte, mit Nike. Damit ich morgens nichts erzählen musste.
Als Geschenk für Achim hatte ich eine Polaroidkamera vom Bahnhofsflohmarkt besorgt. Ich und Nike suchten die passenden Kleider für unseren Abendauftritt zusammen. Alles musste passen, spontan und natürlich wirken und unverschämt gut aussehen. Nachdem wir uns bei Achim in Stimmung gefeiert hätten, griffe Nikes eigentlicher Plan: Wir würden unangemeldet, aber hoffentlich nicht unerwünscht bei Julian auftauchen. Und die Wahrheit herausfinden, über Kara und Julian und auch über ihn und mich. Ich entschied mich für Netzstrümpfe und türkisfarbene Fransenstiefel. Nike packte einen Cowboyhut und buntbestickte himmelblaue Cowboyboots aus ihrer Reisetasche. Dazu holte ich meine beiden handgestrickten Ponchos aus dem Schrank, die ich von meiner Mutter geerbt habe. Kurz bevor wir die Wohnung verließen, packte Nike noch eine Flasche aus unserem Spirituosenschrank im Wohnzimmer ein, in dem sich in den letzten Jahren ein unübersichtlicher Haufen von Patientenpräsenten an meine Mutter angesammelt hatte.

Es war lange her, dass ich bei Achim war. Er lebte in einer Doppelhaushälfte auf der Ostseite, eigentlich nicht

besonders weit, selbst wenn man zu Fuß lief. Nike wollte wissen, wie Achim eigentlich drauf war.
»Achim ist immer sehr fürsorglich«, erzählte ich. »Auf der Klassenfahrt nach Polen haben wir Robbe und Fisch gespielt.«
Das hieß, dass ich mich im Zugabteil von Achim wie eine Robbe mit Parmaschinkenstreifen aus seiner Brotbox füttern ließ. Aber nur, weil wir vorher meine Pfannkuchen gemeinsam aufgegessen hatten und ich noch Hunger hatte.
»Ihr habt also eine kulinarische Beziehung«, sagte Nike. »Erotisch!«
Ich wollte protestieren, doch wir standen bereits vor Achims Haustür, und die ging gerade auf. Achims Mutter, eine kleine Frau mit freundlichem Puttengesicht und Engelslöckchen, lächelte mich an und umarmte mich plötzlich so fest, als wären wir beste Freundinnen.
»Faina«, rief sie, »wie groß du geworden bist, eine richtige Dame!«
Achims Vater, so groß wie ein Riese, trug ihr die kleine pinke Handtasche hinterher. Nike biss sich auf die Lippen, um nicht loszulachen, und Achim stand hinten im Flur.
»Mama«, sagte er nur, woraufhin seine Mutter ihren Klammergriff löste, mir zärtlich über die Wange strich und mit Achims Vater Arm in Arm davonspazierte.
Als sie außer Hörweite waren, hickste Nike und brach schließlich in schallendes Gelächter aus. Achim geleitete

uns beide in die Küche und bat uns Platz zu nehmen. Sein Vater war Tischler und hatte Möbel in Übergröße gezimmert. Ich und Nike waren die ersten Gäste, die nun wie kleine Voodoo-Puppen in Strickponchos auf den hohen Holzstühlen um den hohen, runden Tisch saßen. Achims Bruder polterte halbnackt die Treppen herunter, um nachzusehen, wer da war, Achim jagte ihn mit brüderlichem Gejaule wieder nach oben. Nike zog die Augenbrauen hoch.

»Das ist Pari«, erklärte ich, »der ältere Bruder.«

Ganz anders als Achim hatte Pari große dunkle Augen und dickes, hüftlanges tiefbraunes Haar.

»Sein Vater ist Sikh«, flüsterte ich Nike zu und wies auf die Familienfotos am Kühlschrank. »Er lebt in Indien.«

Wir betrachteten die Fotos von Achim und seinem Bruder als Kleinkinder, die in weißen Gewändern mit kunstvollen weißen Turbans süßer als Babykätzchen aus dem Internet aussahen. Dann kam Achim wieder. Ich überreichte ihm mein Geschenk und verhinderte erfolgreich Nikes Versuche, ein *Happy Birthday* anzustimmen. Leicht betreten sah ich zu, wie Achim sich aufrichtig und überschwänglich über das alte Polaroidgerät freute. Nike pfriemelte derweil an unserer mitgebrachten Flasche herum, bis sie offen war und das Etikett um den Flaschenhals in Fetzen zerfleddert.

»Drink me!«, knarzte Nike mit schief verstellter Stimme und hielt mir und Achim die Flasche abwechselnd hin.

Nikes Gegenwart machte Achim noch schüchterner, als

er sowieso schon war. Ich schämte mich ein bisschen für ihn. Es wäre mir lieber gewesen, mein einziger und bester Schulkumpel wäre ein lässiger Typ, dem Geburtstagsgeschenke schnuppe sind und der niemals rot wird. Achim hingegen war bedrückend nett, geradezu fehlerlos. Nike machte das nichts aus. Sie ließ sich freundlich wie eine müde Herrscherin von Achim Gläser, Knabbereien und Servietten bringen und sah gönnerhaft über seine Mängel hinweg. Wir tranken gemeinsam von unserer Flasche und waren uns bald einig, dass es gar nichts brächte, nur ein bisschen zu trinken. Wenn schon, so unsere These, müsste man sich voll und ganz die Kante geben. Nicht unbedingt krankenhausreif – »Auf keinen Fall!«, rief Nike –, aber doch zumindest so, dass man die Welt anders wahrnehmen könnte, zum Besseren hin betrachtet. Nike meinte, wenn man schon die Leber schädige, dann wenigstens mit einem vollwertigen Rausch. Achim schien sich nach dem dritten Glas zu entspannen. Er stimmte Nike laut zu, dass ein Rausch eine reinigende Kraft für die Psyche hätte – »Katharsis!«, rief Nike und trank weiter –, auf diese Weise würde die schädigende Wirkung des Alkohols gesundheitlich ausgeglichen.

Mich quälte derweil der leise Verdacht, die übergroßen Möbel unter mir setzten sich langsam, aber sicher in Bewegung. Ich versuchte mich unauffällig an der Stuhlkante festzuhalten, um nicht herunterzufallen. Darauf konzentriert, konnte ich nicht mit meinen eigenen

Überlegungen in die Debatte einsteigen. So musste ich wenigstens nicht mit Achims und Nikes Geistesblitzen konkurrieren.

Es klingelte immer öfter, das Haus füllte sich mit Menschen. Allmählich wurde es stickig und roch nach Mensch und Rauch, fast wie in einer Kneipe. Langweilige Jungs aus Achims Basketballteam und viel zu stille Mädchen aus seinem Chemiekurs standen herum und kosteten den Kartoffelsalat mit Kardamom. Ein paar Leute aus meiner Stufe, mit denen ich nie viel zu tun gehabt hatte, unterhielten sich über ihre öden Hausaufgaben. Pari und die dubiose Gruppe Jurastudenten, die seine Freunde waren, steckten in Poloshirts, hatten sich ihre Pullover über die Schultern gelegt und vor der Brust zusammengeknotet. Sie hatten es auf Nike abgesehen. Immerzu grinsten sie in die Küche herein und hielten ihre Drinks zum Gruß hoch, wie Senioren auf einer Kreuzfahrt.
Ich rutschte von dem hohen Stuhl auf den sicheren Boden und hielt mich mit der Grazie eines dicken Babys an Nikes Stuhlbein fest. Sie beugte sich zu mir herunter.
»Diese Jura-Fuzzies!«, kicherte sie, »sieh sie dir an!«
Pari lächelte verschmitzt zu ihr herüber. Sein Haar hatte er inzwischen zu einem halben Pferdeschwanz am oberen Hinterkopf zusammengebunden, sein weißes Poloshirt stand weit offen.
»Heiß!«, befand Nike, »aber trotzdem Jura.«

Die Mädchen, die bei Pari und seinen Freunden standen, trugen Perlenketten und Perlenstecker.
»Wir sind hier die Schönsten«, stellte Nike mit besoffener Stimme fest. »Lass uns ins Bad gehen.«
Ich torkelte hinter Nike her, die mir den Weg freitanzte wie eine Waldfee. Wenn uns eines der Perlenmädchen auf der Tanzfläche begegnete, verteilte Nike vermeintlich unabsichtlich Ellbogenspitzen, die ihr das Gleichgewicht raubten. Vorsichtshalber schob ich sie etwas rascher durch die Menge. Auf der anderen Seite der Badezimmertür sperrte Nike ab.

Die Musik drang zu uns, abgedroschene Bässe und der kreischende Gesang einer computeranimierten Sängerin. Wir strandeten vor der Spiegelablage, die voller Kram stand. Nike starrte einen Moment lang in den Spiegel, schnappte sich plötzlich die Zahnbürste und hielt sie hoch in die Luft. Die Plastikborsten rotierten mit einem tiefen Brummen. Dann steckte Nike die Zahnbürste auf einmal ein. In meine Tasche.
»Was tust du da?!«, fragte ich betrunken.
»Schau mal, das Parfüm!«, flüsterte Nike, als hätte sie mich nicht gehört, »das ist perfekt!«
Und sie stopfte es ebenfalls in meine Tasche.
»Willst du hier klauen?!«, flüsterte ich entsetzt zurück, »Das geht doch nicht, das Zeug gehört Achims Mutter!«
Aber Nike steckte wahllos irgendwelche Dinge ein, immer mehr und immer schneller. Ich schaute zu, wie

eine angebrochene Antipilzcreme und eine Zahnschiene in meiner Tasche verschwand, die immer schwerer auf meiner Schulter hing. Dabei gluckste Nike in sich hinein, ihre Augen sprühten vor Freude. Davon ließ ich mich anstecken.
»Das wollte ich schon immer haben!«, rief ich mit einer Stimme, die mir fremd war, fischte eine Spülung und einen pinken Schwamm aus der Duschkabine und streckte beides Nike entgegen. Sie stopfte die Sachen schnell zu den anderen.

Im Bus zu Julian zauberte Nike eine Tube verschreibungspflichtige Rheumacreme aus dem Diebesgut hervor.
»Das durchblutet total«, sagte Nike, »die Stelle wird rot wie eine Tomate. Ich habe das schon mal gegen Pickel genommen.«
Ich glaubte Nike nur halb, ich hatte noch nie auch nur einen einzigen Pickel an ihr entdeckt. Doch ihre Absicht erschien mir plausibel. Wir würden Julian sagen, dass wir in seiner Gegend auf einer Party gewesen waren und uns jemand verfolgt und angegriffen hätte.
»Wir appellieren an seinen Beschützerinstinkt«, sagte Nike, »das ist gut für eure spätere Beziehung.«
Als wir aus dem Bus stiegen, wehte feuchte Luft um unsere roten Nasen. Nike atmete tief ein, und auch ich spürte, wie ein wenig Klarheit in meine Gedanken sickerte, nicht allzu viel, wohlgemerkt.

Obwohl es gerade mal kurz nach Mitternacht war, waren die hübschen Straßen menschenleer. Nur in wenigen Fenstern brannte noch Licht. Am See war ein bisschen mehr los. Kleine Grüppchen saßen am Ufer, rauchten und tranken Bier. Manche der Typen hatten kurzrasierte Haare und Springerstiefel. Übers Wasser echote eine schlechte Aufnahme aus tragbaren Boxen, eine aggressive Stimme grölte etwas über Zecken, Schwänze und Gewalt.

»Hava nagila, hava nagila, hava nagila venis mecha«, sang Nike vor sich hin, als wäre sie ganz in Gedanken, *»Hava neranena, Hava neranena, Hava neranena, venis mecha.«*[2]

Sie wurde immer lauter, so als ob sie die Musik übertönen wollte, und stockte erst, als sie meinen fragenden Blick bemerkte.

»Was ist?«

»Du bist doch gar nicht jüdisch«, protestierte ich leise. »Oder habe ich was nicht mitgekriegt?«

»Wieso? Lebensfreude passt doch immer«, sagte Nike.

---

2 *Hava nagila* bedeutet übersetzt »Lasst uns glücklich sein« und ist ein beliebtes hebräisches Volkslied, das vor Jahrhunderten aus einem chassidischen Niggun entstanden war – einer Melodie, die von religiösen Juden Osteuropas üblicherweise ohne Text und Worte in Gruppen zu einem traurigen oder fröhlichen Thema improvisiert wird. Ein junger jüdischer Sänger aus Lettland, Abraham Zvi Idelsohn (1882–1938), hörte den Niggun der Sadigorer vermutlich 1915, während einer seiner Reisen. Er fügte ihn in seine Sammlung der Tonaufnahmen ein und veröffentlichte das Lied mit eigenem Text 1922 in einem seiner Liederbücher. Im gleichen Jahr wurde das Lied auf Schallplatte eingespielt und von »Polyphonwerke AG Berlin« vertrieben.

Julians Haus war nur eine Straße weiter. Ein gepflegter Gartenweg schlängelte sich zum Eingang der kleinen Villa, deren Tür mit gemustertem Milchglas versehen war. Bevor wir auf den Kiespfad traten und den Laternenbewegungsmelder aktivierten, schmierte mir Nike die Rheumacreme auf die Backe. Unter ihren tupfenden Bewegungen zog die weiße Schmiere schnell ein. Ein paar Sekunden später ziepte und wärmte es schon. Nike tätschelte mir stolz wie ein Vorkriegspatriarch die Wange. Dann wurde es unangenehm heiß. Schließlich brannte die eine Seite meines Gesichts lichterloh und schmerzte elendig. Ich fand, Nike hätte mich ruhig vorwarnen können, aber sie war mit meinem authentisch tränenden Auge hochzufrieden und forderte mich auf, endlich zu klingeln. Ich starrte das gerahmte Rechteckchen an: Familie Deklin. Würde die Klingel schrill oder melodisch in die Nacht schellen? Würde Julian selbst oder jemand anderes aufmachen? War Deklin überhaupt ein Nachname, der zu meinem Vornamen passte? Nike verlor die Geduld, drückte fest auf die Klingel und ging, während das laute Schellen die konspirative Stille sprengte, mit einer belustigten Miene ein paar langsame Schritte rückwärts. Dann drehte sie sich plötzlich um und rannte los.

»Nike!«, rief ich empört hinterher.

Sie blieb kurz stehen und reckte mir den Daumen entgegen. Aus der Entfernung leuchteten ihre Augen im Mondlicht, wie bei einem Stadtfuchs. Dann verschwand sie in der Dunkelheit. Im selben Moment öffnete sich die Tür. Ich erstarrte mit meinem rottränenden Rheumaauge, mutterseelenallein. Vor mir, mit der Erhabenheit einer Schneekönigin, stand Kara.

»Hallo«, sagte ich und schwieg dann so lange, bis eine flüchtige Träne aus meinem eingecremten Auge eine nasse Spur hinter sich herzog und mich an der Nase kitzelte.

Anschließend musste ich niesen. Kara starrte mich an, unbeweglich wie eine Kobra. Sie sah noch dramatischer aus als in meiner Erinnerung. Ihr dunkles Haar war hochgebunden, die kalten Augen schienen nicht zu blinzeln, ihre tiefroten Lippen wirkten fast schwarz. Hinter Kara brannte kein Licht. Sie schwebte vor mir, eine Nachtwolke in ihrem schneeweißen Bademantel.

»Hallo, Faina«, sagte Kara besonnen wie ein Geistlicher zu einem betrunkenen Bettler, »weißt du eigentlich, wie spät es ist?«

Ich machte auf dem Absatz kehrt. Wenn sie hier sogar schlief, gab es bezüglich ihrer Beziehung zu Julian keine Zweifel.

»Warte«, Kara krallte sich an meinem Ellbogen fest, »was ist passiert?!«

Sie zog mich in den Flur und nahm mir meine peinlich schwere Tasche ab, schaltete aber kein Licht an. Das Haus schien fest zu schlafen, nur das Surren einer Waschmaschine irritierte die Stille.

»Du wolltest zu Julian?«

Ich nickte.
Kara ging vor, und ich folgte. Wir stiegen eine kleine Treppe in den ersten Stock. Kara wand sich um und schob mich in einen kleinen Raum, der sich als Badezimmer entpuppte.
»Aber nicht spülen, und Finger weg vom Lichtschalter, sonst geht die Lüftung«, hauchte sie mir in den Nacken.
Ich schloss die Tür hinter mir ab und versuchte im mondbeschienenen Spiegel mein betrunkenes Gesicht zu erkennen. Mit Nikes Verschwinden löste sich auch unser gemeinsamer Plan in Luft auf. Ich wusste nicht, was ich tun sollte, also wusch ich die Creme von meiner Haut und kontrollierte, wie ich roch. Meine Wange brannte wie gepfeffert, auch das Wasser änderte nichts daran. Kara klopfte ungeduldig an die Tür.
»Bist du fertig?«
Sie führte mich in ein Zimmer, presste die Tür vorsichtig zu und schaltete unangekündigt ein grelles Oberlicht an. Ich blinzelte, während rote und violette Kreise durch mein Sichtfeld flimmerten. Dahinter erkannte ich ein zerwühltes Doppelbett, einen chaotischen Schreibtisch mit einem breiten Computerbildschirm, ein kleines Spinett und darüber Julians Baumzeichnung vom Friedhof, mit vier Stecknadeln an die Wand gepinnt. Die fünfte Nadel steckte in der Mitte der Zeichnung, mitten im Baumhintern. Auf dem kleinen Teppich vor dem Bett stand Käthes Käfig, ein schwarzer Wollplaid schützte das Tier vor dem Lichteinfall.

»Kann ich mich setzen?«, fragte ich, trat, ohne die Antwort abzuwarten, vor, schwankte unentschlossen zwischen Schreibtischstuhl und Bett und ließ mich schließlich auf dem Teppich neben dem Käfig nieder.
Kara hockte sich neben mich und sah auf einmal wie ein kleines Kind aus, das mit einem spielen wollte.
»Ist Julian nicht hier?«, fragte ich.
»Er ist mit seinem Onkel verreist. Da ist eine Kollwitz-Ausstellung in Frankfurt«, sagte Kara und schüttelte sich angewidert. »Ich wollte nicht mit. Zu deprimierend. War aber auch nicht eingeladen.«
Ich wollte Klarheit.
»Und du wartest hier auf ihn?«
Kara neigte ihren Kopf zur Seite, streckte sich lang wie eine Balletttänzerin auf dem Teppich und sah mich belustigt von unten an.
»Ich wohne hier, Lady. Das ist mein Zimmer, mein Bruder schläft normalerweise nebenan.«
Plötzlich erschien mir die Idee, Kara könnte Julians Freundin sein, vollkommen absurd. Ich atmete tief aus und hatte sogleich Sorge, dass Kara mir meine Erleichterung anmerken würde. Zur Ablenkung spähte ich in den Käfig. Unser Eichhörnchen lag friedlich schlafend da.
»Wir ... ich wurde angegriffen«, sagte ich, »da waren Nazis, die haben ...« Ich wies auf meine Feuerwange.
Kara schob ihren Kopf vor meine Knie. Ihr ebenmäßiges Gesicht mit der hohen Stirn erinnerte mich an meine Kindertage, als ich und meine Mutter uns Münder an

die Stirn malten und kopfüber bärtige Männer spielten. Das musste Jahrhunderte her sein. Karas schwarzer Bart ließ ihre großen Augen traurig wirken. Ihre Blässe schien auf einmal kränklich. Ich hatte den Eindruck, dass es nicht der richtige Moment wäre, um mich zu verabschieden, und bekam eine alberne Lust, über Karas schwarzes Haar zu streicheln. Gleichzeitig blieb eine unklare Angst – aber was sollte schon passieren?

»Ich höre Stimmen, wusstest du das?«, sagte Kara. »Immer mehrere auf einmal. Auch jetzt. Manche flüstern mir zu, dass du nicht hierhergehörst.«

»Ich wollte zu Julian«, sagte ich.

Kara stand auf, schaltete das Oberlicht aus und machte eine kleine Lampe aus Pappmaché an, die auf dem Boden stand. Als das Licht anging, zeichneten sich feine, leuchtende Ritzen im Lampenschirm ab. Kara wies an die Zimmerdecke, wo ein Käfer aus Licht erschienen war. Es gab ein Klacken, etwas in der Käferlampe setzte sich in Bewegung, das Licht flackerte und blinkte. Jetzt sah es aus, als ob der Käfer sich bewegte. Als ob er lebte.

»Julian«, flüsterte Kara, »alle lieben seine hübschen Späße. So ist er, der kleine Scheißer.«

Dann schritt Kara zur Tür und drehte den Schlüssel im Schloss.

»Ich lasse dich nicht mehr raus«, sagte sie. »Das war frech von dir, herzukommen.«

Kara ging zu ihrem Tisch, nahm den großen Computerbildschirm hoch und ließ ihn unvermittelt auf den Boden fallen. Ich zuckte zusammen, aus Überraschung und wegen des Lärms. Kara aber fixierte mich siegesgewiss und trat noch mal mit voller Wucht in die zersplitterte Bildschirmmitte. Im Käfig raschelte es. Käthe war wach geworden.

»Hast du verstanden?«, sagte Kara ganz ruhig. »Du gehst erst, wenn ich es erlaube. Oder wenn jemand einen Krankenwagen ruft.«

Sie lächelte.

Ich dachte darüber nach, was ich von meiner Mutter wusste. Wie ich mich verhalten sollte, wenn Kara die Wahrheit sagte und sie wirklich Stimmen hörte. Ihre Einschätzung der Realität war nicht wie meine, das galt es zu respektieren. Sollte man den Menschen mit seiner Psyche nicht ganzheitlich betrachten? Ich fühlte mich unendlich erschöpft. Betrunkensein macht angreifbar, es war einfach nicht gut, sich benebelt in Situationen wie diese zu begeben, dachte ich müde.

Kara kauerte auf dem Boden und popelte einzelne Splitter aus dem zerstörten Bildschirm. Meine Augen hatten sich an das Halbdunkel gewöhnt. Ich entdeckte meine Tasche, die an einem Haken unter der Tischplatte hing.

»Ich habe Albträume, wenn ich schlafe, weißt du?«, sagte Kara. »Manchmal schreibe ich sie auf, aber meistens nicht. Meistens versuche ich, so lange wie möglich nicht einzuschlafen, einfach wach zu bleiben, bis der Tag wieder anbricht.«

Sie hob ihre Hand und zeigte mir einen großen Glassplitter, den sie vorsichtig zwischen ihren langen Fingern hielt.

Ich stand auf und sah sie an. Kara kam näher, den Glassplitter direkt auf mich gerichtet. Ausgerechnet jetzt war meine Angst vor ihr verschwunden. Ich spürte eine Verantwortung, als sei ich eine Krankenschwester und müsste mich um Kara kümmern.

»Gib mal her, den Splitter«, sagte ich, »Du bist ja völlig durch.«

»Ich lasse dich gehen, Faina«, flüsterte sie, »aber nur unter einer Bedingung.«

Ich hörte Käthe im Käfig rascheln, sah den Käfer an der Decke.

»Du erzählst mir eine Geschichte, eine aus deinem Leben«, sagte Kara. »Etwas Geheimes, das du noch nie jemandem verraten hast.«

»Ich habe nicht viele Geheimnisse, und wenn, dann behalte ich sie nicht besonders lange«, sagte ich und öffnete meine Handfläche für sie.

Kara drückte mir den Glassplitter sacht in die Hand, ohne ihn dabei loszulassen. Er fühlte sich scharf an. Der Kick durch das Adrenalin war schöner als Angst, irgendwie erhabener. Wenn sie geschickt zusticht, dauert es gerade mal zwei Minuten, dachte ich, dann bin ich fort. Noch einmal unglaublich. Und erregend. Es hätte mir sogar gefallen, wenn Kara den Splitter fester hineingedrückt hätte. Dennoch fragte ich mich, ob Nike wirklich schon nach Hause gefahren war oder ob sie vielleicht dort draußen im Garten auf mich wartete. Ob ich vielleicht einfach laut schreien sollte oder dieser irren Kara eine verpassen. Mitten auf die schöne Nase. Damit sie sich nicht so aufspielte.

»Es gab da Denis, den Sohn der Nachbarn meiner Oma«, sagte ich schließlich. »Als Kind dachte ich, Denis wäre mein Cousin. Was aber nicht stimmte. Denis hatte runde blaue Augen, wie eine Puppe. Ich fand ihn ziemlich süß.«

Ich hustete, fing mich wieder, hustete erneut. Etwas kratzte in meinem Hals. Ich überlegte, ob ich damals schon lesen konnte, vermutlich lernte ich es gerade. Ich musste ungefähr fünf gewesen sein, als Denis mich in die Wäschekammer seiner Mutter lockte.

»Sie war wie ein Einbauschrank mitten in der Wohnung. Zwischen den zusammengelegten Kissenhüllen und gebügelten Bettlaken roch es nach Waschmittel. Denis schloss die Tür von innen und drehte den Schlüssel um«, sagte ich.

Ich spürte, wie Kara den Glassplitter von meiner Hand herunternahm und beiseitelegte.

»Erst war es gar nicht unheimlich. Ich fürchte mich nicht vor der Dunkelheit. Aber dann kam die Angst doch, wie ein schauerlich kleines schwarzes Geschöpf. Weil es totenstill war, Denis sich nicht bewegte und weil niemand nach mir suchte. Und dann flüsterte Denis, dass er mich erst gehen ließe, wenn ich meine Unterhose ausziehe«, sagte ich.

Ich musste wieder husten. Ich habe darüber tatsächlich noch nie mit jemandem geredet. Ich hatte nicht einmal mehr darüber nachgedacht.
»Und?«, sagte Kara ungeduldig.
»Ich habe mich geschämt, aber ich fand das auch bescheuert. Weil es so dunkel war, dass man da drinnen nicht einmal seine Hand erkennen konnte.«
»Und dann?«
»Habe ich meinen Slip runtergeschoben. Denis machte eine Taschenlampe an und hat geleuchtet.«
Ich hustete, mir war ein bisschen schlecht. So langsam wollte ich nur noch nach Hause. Ich strich über meinen Arm, fühlte die Gänsehaut.
»Your life, little girl, is an empty page ... That men will want to write on ...«[3], sang Kara leise vor sich hin. »Genau so lernt man's, klein zu bleiben, fein zu bleiben. Den Blick zu senken, nicht durch dunkle Straßen zu laufen, ständig Acht zu geben, braves Kindchen!«
Sie blickte mich trotzig an, und ich starrte widerspenstig zurück. Sie sieht klug aus, dachte ich, und dass ich auf keinen Fall wegschauen darf. Ich tat so, als wäre das ein Kräftemessen, das ich gewinnen wollte.

---

3 Es waren die Zeilen aus *Sixteen going on Seventeen* von Richard Rogers, die in dem verfilmten Musical »The Sound of Music« von 1965 gesungen werden. »Männer werden trinken und dich ausnutzen, also lass mich dir sagen, was zu tun ist!«, singt der männliche Teenie im Film, während der verliebte weibliche Teenie ihn mit großen Augen anschmachtet. Ein reaktionärer Albtraum, der gerne ironisch gecovert wird: in männlichen Broadway-Duetten und in feministischen Punkbands.

»Du bist schon in Ordnung, Faina«, sagte Kara nach einer Weile. »Normalerweise hasse ich die Mädchen, die zu Julian wollen. Er kümmert sich um mich.«
Sie lief zur Tür, sperrte auf und lief die Treppe in den Hausflur hinunter, vor mir ihre nackten Fersen, wie bei einem Kaninchen. Ich nahm meine Tasche vom Tisch und ging ihr nach.

Eine kleine Tischlampe tauchte den Eingangsbereich in gemütlich warmes Licht. Kara hatte ihr Telefon in der Hand. Ich konnte einen unsortierten Haufen Schuhe, ein paar Retro-Rollschuhe und eine volle Kiste Altpapier erkennen.
»Fasanenweg sieben, bitte«, sagte Kara freundlich in den Hörer, und: »In die Innenstadt.«
Sie öffnete eine Kommodenschublade und kramte aus dem Papierchaos einen kleinen Flyer heraus. Kara zeigte ihn mir, wie eine rote Karte. Dann drückte sie ihn mir zusammen mit einem Zwanzigeuroschein in die Hand.
»Ich habe dir ein Taxi gerufen«, sagte sie, »ist sicherer.«
Wir hörten, wie ein Wagen vor der Villa hielt, der Motor lief.
»Tschüss«, sagte ich, mehr fiel mir nicht ein.
Kara schoss vor und warf sich gegen mich, umarmte mich noch einmal, weich und lieb und herzlich.

Ich bat den Taxifahrer, zuerst zu Achim zu fahren. Die Party war vorbei. Im Haus war es still, die Fenster dunkel, wie überall in der Stadt. Ich fischte eine alte Plastiktüte aus meiner Tasche, die ich sonst für meinen Fahrradsitz benutzte, um ihn vor Regen zu schützen, stopfte alles, was ich und Nike aus Achims Badezimmer mitgenommen hatten, hinein und hängte die Tüte an die Haustürklinke. Der Taxifahrer starrte schläfrig geradeaus. Er nutzte die Pause, um einen Zigarettenstummel zu paffen. Ohne lange zu überlegen, zog ich meine zerrissene Netzstrumpfhose aus und hängte sie zu der Tüte dazu.

SCHÖPS

Als ich aufwachte, war mein Zimmer eisig. Meine Mutter musste nachts das Fenster aufgemacht haben. Ich schälte mein Bein aus der Decke, schob es wie ein Teleskop in Richtung Tasche, angelte mit den kalten Zehen die Henkel und beförderte sie zu mir unter die Decke. Der Flyer, den mir Kara zugesteckt hatte, warb für einen Zeichenkurs. Ich fand mein Telefon und wählte Nikes Nummer. Sie war mit dem Nachtbus nach Hause gefahren und klang bemerkenswert ausgeschlafen.

»Ich bin aufgewacht und hatte einen dicken Laib Brot im Arm«, kicherte sie in den Hörer, »wie ein Kuscheltier, ganz zärtlich. Kann mich ansonsten an kaum was erinnern! Wie war es bei dir?«

»Sie ist seine Schwester«, sagte ich, »eine ziemlich durchgeknallte Nudel.«
»Das sind doch super News«, sagte Nike, »dann kennt er schwierige Frauen und ist bestens auf die Liebe vorbereitet.«
Weil ich das diffuse Gefühl hatte, Julian bloßzustellen, entschied ich mich, Nike nichts Genaueres über Kara zu erzählen. Zumindest nicht am Telefon. Treffen konnten wir uns in den kommenden Tagen nicht: Nikes Eltern hatten sich für ihren Besuch so viel Zeit genommen, dass ich darin keinen Platz hatte.
Ich duschte, zog mich an und goss den kleinen Orangenbaum im Wohnzimmer. Dabei sah ich mich um, als wäre ich zum ersten Mal bei uns zu Hause. Alles sah rührend aufgeräumt aus, unser samtbezogenes Sofa, der Weidekorb mit den Stricksachen meiner Mutter. Eine damenhafte Ordnung und Ruhe beherrschte unsere Wohnräume. Ich betrachtete die Ölgemälde an den Wänden, die wir von Oma geerbt hatten, meine gerahmten Kinderfotos dazwischen und die filigranen Gestalten auf der Fensterbank, die Mamas dankbare Klienten getöpfert hatten.
Auf einmal fehlte mir etwas. Was würde Kara in diesem Wohnzimmer tun? Nachdenklich zog ich einen roten Wollfaden aus dem Weidenkorb und ließ ihn einfach so wie eine tote Natter über den Korbrand hängen. Nur um etwas zu verändern. Als wäre ich ein Theaterrequisiteur und mit dem Bühnenbild unzufrieden.

Sobald meine Mutter wach wurde, brachte ich ihr einen Schwarztee ans Bett. Sie fragte mich, wohin Nike verschwunden sei, und ich behauptete kryptisch, dass wir einen kleinen Zwist gehabt hätten, weshalb Nike noch in der Nacht gegangen sei. Um schnell das Thema zu wechseln, erzählte ich ihr auch von dem Zeichenkurs.

»Ich finde es gut, wenn du etwas für dich machst«, sagte sie, »dann hast du auch mal was Eigenes, nicht immer nur Nike-Nike-Nike.«

Im selben Moment schien ihr leidzutun, was sie gesagt hatte.

»Ich mache uns mal Pfannkuchen«, fügte sie eilig hinzu.

Während meine Mutter im Schlafanzug den Teig rührte, telefonierte ich mit dem Zeichenlehrer. Er hieß Schöps und wollte wissen, ob ich den Unterricht für eine »Mappe« brauchte. Ich sagte, dass ich noch gar nicht darüber nachgedacht hatte, wofür ich eine Mappe bräuchte.

»Haben nicht die meisten jungen Leute heute ein Ziel?«, meinte Schöps.

»Ich brauche kein Ziel«, sagte ich, »ich bin kein Torpedo.«

Ich hatte diesen Satz einmal in einem Interview mit einem jungen Popstar gelesen. Der Popstar war mit einer viel, viel älteren und über die Maßen bekannten Diva liiert. Seine eigene Karriere lag im Argen.

»Wir finden heraus, was Sie sind, kommen Sie nur pünktlich«, sagte Schöps unbeeindruckt und legte auf.

Als der erste Pfannkuchen fertig war, deckte ich den Tisch.
»Ich möchte dich bei der Arbeit besuchen«, sagte ich.
»Warum?«, wollte meine Mutter wissen.
»Das letzte Mal war ich nach der Grundschule da. Dein neues Büro, wie es da aussieht und so weiter. Kenne ich alles nicht.«
»Es ist ein Krankenhaus wie jedes andere«, sagte meine Mutter, »es riecht nach Desinfektionsmitteln, es gibt Patienten. Und das Büro ist auch nicht neu.«
»Manche Leute glauben, dass es ansteckend ist«, sagte ich, »dass Menschen, die viel mit Verrückten zusammen sind, irgendwann selbst irre werden.«
»Man nennt es eine Störung. Und ich fände es ganz phantastisch, wenn du mit etwas mehr Respekt über meinen Beruf reden würdest«, sagte meine Mutter. »Außerdem ist das Unsinn. Eine Abweichung von der Norm ist nicht ansteckend, sag das mal deinen *Leuten.* Da draußen leben unzählige Menschen ganz wunderbar mit ihren Abweichungen, ohne dass man davon viel mitbekommt. Sie haben noch keinen angesteckt. Und oft genug ist das ziemlich schade.«
Meine Mutter nahm eine Kelle voll Teig und goss sie in die heiße Pfanne.
»Wir schreiten ein, um zu helfen, aber nur, wenn der Klient für sich oder andere eine Gefahr darstellt. Wer nimmt sich überhaupt heraus, zu wissen, was normal ist? Das wäre doch Faschismus«, sagte sie. »Höhlenmen-

schen haben sich im Laufe der Evolution in Da Vinci, Einstein und Marie Curie verwandelt. Wir alle zahlen nur den Preis für diese Entwicklung, wenn manche von uns von der sogenannten Norm abweichen. Diese Norm ist bloß die Wurst, von der das eine Ende pathologisches Leiden ist und das andere Genialität.«

»Die ziellos Suchende, hm?«, murmelte Schöps und suchte meinen Namen auf seinem Notizblock. »Du kannst Ludger zu mir sagen. Das ist meine Tochter Luzie.«
Er wies auf das kleine Mädchen, das im Studio auf dem Boden hockte und mit farbverschmierten Fingern über eine Miniatur-Leinwand streichelte. Dann befestigte er ein großformatiges weißes Blatt auf einer meterhohen Pappe und stelle das Ganze auf eine Staffelei. Ich sollte malen, was ich wollte. Ich wendete die Pappe so, dass keiner der anderen einen Blick darauf hatte. Luzie stand auf, kam zu uns und betrachtete mich geduldig und konzentriert.
»Was suchst du denn?«, fragte sie leise.
Ich spürte, wie das Blut in meine Wangen schoss.
»Nichts.«
Ich schaute hinüber zu den anderen eifrigen Schülern, die mit stoischer Geduld Baumwollfalten von einem mit Stoff verhüllten Steinblock abmalten. Dann betrachtete ich die akkurate Miene von Herrn Schöps und das neugierige Schnäuzchen seiner kleinen Tochter. Und dann sah ich plötzlich und endlich Julian.

Auch er stand vor einer Staffelei. Sein Blatt war im Gegensatz zu den anderen fast leer, und er langweilte sich sichtlich. Wir winkten uns zu, er überrascht und erfreut, ich vermeintlich überrascht und wirklich erfreut, weil seine verrückte Schwester mir keinen Bären aufgebunden hatte. Dann nahm ich meinen Kohlestift und dachte nach. Ich versuchte, einen Frauenkörper zu zeichnen, der nach Wasser duftete. Meine Erwartungen an mich selbst waren gering. Ich verbesserte meine Linien nicht, ganz gleich, wie unbeholfen sie auf dem Papier landeten. Als mir nichts mehr einfiel, presste ich ein paar Acrylfarbkleckse auf einen Pappteller und suchte mir einen Pinsel. Schöps nickte mir aufmunternd zu, ich tat, als hätte ich es nicht bemerkt. Vorsichtig strich ich einen Schokoladenton auf das Büttenpapier und formte dann einen Handtuchturban aus pastosem Weiß, wie ich ihn bei Achim auf dem Kühlschrankfoto gesehen hatte.

»Warum malst ausgerechnet du ein schwarzes Mädchen?«, fragte Julian.

Er muss schon einen Augenblick hinter mir gestanden haben.

»Sie ist nicht schwarz«, log ich verlegen, »sie ist aufgeheizt. Sie kommt aus der Badewanne.«

Es war mir unangenehm, dass er so ungeniert auf mein Blatt starrte. Unter seinem Blick erkannte ich die anatomischen Fehler und die falsch gesetzten Striche wie unter einer Linse.

»Aber was hat das mit dir zu tun?«, beharrte Julian.

»Was hat denn der Ziegelstein unter dem Lappen da mit dir zu tun?«, fragte ich.
»Zeit, aufzuräumen«, rief Herr Schöps in den Raum.
Alle außer uns setzten sich in Bewegung, schabten mit den Farbmessern die Farbe von ihren Papptellern in den Mülleimer und wuschen in dem kleinen Messingwaschbecken die Pinsel aus.
»Ich glaube, du solltest versuchen, authentisch zu sein«, sagte Julian, »dein Thema finden. Das, was dich empört, was dir Angst macht und ohne das du gar nicht leben kannst. Kunst sollte weh tun.«
Ich musste lachen.
»Das ist hier meine Probestunde, du Affe«, sagte ich.
Julian musste ebenfalls grinsen.
»Dein naiver Stil gefällt mir. Ist nicht einfach, das so ehrlich hinzukriegen«, sagte er.
Wir verließen gemeinsam das Studio und spazierten durch die nahe gelegene Pappelallee zu dem angrenzenden Park. Ich genoss meinen heimlichen Sieg. Ohne dass Julian etwas aufgefallen war, waren wir nun hier, als hätten wir uns verabredet. Als wäre dieser Abend eine arrangierte Sache, virtuos mit Kunst, Natur und verhaltenem Flirt ausgeschmückt. Das ultimative Date, wie aus dem Hollywoodkino.
Julian erzählte, dass und er Kara Zwillinge waren und er bei seiner Tante lebte. Sein Vater war vor einigen Jahren an nicht rechtzeitig entdecktem Prostatakrebs gestorben, seine Mutter, als er noch ein Kind war. Julian

erzählte gleichmütig davon und erwartete wohl nicht, dass ich perfekt reagierte. Kara besuchte ihn gerade. Ansonsten lebte sie in Berlin, in der Wohnung, die sie von ihrem Vater geerbt hatten. Julian wollte bald zu ihr ziehen.

»Mich hält hier eigentlich nichts«, sagte er entschuldigend.

»Meine beste Freundin ist vor kurzem weggezogen«, sagte ich, »und jetzt du. Alle gehen hier weg, und ich bleibe hier und versauere. Ich kann es förmlich fühlen, wie mein Gehirn bald losschimmelt.«

»Na, du tust doch was dagegen. Kunst soll ganz gut gegen Schimmel helfen.«

»Ich bin mir nicht sicher, ob ich richtige Kunst hinkriege«, sagte ich. »Vielleicht bin ich nicht ... besessen genug.«

Julian musterte mich freundlich.

»Mein erstes Bild war eine Katze, die Kara gezeichnet hat«, sagte er. »Sie gelang ihr derart gut, dass ich sie meiner Mutter zeigte – und behauptete, ich hätte sie gemalt. ›Malst du noch eine für mich?‹, fragte meine Mutter dann. ›Ich will sehen, wie du es gemacht hast.‹«

Mit zitternder Hand hatte der kleine Julian dann das erste Mal selbst die Bewegungen ausgeführt, die er bei seiner Schwester gesehen hatte. Die liegende Acht, die Schnauze von langen Schnurrbarthaaren verziert, die froschigen Glupschaugen darüber und die spitzen Katzenohren obendrauf. Julian begriff damals noch nicht, dass seine Mutter längst wusste, dass die erste Katze nicht von ihm war. Aber er begriff etwas viel Wichtigeres: Er konnte die Katze selber malen, und das war ein weit besseres Gefühl, als mit einem fremden Bild anzugeben. Und vor allem, seine Mutter wollte mehr Bilder von ihm haben.

»Alle Kinder wollen die Aufmerksamkeit ihrer Eltern«, sagte Julian. »Den Kühlschrank meiner Mutter haben wir mit Katzen zugepflastert.«

Seine ruhige Art, über seine Mutter zu sprechen, machte mich schwermütig.

»Irgendwann mussten wir zu meinem Vater. Kara hat sich nach dem Umzug aufs Gitarrespielen verlegt und gar keinen Stift mehr angefasst«, sagte Julian, »ich blieb aber noch eine ganze Weile bei den Katzen. Meinem Vater war das ganz recht, hat sich gut gemacht in der Grundschule.«

»Warum hat Kara aufgehört?«, fragte ich.

Julian zuckte mit den Schultern.

»Sie hat sich vor ihren eigenen Zeichnungen gegruselt.«

Kara hatte ihm nichts von meinem Besuch erzählt, und ich beließ es dabei. Ich redete mir ein, dass es ein gutes Zeichen wäre, ein Geheimnis mit Kara zu teilen. Es war etwas Intimes.

Julian erzählte, dass er dabei war, eine Mappe zu machen, weil er Kunst studieren wollte. Er klagte darüber, dass es bei uns vor Ort kaum Menschen gab, die eine Mappe überhaupt ernst nähmen.

»Jedes Mal wenn ich sage, was ich studieren will, haben alle sofort den heiligen Auftrag, mir das auszureden. Und es geht immer um Geld. Ich solle doch lieber programmieren, wie mein Vater, ich könne doch schon so viel, wär doch so gut, alle großen Firmen suchten nach Leuten wie mir. Meine Tante sagt, Kunst ist ein Fahrschein zum Sozialamt. ›Jetzt auch noch der Junge‹, sagt sie.«

»Was soll das denn heißen?«, fragte ich.

Julian zögerte.

»Es ist wegen Kara«, sagte er dann. »Meine Tante hat sie immer unterstützt, aber jetzt will sie nicht mehr. Kara ist sehr talentiert, hat aber die Schule nicht fertiggemacht, ist viel zu Hause. Manchmal zu viel. Dann ist nichts eingekauft, sie hat nichts zu essen ... sie liegt nur rum. Meine Tante schaltet sich dann zwangsläufig ein.«

Julian schmunzelte in sich hinein.

»Und Kara hasst es. Sie hasst unsere Tante. Schimpft so ziemlich viel, vom Sofa aus.«

»Klingt nach einer Abweichung von der Norm«, sagte ich.

»Kara hat eine wilde Phantasie. Eigentlich ist sie die Künstlerin der Familie«, sagte Julian und lächelte.

»Meine Mutter ist Psychiaterin«, sagte ich.

Julians Lächeln verschwand.

»Lass uns nicht über meine Schwester reden. Ich habe schon mit so vielen Leuten über sie reden müssen. Lass uns lieber Torte essen.«

Er lief ein paar Schritte vor und hielt mir die klapprige Tür eines Cafés auf. Die Bedienung brachte uns Getränke und zwei Stücke Bienenstich, dann kam sie noch einmal und zündete eine kleine Kerze zwischen uns an. Julian blickte nachdenklich in die flackernde Flamme.
»Mich belastet die Welt genauso wie Kara. Aber sie hat eine Entschuldigung, zu Hause zu bleiben, und ich muss zusehen, dass es bei mir weiterläuft«, sagte er.
Sein Gesicht war so schön. Ihn anzusehen führte bei mir zu einem Gefühlsmischmasch aus Freude, Rührung und Wohligkeit. Ich wünschte, ich wäre seine Mutter, seine Schwester und seine Freundin in einem, wünschte, ich wäre eine Wunschmaschine für all seine Anliegen, wünschte, ich wäre die Rettung, der fehlende Zauber, wünschte, ich könnte alle Leute, die auf ihn einredeten, auf der Stelle vermöbeln.
»Die Welt ist schlecht«, sagte ich leichthin.
»Weißt du noch, das ertrunkene Kind?«, erwiderte Julian, und ich nickte.
Es war mehr als ein Zeitungsbild. Das Internet war voll davon. Meine Mutter hatte mich gewarnt, mir solche Bilder anzusehen.
»So lässt man die Dunkelheit rein«, sagte sie.
Aber die Dunkelheit war längst da. Ich sah mir die Schlagzeilenbilder an, ich tat es regelmäßig. Wie eine Strafe. Das ertrunkene Kind war nur eines davon. Das rote T-Shirt und die blaue Hose. Stumm aßen wir unseren Bienenstich auf. Als ich meinen Tee trank, bemühte

ich mich, nicht zu laut zu schlucken. Julian blieb noch eine Weile still, dann schob er seine Hand über die graugewaschene Tischdecke, hob mit einem Finger den Deckel der Zuckerdose an und bewegte ihn hin und her.
»Na, was seid ihr für traurige Trantüten!«, sagte er mit einer hohen Zeichentrickstimme. »Entscheidet euch für den Zuckerschock, her mit der Dunkelheit!«
Ich musste lachen.
»Wie kommst du eigentlich ausgerechnet zum Schöps?«, fragte die neugierige Zuckerdose.
»Ich wollte mal ausprobieren, ob ich es kann«, sagte ich mit belegter Stimme.
»Aber wozu? Wozu überhaupt Kunst? Wem soll das denn bitte schön helfen? Und dann auch noch Geld ausgeben, Monatsbeitrag, Materialien ... Solltest du das nicht lieber spenden, egomanes Gesocks, verwöhntes Nesthäkchenpack?«, plärrte die Zuckerdose.
»Jetzt deprimiert mich sogar schon eine Zuckerdose«, sagte ich und kratzte den Zucker, der sich in meiner Tasse nicht aufgelöst hatte, mit dem kleinen Löffel zu einem glitschigen Häufchen zusammen.
»Du sagst, ich bin eine Zuckerdose?! Ich wäre viel lieber ein Teddybär! Aber niemand dürfte jemals auf mich drauftreten. Keiner, keiner soll mir weh tun!«, klapperte die Dose aufgeregt mit ihrem Deckel.
Die Bedienung schielte verwirrt zu uns herüber, aber Julian schien das nicht zu stören. Ich war trotzdem erleichtert, als er schließlich seine andere Hand über den

Zuckerdeckel presste und die Zuckerdose mit Nachdruck zum Schweigen brachte. Sie wehrte sich zwar und zuckte unter seiner flachen Hand, aber er hielt sie fest.
»Durchgeknalltes Teil«, sagte Julian mit seiner normalen Stimme und sah mich verschwörerisch an, »wir müssen verschwinden, bevor das Ding noch richtig ausfällig wird.« Seine andere Hand legte er auf meine.
Ich hielt sie reflexartig fest und wurde auf einmal fröhlich wie ein Kind, dem man etwas geschenkt hatte.

SYLVIA

Ich ging zu Fuß zur Klinik meiner Mutter und wunderte mich, wie unterschiedlich Geschwister sein konnten. Kara fand ich beängstigend, Julian reizend. Anziehend fand ich beide. Wenn ich eine Schwester hätte, wie würde sie wohl sein, überlegte ich. Mir fiel ein, dass ich als kleines Mädchen Selbstgespräche mit einem imaginären älteren Bruder geführt hatte. Immer beim Fahrradfahren. Wenn ich mit meinen Eltern stritt, stellte ich mir vor, dass dieser Bruder groß und stark und immer für mich da war. Wenn ich eine Schwester hätte, müsste sie fröhlich und pragmatisch sein. Wie Nike – das war die einzig logische Konsequenz.

Meine Mutter wartete vor den Toren der Klinik. Sie trug einen Kittel und einen Gürtel, an dem ein großes Telefon mit einem gut sichtbaren Notrufknopf befestigt war. Ein Sensor zeigte im Notfall allen Kollegen den Konfliktherd – welcher Arzt, welche Station, welcher Raum. Mit ihrer Schlüsselkarte navigierte sie uns durch das Labyrinth der metallverstrebten Stockwerke und ließ mich die geschlossene Station durch den abgeschiedenen Extratrakt für Kinderbesuche betreten. Die Durchgangstür war aus schwerem, mehrere Zentimeter dickem Glas, das zwar Licht, aber keinerlei Geräusche durchließ. Es roch nach Spiritus und Chlor. Der Gang war mit dunkelblau marmoriertem Linoleum ausgelegt, die Wände eierschalengelb gestrichen. Links war eine Reihe von Zimmertüren, von denen manche offen standen, die Luft war muffig. Menschen unterschiedlicher Altersgruppen standen mit abwesenden Mienen herum, ohne miteinander zu reden. Ihre Umrisse waren dunkel, was an den Kleidern lag, die eigenartigerweise allesamt grau, blau oder schwarz waren. Es passte zu der zähen Nebelstimmung, die von ihnen ausging. Wenn sie sich bewegten, dann nur langsam. Manche schlurften geradezu über den Boden. Ihre Haut kam mir ledern vor, ihre Augen abwesend. Meine Mutter ging mit leisen, aber sicheren Schritten voraus, ich folgte dicht hinter ihr. Die Patienten hoben ihre Köpfe, blickten mich an und eilten plötzlich unterschiedlich schnell auf uns zu. Mir fiel auf, dass eine Frau in blauem Kleid einen Koffer bei sich trug.

»Stimmt es, dass die Station heute gesprengt wird, Frau Doktor?«, rief sie bereits von weitem.
Meine Mutter bewegte routiniert verneinend den Kopf. Die Patienten umkreisten uns, stellten sich uns in den Weg, einer hob den Arm, wie um mich anzufassen.
»Wackelt die Erde? Wer ist denn das? Wen haben wir denn da? Was für eine hässliche haarige Bratze!«, sagten, hechelten, flüsterten und riefen sie.
Ich brauchte einen Moment, bis ich die Seelenlage in diesem mittellangen Flur einordnen konnte. Es war wie ein Sumpf, durch den man waten musste. Niemand von ihnen war freiwillig hier. Diese Menschen waren gezwungen, hier auszuharren.

Das Sprechzimmer meiner Mutter lag am Ende des Flurs. Als meine Mutter hinter uns die Tür schloss, atmete sie leise ein und aus. Dann lächelte sie mich an.
»Tee?«
Ich nickte, und sie verschwand gleich wieder aus dem Zimmer. Ich hörte, wie sie das Schloss mit ihrer Karte von außen verriegelte.
Ihr Schreibtisch war staubig. Das Foto meiner Einschulung war hier völlig fehl am Platz. Die Hälfte der Stifte hatten leere oder gar keine Minen. Die Aluminiumplakette mit ihrem Namen – Dr. Sylvia Maris – stand hingegen hochglanzpoliert und zur Tür gerichtet da, wie ein kleiner Schutzschild. Es war befremdlich, meinen eigenen Nachnamen darauf zu lesen. Dieses Büro war

dasselbe, in dem der Scherenangriff stattgefunden hatte.

»Es passierte an einem dieser geordneten Tage«, wie meine Mutter immer sagte, wenn sie jemandem davon erzählte.

Sie meinte damit die Tage, als mein Vater noch bei uns lebte. Sie trug ihr Haare damals wesentlich länger, ihre Augen schauten freundlicher, in die bläulich schimmernde Haut hatten sich noch keine Linien gegraben. Anders als man vielleicht vermuten würde, kam der Angreifer unbewaffnet. Es war ein älterer Herr, ein Kriegsveteran, wie meine Mutter mir später erklärte, ohne seinen Krieg näher zu bestimmen. Sie erzählte, dass er schwere Probleme hatte und bei ihm ein Standardbluttest gemacht werden musste, dem er sich widersetzte. Meine Mutter sollte den Mann überzeugen, dass niemand die Absicht hatte, ihn mit AIDS oder Syphilis anzustecken, wie er es glaubte. Der Herr weigerte sich, das einzusehen. Sie stellte ihm an diesem Tag frei, einen anderen Arzt zu konsultieren, und notierte das in ihren Unterlagen. In dem Moment, als sie ihren Kopf von den Papieren wieder in seine Richtung bewegte und den Mann mit einem professionellen Lächeln aus dem Zimmer befördern wollte, beugte er sich aufdringlich weit über ihren Tisch, griff nach der Papierschere und stach ohne Zögern zu. Das Telefon mit dem Notfallknopf blieb unerreichbar in der Ladestation, die Steckdose war am anderen Ende des Zimmers. Die von dem Angriff beschädigte Schlüsselkarte streikte, meine Mutter brüllte vor Schmerz. Sie strampelte mit den Beinen, versuchte, ihn von sich fernzuhalten. Schwestern und Kollegen rannten herbei. Die Zimmertür musste von zwei beherzten Pflegern aufgestemmt werden. Der Kriegsveteran wurde von ihrem blutüberströmten Leib fortgezerrt und überwältigt.

Die Tür ging auf. Meine Mutter trat ein, der wässrige Teeaufguss in ihrer Hand dampfte. Sie stellte die zwei hässlichen Tassen auf den Tisch, schob einen Stuhl, der vor dem Aktenschrank stand, dazu und setzte sich mir gegenüber. Sie sah noch kleiner aus als sonst, ungemein rührend in ihrem Kittel, den sie über ihrem Lieblingskaschmirpullover zugeknöpft hatte. Ihre Bewegungen wirkten unbeholfen, aber nicht auf eine ungelenke Art. Es waren die Bewegungen einer Frau, die zu viel Zeit am Schreibtisch verbrachte und zu wenig tanzen ging.
»Wie war deine Zeichenstunde, Faina?«, fragte sie.
Ich zuckte mit den Schultern.
»Ganz gut«, sagte ich dann. »Wenn ich da einsteige, muss ich als Erstes einen Ziegelstein malen.«
Früher, als der Mangel meiner ernstzunehmenden Begabungen noch nicht Fakt war, versuchte meine Mutter mich ständig in Richtung naturwissenschaftlicher Fächer zu drängen. Ihr gefiel mein Wunsch, im Schultheater mitzuspielen, nicht, und sie bekam ein besorgtes

Gesicht, wenn ich konzentriert an einer Aquarellzeichnung arbeitete. Sie nahm sich fest vor, die trägen Fangarme der trügerischen Bohème, die nach ihrer Tochter griffen, weit zu umschiffen. Vielleicht, weil mein Vater seine Selbstverwirklichung schon immer weit über uns stellte. Oder weil wir deshalb immerzu Geldsorgen hatten. Dass ihr früher gerade die Musik meines Vaters gefallen hatte, vergaß sie zu seinem und meinem Missfallen.

»Kunst macht abhängig, Faina«, predigte meine Mutter, »und zwar vor allem Frauen. Suche dir was Solides, stelle die Weichen zu einem richtigen Beruf. Der uns im Notfall alle über Wasser hält.«

»Und wenn ich morgen von einem Auto überfahren werde?«, entgegnete ich. »Oder wenn es Krieg gibt?! Ich will nichts Langweiliges lernen, ich will leben!«

Meine Mutter nahm einen tiefen Schluck aus ihrer Tasse und blickte mich wachsam an.

»Warum bist du eigentlich wirklich hier, Faina?«, fragte sie.

»Weshalb hast du dich für deinen Beruf entschieden?«, antwortete ich.

Meine Mutter dachte kurz nach.

»Das erste Mal in der Akutpsychiatrie war ich als Studentin«, sagte sie. »Wir Studenten begleiteten eine Schar Ärzte, die bei dieser Sprechstunde alle auffällig gleichmütig waren. Sie empfingen ihre Patienten, einen nach dem anderen, und sind vollkommen ruhig geblieben.

›Ich werde seit einiger Zeit von der CIA verfolgt‹, sagte eine alte Dame, die andere sagte: ›Die wenigsten glauben, dass 007 in Wirklichkeit eine Frau ist‹, und zeigte ihren selbstgemalten 007-Ausweis vor.«

Ich musste kichern, und auch meine Mutter schmunzelte.

»Die Ärzte blieben ungerührt. Sie fragten sogar höflich nach, als könnten diese verrückten Geschichten real sein. Sie waren so milde, wie Nonnen. Oder Mönche, egal. Mir war, als wären wir mitten in einem surrealen Gemälde gelandet.«

Meine Mutter schwieg nachdenklich.

»Und dann?«, fragte ich.

»Eine kleine Gruppe von uns Studenten sollte mit dem Chefarzt mitgehen. Gerade war ein neuer Patient eingeliefert worden. Und der war bildhübsch! Er hatte dunkles Haar, große Augen, feingliedrige Hände, wie ein Pianist. Nach einer Meningitis und wegen dem Prüfungsdruck – er stand kurz vor seinem ersten Staatsexamen in Jura – brach etwas in ihm zusammen. Das Gesunde zerbarst in seinem schönen Kopf. Und nun war er überzeugt, seine Haare und Zähne zu verlieren. Bei der Untersuchung zeigte er den Ärzten Stellen, an denen sein Gesicht langsam verfaulte. Er drückte seine Finger in die makellose Haut und präsentierte seine imaginären Wunden. Und es tat ihm weh, er hatte reale Schmerzen.«

Ich fasste mir unwillkürlich an die Wange und sah in das aufrichtig erstaunte Gesicht meiner Mutter, die es offenbar bis heute nicht fassen konnte.

»Und er sagte: ›Die Nachbarn aus dem Fenster gegenüber bestrahlen mich mit Uran. Sie hassen mich.‹ Und der Chefarzt sagte zu uns: ›Schizophrenie‹, und dann haben die ihn aus dem Zimmer geführt.«

Meine Mutter war fasziniert. Was sie am meisten beeindruckt hatte, war, dass sie dem schönen Mann die Geschichten aus vollem Herzen geglaubt hatte.

»Er war so überzeugend«, erzählte sie, »ich dachte wirklich: Vielleicht bestrahlen die ihn ja tatsächlich? Wer kann schon wissen, was in dieser Welt wahr ist. Kann jemand so aufrichtig lügen?!«

Sie stand auf, ging ein paar Schritte, schob ein Buch in ihrem Regal ein Stückchen tiefer und drückte mit dem Zeigefinger in die trockene Erde ihrer Topfpflanze.

»Mein Beruf ist ein Privileg, Faina«, sagte sie, »Geist, Seele, Gehirn, hinter jedem einzelnen Wort verbirgt sich eine komplexe Welt – jeder Begriff ist an sich schon ein Gedicht. Die Normalität ist kein Zustand, sie ist nur eine Behauptung. Ich darf helfen und dabei die Wege ergründen, die sensibelste Menschen einschlagen, um diesem seltsamen Leben etwas abzugewinnen. Es ist eine Ehre, sie zu begleiten.«

»Wow«, sagte ich.

Meine Mutter lächelte.

»Ich finde gut, dass du dir diesen Kunstkurs ausgesucht

hast«, sagte sie. »Musische Betätigung entspannt, selbst ohne Bestätigung.«

»Vielleicht bin ich ja besser darin, als du denkst«, sagte ich.

»Wenn du dein Abitur schaffen willst, musst du nicht in einem Hobby, sondern in Mathe besser werden.«

Ich spürte, wie mir die Gesichtszüge entglitten. Und wie immer merkte meine Mutter sofort, dass sie mich verletzt hatte, und wurde versöhnlich.

»Abgesehen davon ist das Werk oft klüger als der Autor. Man muss keine Leuchte oder ein großer Könner sein. Wenn die Kunst sprechen will, schafft sie es auch ohne deine Hilfe.«

Sie fischte den Teebeutel aus ihrer Tasse, presste ihn mit zwei Fingern zusammen und klatschte ihn in den kleinen Mülleimer unter dem Schreibtisch. Ihre Maniküre war makellos.

»Und du bist wirklich deshalb hergekommen?«, fragte sie.

Ich stand auf und fasste sie zärtlich an den Schultern. Ihr fester Rücken wurde unter meiner Berührung weicher.

»Ich wollte dich besuchen«, sagte ich. »Weil ich deine Arbeit respektiere.«

Ich konnte spüren, wie Dr. Sylvia Maris meine Umarmung genoss.

»In einem Ausstellungskatalog habe ich einmal gelesen, dass die Künstler stellvertretend für den Rest der Gesellschaft den Verstand verlieren müssen, um die Menschheit vor ihrem eigenen Irrsinn zu bewahren«, sagte sie. »Ich glaube allerdings nicht, dass der, der das geschrieben hat, sich auch nur einen Moment damit befasst hat, was es bedeutet, eine solche Störung zu haben.«

DER ERSTE SPRUNG

Auf dem Bahnhofsflohmarkt, wo ich die Polaroidkamera für Achim gekauft hatte, kaufte ich ein paar Wochen später das zerfledderte *Mond*-Heft. Es kostete einen Euro und versprach auf dem Cover, die ehrlichsten Traumdeutungen der letzten Jahrhunderte versammelt zu haben. Zu meiner Enttäuschung aber drehte sich in dem Heft förmlich alles, was man träumte, um die Angst vor Impotenz. Spannender waren die Liebeszauber auf den letzten fünf Seiten. Die Zauber sollten stets an einem Freitag ausgeführt werden, stand dort. Freitag sei der fünfte Tag, der schon im Zählen der Venus zugeordnet ist, dazu das römische V, nicht zufällig auch »vendredi« auf Französisch. Passenderweise hieß auch die nordische Liebesgöttin *Freya*, als letzter Beweis für pragmatische Skeptiker wie Nike. Ich schnitzte Julians Namen in eine Wachskerze, wickelte fünf Runden rote Schleifen darum und sprach meinen und seinen Namen acht, dann sechs und dann neun Mal an drei verschiedenen Abenden laut vor mich hin. Der erste Abend war eine Vollmondnacht. Es ging um Liebe und konnte nicht falsch sein. Ich lauerte auf nicht weniger als auf ein Wunder. Der Zauber wirkte, wenngleich nicht so, wie ich es erwartet hätte: Nike rief an, unerwartet, und schlug vor, wir sollten fortan jedem Freitag zu Ehren rote Unterhosen tragen. Und roten Lippenstift.

Am kommenden Freitag traf ich Julian um Punkt dreizehn Uhr, um Käthe freizulassen, und zwar mit rotgeschminkten Lippen. Wir hatten uns auf dem Friedhof verabredet, genau an der Stelle, wo wir sie gefunden hatten. Es war einer dieser unpassend hellen Tage, die nach wochenlang grauem Himmel über eine Stadt hereinbrechen und einem vorgaukeln, dass es bald Sommer wird. Julian trug den Meerschweinchenkäfig mit Käthe feierlich vor sich her. Gemeinsam suchten wir auf dem Gelände die schönste Stelle. In der Nähe eines verwunschenen Hügels zwischen zwei dicken Eichen, der einmal eine erhabene Grabstätte gewesen sein musste, setzten wir uns auf die Erde und fütterten Käthe eine letzte Banane. Wir wechselten einen andachtsvollen Blick, dann klappte Julian den metallischen Verschluss hoch. Käthe zögerte keine Sekunde. Flink wie ein Wiesel huschte sie in die Freiheit und verschwand im nächsten Busch. Wir saßen noch eine Weile mit den Bilderbucherwartungen unserer Kindheit da. Aber das Eichhörnchen kam nicht zurück, warf keinen Abschiedsblick über die Schulter und keckerte uns auch nicht von einem hohen Baum aus zu. Wir streuten mitgebrachte Nüsse und Kerne unter die Eichen. Danach suchten wir eine Kneipe, die schon aufhatte.

Zwischen dem penetranten Geräusch des Spielautomaten und dem Lachen der Stammtrinker im *Zum Schmalen Handtuch* stießen wir auf Käthe an. Dort erzählte mir Julian, dass er einen guten Job an der Charité-Klinik in Berlin bekommen hatte und sich nun an den Berliner Kunsthochschulen bewarb. Ich nahm mir sogleich vor, den bestmöglichen Schulabschluss zu machen. Es war der Gedanke an Julian, der mir inzwischen die Schule versüßte. Mit einem halbwegs anständigen Abischnitt würde ich ihm vielleicht folgen können.

Meine Mutter feierte jeden kleinen Erfolg, als sei es ihr eigener, und sogar Herrrrrrrling am Apparrrrrrat lobte meinen neuerwachten Elan. Nur Nike bedauerte meine aus ihrer Sicht vorsintflutliche Einstellung, befürwortete aber immerhin, dass ich mich anstrengte. Achim hingegen genoss meinen Fleiß, weil ich jede freie Minute nutzte, um mit ihm für die Schule zu lernen. Eine Prüfung folgte der anderen, wir schliefen, aßen und besuchten brav den Unterricht. Uns war bewusst, dass es unsere letzten Tage in diesem Gebäude waren, was uns täglich mit unbändiger Freude erfüllte. Nach getaner Arbeit rechneten wir unsere Klausuren- und Zwischenprüfungspunkte zusammen, um den Überblick zu behalten. Wir versuchten, eine Zukunft zu planen, die uns trotz aller zielführender Vorbereitungen, zu den uns die Erwachsenen drängten, weiterhin fern und fremd erschien. Was könnte so fesselnd sein, dass man sein Leben lang damit verbringen möchte? Was war so spannend, so interessant, so wichtig, gesellschaftsrelevant, so nachhaltig? Die meisten unserer Mitschüler wussten, was sie nach der Schule machen wollten. Manche wussten es schon seit Jahren. Den anderen machte es nichts aus, auf den Rat ihrer Eltern zu hören und Jura oder BWL zu studieren. Auf alle Fälle, Jura konnte nie schaden! Ein paar Glückspilze waren wiederum so gut in Physik, dass sie damit etwas anfangen konnten. Ich habe nie begriffen, was genau.

Das Einzige, was Achim und ich zu dem Zeitpunkt wirklich wollten, war, mit Pauken und Trompeten abzutreten – und das hieß, auf dem Abschlussball für alle kommenden Schülergenerationen ein Zeichen für Ziellose wie uns zu setzen. Den konkreten Plan, wie so ein Zeichen aussehen konnte, fassten wir nach meiner mündlichen Mathematikprüfung. Ich absolvierte diese in einem tief ausgeschnittenen Kleid, das perfekt zu meinen Fünf-Zentimeter-Plateauschuhen und meinen grünen

Achseln passte und mir die nötige Selbstsicherheit gab, um nicht durchzufallen. Der betagte Oberstudienrat mokierte sich über meinen offenherzigen Aufzug.
»Ich hoffe sehr für Sie, Fräulein Maris, dass Mathematik nicht in ihren Zukunftsplänen vorkommt«, knurrte er zum Ende der Prüfung.
»Das heute war das allerletzte Mal«, ich grinste dreist in sein verdutztes Gesicht, »von nun an habe ich nämlich ein irre schönes Leben vor mir.«

Noch am selben Nachmittag meldeten ich und Achim für den Abend des Abiballs eine Performance an. Ich wollte als blauer Vogel verkleidet aus dem dritten Stock unseres ehrwürdigen Gymnasiums heraus über den Schulhof schweben, Freiheit und Frieden symbolisieren und auf all die Fleißigen und Eifrigen unter mir winzige Vergissmeinnichtblüten streuen. Achim würde mir als geflügelter Agent in Anzug und Sonnenbrille folgen und von seiner Wasserwaffe Gebrauch machen. Ich erzählte Nike davon und hoffte, dass sie sich in den nächsten Zug setzen würde, um uns zu sehen. Doch Nike konnte nicht kommen. Im Gegenteil, sie beschwerte sich, dass wir nichts Politisches geplant hatten.
Ein paar Tage später kam ein Paket, das eine aus Verbandsmull genähte Schärpe enthielt, auf die Nike mit breiter roter Schrift *Ain't no border high enough* geschrieben hatte. *Für die liebste Fai-Fee im Gedenken an unsere immerwährende Freundschaft und Liebe* stand

auf der beigelegten Karte. Ich vermisste Nike ungemein. Ich probierte die Schärpe an und präsentierte sie Achim, der sie sowohl aus der Nähe als auch aus der Entfernung genau überprüfte.
»Es sieht aus, als hätte dir jemand den Bauch aufgeschlitzt«, sagte er mit zusammengekniffenen Augen.
»Kunst muss weh tun«, sagte ich.
Wir liehen uns eine Kletterausrüstung aus dem Fachmarkt, und ein hagererer Bergsteiger half uns dabei, eine Art menschlichen Flaschenzug zwischen den Fenstern im dritten Stock und einer hohen Pappel auf unserem Schulgelände anzubringen. Parallel dazu bastelten wir an unseren Kostümen. Meins bestand aus schweren, kobaltblau angemalten Pappmachéflügeln, die ich mit blaugefärbten Gänsefedern, blauen Glasperlenketten und türkisen Seidenrosen aus dem Hochzeitsbedarf schmückte. Dazu wählte ich ein tief ausgeschnittenes Trachtenkleid aus blauer Seide und legte mir Nikes Schärpe um. Achim versteckte seine Wasserpistole, eine von diesen Super-Soakern, in einer abenteuerlich futuristischen Holzkonstruktion, die er, wie auch seine Segeltuchflügel, passend zu seinem Anzug und seiner Sonnenbrille schwarz anmalte.

Am Tag vor dem Auftritt bestand unser sicherheitsfanatischer Schuldirektor zusammen mit dem Bergsteiger auf einer Generalprobe.
Ich holte meine Flügel aus der Kunstwerkstatt im Kel-

ler und probierte sie an. Sie waren hinten mit langen Nägeln an überkreuzten Holzbalken festgenagelt und sollten mit langen Bahnen aus Planenstoff am Oberkörper festgebunden werden. Achim half mir, die Flügel anzuziehen, die sich als unhandlich und schwer erwiesen. Das Holz drückte in den Rücken.

Wir stießen die hohen Holzrahmenfenster im dritten Stock zu beiden Seiten auf, und der Bergsteiger legte mir die Sicherheitsgurte an. Barfuß in Jeanshosen fühlte ich mich mit den Flügeln auf dem Rücken wie ein Friedhofsengel von einer alten Postkarte. Ich stieg über einen knarzenden Schulstuhl auf die Fensterbank. Meine Zehen waren lang, mein Spann schmal und von blauen Adern durchzogen. Ich sah meine Füße an, als würde ich sie zum ersten Mal betrachten. Sie hatten eine kreatürliche Erscheinung, der ganze Flaum an den Zehen und die hellen Monde an den Nägeln, so als ob es ganz eigene Lebewesen wären. Dann schob ich sie zum Abgrund, dorthin, wo das Fensterbrett endete. Unter den Zehen spürte ich das weiß lackierte Holz und die kühle Luft, die von der Straße hochwehte. Ich hob den Kopf. Die verzweigten Gassen der Kleinstadt, die mir so vertraut waren und mich schon seit Jahren langweilten, sahen von hier oben anders aus. Ich sah zur Bäckerei, zu der ich oft in der großen Pause gegangen war, um für mich und Achim Dinkelseelen und Kakao zu kaufen. Ich betrachtete die Autos, die sich täglich hartnäckig in der Parkverbotszone entlang des Schulhofs reihten. Dann

richtete ich den Blick auf die Pappel gegenüber, wo Achim neben der Leiter auf mich wartete. Ein winziger Schritt, und die Fensterbank läge hinter mir.
»Einfach fallen lassen«, sagte der Bergsteiger, »du bist gesichert.«
Aber ganz gleich, was er sagte, es kam mir wie Selbstmord vor. Ich bewegte die Zehen und krabbelte einen klitzekleinen Millimeter weiter nach vorn. Ich tastete nach den Sicherheitsgurten, sie waren noch da. Meine Mutter würde meinen Tod nicht überleben, dachte ich. Dann sah ich in den Himmel und wieder zu der Pappel und sprang.
Die Sicherheitsgurte, die ich im Stehen so gut wie gar nicht gespürt hatte, schnitten mir heftig in die Haut. Die Schleifen meiner Flügel flatterten. Das Gefühl von vollkommener Schönheit, dachte ich, Moment, verharre!
Der Flug ging rasend schnell vorbei, die Pappel näherte sich unbarmherzig und war jetzt direkt vor mir. Mit einem Ruck flog ich dagegen und hielt mich an der rauen Rinde fest, tastete nach der Leiter und stellte meine kalten Füße auf die glatten Holzsprossen. Achim wartete mit einem breiten Lächeln, um mir herunterzuhelfen, aber ich hörte nicht, was er sagte. Ich war noch oben in der Luft, wo die Welt nur ein Rauschen gewesen war.

Nach der Zeugnisausgabe flogen Achim und ich erneut, diesmal geschminkt, frisiert und im Kostüm. Ich streute die Vergissmeinnichtköpfchen, die ich wochenlang so liebevoll auf unserem Balkon hochgezogen hatte, über die biertrinkenden Eltern, wurstessenden Lehrer, tobenden Geschwister und unsere nun ehemaligen Mitschüler. Achim besprenkelte die Menge mit Wasser, ohne auf irgendjemanden im Besonderen zu zielen. Wir ernteten einen fünfundzwanzig Meter langen, dröhnenden Applaus, und der russische Austauschschüler stieß einen lauten, verstörenden Begeisterungsschrei aus. Unser Schuldirektor nutzte die Gelegenheit, sich in den Vordergrund zu drängen, und hielt eine Rede über die vermeintlichen Themen unserer Jugend. Als ich die Leiter hinunterstieg, lief Julian auf mich zu.

»Faina!«, rief er. »Das war phantastisch!«

Er umarmte mich, lachte ungläubig. Ich atmete seinen Geruch ein, er kam mir vertraut und bitter vor. Julian gab Achim die Hand und lächelte ihn an. Achim blieb ernst. Sein geflügeltes Agentenkostüm wirkte hier unten nicht mehr, er sah aus wie ein verkleidetes Kindergartenkind. Seine Gegenwart ärgerte mich auf einmal. Ich wollte ihn loswerden und den restlichen Abend nur noch mit Julian allein sein. Die Zeit, die Situation diplomatisch zu lösen, schien mir zu kurz. Ich legte meine weißgepuderten Arme auf Achims Schultern und zog ihn fest an mich.

»Kannst du mein Zeugnis einstecken, bis meine Mutter nach dem Dienst vorbeikommt? Wir sehen uns später auf der Party, okay?«, flüsterte ich ihm ins Ohr.

Achim nickte und schrumpfte im gleichen Moment zu einem Punkt, der immer kleiner wurde, bis er zwischen den Teelichtern auf den Tischen und den klimpernden Einweggläsern mit Billigsekt verschwand.
Julian führte mich zu seinem Moped und startete mit durchdrehenden Reifen. Ich hielt mich mit einer Hand an ihm fest und winkte mit der anderen. Wir ließen die Schule hinter uns, schnell, wie im Zeitraffer. Mein blaues Kleid flatterte um meine nackten Waden, meine Fußsohlen waren schwarz. Die Flügel knarzten jedes Mal, wenn Julian Gas gab. Julian raste ziellos durch alle kleinen und großen Straßen, meine Haare wehten mir spitz in die Augen und über die Lippen. Ein verwundertes Gesicht in der Dämmerung folgte dem nächsten. Kinder johlten, wenn sie mich sahen, Hunde bellten, und Rentner winkten manchmal zurück. Irgendwo roch es nach Suppe, irgendwo nach Haschisch und irgendwo nach mottenkugeligen, verlorenen Lieben anderer Leute. Wir fuhren immer weiter und winkten zurück. Ein Lachen kam aus meinem Bauch, kitzelte in meinem Mund und presste mir klare Tränen aus den Augen. Es fühlte sich tief und bewegend an, als ob das Lachen vorher jahrelang verboten gewesen wäre. Ich umarmte Julian mit beiden Armen und schmiegte mich an seinen Rücken. Ich flog mit ihm weiter. Es hörte überhaupt nicht mehr auf.

Am nächsten Morgen wachte ich mit Kopfschmerzen in meinem breiten Bett auf. Die frühe Sonne knallte durch die langen Vorhänge in mein Zimmer. Achim und Julian lagen zu meiner Rechten und Linken, nur in T-Shirts und Unterhosen, die Lippen blau von Wein. Die Vorhänge wehten, es war einer der ersten heißen Tage. Einen Moment lang fragte ich mich, wo der russische Austauschschüler abgeblieben war. Dann fiel es mir wieder ein.

Wir hatten zum festen Kern gehört, der bis zum Morgengrauen auf der holzvertäfelten Bühne im Gemeindehaus zu Julians David-Bowie-Platte tanzte. Ich hatte meine Flügel abgelegt, Julian brachte die Drinks. Achim tanzte, als ob er fünfzig Standardtanzkurse absolviert hätte, und der russische Austauschschüler zeigte stolz seinen argentinischen Tango. Mit mir im Arm formte er frivole Schrittfolgen, die offenbar zu jeder Musik passten. Ich streifte meine Schuhe ab und tanzte barfuß. Wir alle bewegten uns verrucht, geladen, jeder wie ein Planet im eigenen Kosmos auf sich selbst konzentriert und doch zusammen.

Als der Hausmeister uns schließlich hinauswarf, hatte ich Blutergüsse an den Fußsohlen. Ich war darüber derart mit Stolz erfüllt, dass ich meine Füße erst Julian und dann Achim zeigte. Dann schlug ich den Jungs vor, bei mir zu Hause Spaghetti zu kochen, woraufhin der russische Austauschschüler anbot, mich bis zur Haustür zu tragen. Ich erlaubte ihm, mich über die Schwelle zu heben. Meine Mutter war von der Nachtschicht zurück und schlief wie ein Stein, trotzdem versuchten wir leise zu sein, aber das brachte uns nur noch mehr zum Lachen. Achim fand eine Flasche Wein auf der Anrichte. Als ich mein Glas besonders schwungvoll zum Mund führen wollte, zertrümmerte ich es stattdessen an meiner Stirn. Die Splitterfontäne spritzte in alle Richtungen. Der Wein floss bordeauxrot in die feinen Risse meiner Schminke, die wie Zuckerguss von meinem Gesicht bröckelte, und tropfte auf den Teppich. Nach dem ersten Schreck liefen Achim und Julian in die Küche und kamen mit einer Packung Salz zurück. Sie rissen sie auf und verstreuten das Salz im ganzen Raum, um die Rotweinflecken zu verhindern. Der russische Austauschschüler fand, dass verschüttetes Salz Unglück brächte, und bekam schlechte Laune. Melancholisch fuhr er mit dem Finger durch die kleinen Salzberge, die sich auf dem Teppich und zwischen den Sofakissen auftürmten, und rezitierte laut Gedichte aus einem kleinen Band, den er schon den ganzen Abend mit sich herumgetragen hatte. Auf Russisch. Wir fanden ihn zunehmend seltsam und waren erleichtert, als er irgendwann abzog. Danach, oder vielleicht auch schon währenddessen, präsentierte ich Achim und Julian feierlich meine Zeichnungen und Bilder, die sich inzwischen mit Schöps' Hilfe angesammelt hatten. Julian und Achim grinsten, was ich als Beifall wertete. Es war eine dieser perfekten Nächte. Man konnte todtraurig darüber werden, dass sie in der Morgensonne dahinschmolz.

Verschlafen starrte ich auf die kahle Stelle an der Decke, aus der verlorene Kabel herausragten. Meine Mutter hatte den alten Anschluss nie reparieren lassen. Achim lag hinter mir, ich spürte seine Wärme an meinem Rücken. Ich drehte mich zur Seite. Da war mein blaues Kleid, ein knitteriges Knäuel auf dem Boden. Die Spitzenmuster meiner verrutschten Unterwäsche zeichneten sich rot und rosa auf meiner Haut ab.

Dicht vor meinem Gesicht sah ich Julians roten Wimpernkamm auf seiner perfekten Wange. Morgenbrise auf den Augenlidern, mit feinen hellblauen Adern durchzogen. Elfenbeinweiß die Haut, an den Wangen leicht gerötet. Als würde ich neben einem gescheckten Schneewittchen im Bett liegen. Leise tastete ich mit einer Hand unter der Decke entlang, wie ein Kind nach dem Spielzeug, das es am Vorabend geschenkt bekommen hat. Als ich gefunden hatte, was ich wollte, klappte Julians großes Auge neben meinem wie bei einer Puppe plötzlich auf. Ich fasste zu. Julians Nasenlöcher weiteten sich leicht. Ich verzog kaum merklich die Mundwinkel. Meine andere Hand legte ich in die dunklen Wellen seiner Haare, beiläufig, wie zur Ablenkung. Aus Julians Mund kam ein Hauch Stöhnen, und ich deutete ein Pschschscht mit den Lippen an. Er bekam einen entrückten Ausdruck und hielt den Atem an. Es wurde warm zwischen meinen feuchten Fingern, und ich dachte an den Rhythmus unserer Nacht, spielte ihn gedanklich mit, *Ch-ch-ch-changes, turn and face the strain*[4], bis eine süßlich lange, geschmeidige Weile verstrich, *oh, yeah, hmmm,* und es herunterprasselte wie ein Sommerregen. Mir fiel Nikes krude Theorie ein, dass Sperma das wirkungsvollste Mittel für schöne Haut sei. Ich hielt inne, passte den Moment ab, in dem Julian die Augen schloss, und strich mir mit feuchten Fingern rasch über die Stirn. Ich musste kichern, atmete tief ein und hoffte, dass Achim nichts mitbekommen hatte. Meine Bettwäsche roch immer noch frisch gewaschen. Eine Welle von Euphorie breitete sich in mir aus, wie man sie manchmal an einem ersten vielversprechenden Sommertag geschenkt bekommt. Dann stand ich auf und lief hinüber ins Bad. Als ich die beiden Jungs eine halbe Stunde später aus dem Haus schmuggelte, strahlten wir uns an, ohne ein Wort zu verlieren.

---

4 *Changes* von David Bowie von dem Album »Hunky Dory«, das 1971 erschien, war das Lieblingslied von Dr. Sylvia Maris. Es gefiel ihr, wie das Lied Zweifel und Ungewissheit feierte, und sie hörte es während ihrer Schwangerschaft täglich.

And I shouldn't be allowed out at night,
With anyone quite like you.
But, oh! Your arms are nice,
And it would be awfully nice
If you turned out to be starry-eyed like me,
And incurably romantic too.[5]

ACHIM

Meine Mutter wütete mit hochrotem Gesicht durch mein Zimmer, den Stapel Bewerbungsunterlagen für die Kunsthochschulen in der Hand.

»Ich habe mich informiert, das ist mein gutes Recht!«, fauchte ich.

»Du bist für Jura geboren!«, zischte sie. »So geschwätzig wie du bist! Kunst, das ist ja wohl nicht dein Ernst!«

»Verschwinde aus meinem Zimmer, ich hasse es, wenn du schnüffelst!«, knurrte ich.

---

5 1960 hat Marilyn Monroe *Incurably romantic* mit Yves Montand gesungen, als sie zusammen »Let's Make Love« drehten. Während Monroe lieber einen anderen Film gedreht hätte, in dem sie eine Charakterrolle spielen sollte, fühlte sich Montand geehrt, mit Marilyn Monroe drehen zu dürfen – die Presse dichtete ihnen eine Affäre an. In Wahrheit jedoch wurden die beiden Stars und ihre jeweiligen Ehepartner gute Freunde.

»In meiner Jugend hätte man deine Tür mit Teer beschmiert, einfach so mit zwei Jungs hier übernachten!«, rief sie. »Wenn ich nicht schnüffeln würde, wüsste ich gar nichts! Du kannst dich doch nicht direkt nach dem Abi an die Fersen irgendeines Kitschkünstlers hängen! Das bezahle ich nicht!«

»In welchem Hinterwäldlerdorf macht man das denn, Teer an die Tür?!«

Manchmal kam es mir so vor, als würde ich mit meiner Mutter eine Paarbeziehung führen und sie wäre der eifersüchtige Freund, den ich noch nie hatte.

Meine Pläne standen fest. Auch wenn ich bislang noch keine Zusage irgendeiner Uni hatte, würde ich garantiert nicht zu Hause versauern. Ich hatte Julian zwar seit dem aufregenden Morgen in meinem Bett nicht mehr getroffen, und das war fast ein Monat her. Viel zu lang, wie ich fand, eine geradezu verschwendete Lebenszeit. Allerdings hatten wir telefoniert, und ich bildete mir ein, dass er in Berlin auf mich wartete. Ich war bereit für die Abenteuer, die die Großstadt zu bieten hatte, jegliche ihrer Herausforderungen würde ich schamlos bezwingen, koste es, was es wolle, so hatte ich mir das zumindest vorgenommen.

»Mach dich selbst zum Kunstwerk, Schätzchen, mach dich selbst zum Kunstwerk!«, flüsterte Julian mit brüchiger Stimme ins Telefon. »Das ist genau das Richtige für dich.«

Manchmal, wenn ich seine Stimme hörte, bekam ich das

flirrende Gefühl, mein Schicksal erkennen zu können. Was genau er mit seinen Worten meinte, wusste ich trotzdem nicht.

In seinem Job an der Berliner Charité ging es darum, biologische Modelle am Computer anzufertigen. Mikrokleinste Zellen wurden als Systeme beschrieben, die miteinander im Zusammenhang standen. Physikalisch, chemisch, homogen, heterogen, instabil. Die Laborversuche wurden am Rechner mathematisch simuliert. Winzige Proteine veränderten sich innerhalb des Zellgefüges, und Julian deutete die Veränderung in Algorithmen um – in Schritte, die man einem Programm vorgeben muss, damit es ein Problem lösen kann. Die Proteine wurden auf ihre Zusammensetzung, Struktur und ihre ausgleichenden Beziehungen zur Umgebung hin analysiert. Julian erklärte es mir umständlich, detailgenau und zu schnell. Hastig und heimlich schrieb ich seine Sätze mit, las sie mir danach mehrmals durch, um halbwegs zu kapieren, was er machte. Ich stellte ihn mir vor, wie er in dem Großraumbüro einer ernstzunehmenden Forschungsabteilung an einer der größten europäischen Kliniken vor dem Bildschirm eines Computers saß und mit autistischer Konzentration in die Tasten hämmerte. Ich bewunderte ihn über alle Maßen.

»Wir beziehen auch das biologische Rauschen einer Zelle mit ein, denn jedes komplexe System rauscht nun mal. Wir modulieren mathematisch, wie die Transkrip-

tionsfaktoren in Tumorzellen zusammenspielen und wie genetische Unfälle mit entarteten Zellen entstehen. Verstehst du?«, fragte Julian.
Ich schüttelte den Kopf, obwohl er das beim Telefonieren ja nicht sehen konnte – ich verstand rein gar nichts. Aber mir leuchtete ein, dass er – und mit ihm auch ich – der großen Wahrheit erstaunlich nah kamen. Ich konnte es weniger begreifen als spüren: Es ging einmal mehr um die Ganzheitlichkeit, das Gleichgewicht der Welt und die Frage, wann die Abweichung von der Norm beginnt. Ein Algorithmus mehr, und jetzt, sogleich, unmittelbar würden wir es verstehen, vermittelte mir Julian. Ich spürte ein geisterhaftes Kribbeln im Nacken. Wir waren nur eine Haaresbreite von der Erkenntnis entfernt. Worum es im Leben geht.
Irgendwann, so dachte ich, würden es alle begreifen, meine Mutter, Nike und Achim: Ich würde Julian heiraten. Und es ging mir dabei nicht um das alberne weiße Kleid, die spießige Kirche und das Drei-Gänge-Menü für sechzig bis hundert Personen. Nein, ich und Julian waren füreinander bestimmt. Wir würden das Paar sein, bei dem es alle sehen würden: diese einzigartige, personifizierte, schicksalhafte Fügung, bis dass der Tod uns scheidet. Wir würden zusammen ergründen, kämpfen, herausfordern, entdecken. Mein Gefühl war stärker als jeder Einwand, auch Julian würde das bald begreifen. Bis dahin musste ich leider das kleine Leben einer Person führen, die noch nicht ausreichend selbständig war

und sich deshalb am laufenden Band mit ihrer garstigen Mutter stritt.

Voller selbstgerechtem Zorn schmetterte ich ihr deshalb schließlich entgegen, dass ich die ersten Ausgaben in Berlin mit dem Geld begleichen würde, das ich von meinem reuigen Vater zum Abitur geschenkt bekommen hatte. Sie hatte nichts davon gewusst und reagierte alles andere als entspannt. Ein paar zerbrochene Teller und glühende Tränenseen später schnappte ich mir den alten Koffer meines Vaters, der hässlich wie ein mutiertes Warzenschwein im Kabuff wartete, packte das Nötigste zusammen und knallte mit der Tür.
Mit dem Ungetüm in der Hand stand ich dann schnaubend an dem kleinen Bahnhof und studierte die Fahrpläne. Doch aus irgendeinem Grund zögerte ich, meine Pläne in die Tat umzusetzen. Unschlüssig las ich alle Schlagzeilen durch, die die Zeitungen in der Kioskauslage hergaben, studierte Kaugummisorten und schnulzige Bestsellertitel. Dabei ließ ich den Zug nach Berlin ziehen. Emotionslos sah ich dabei zu, wie er davonfuhr. Ich war noch nicht so weit.

Mit unbestimmtem Spazierschritt und doch zielgerichtet wie ein Aufziehroboter trottete ich durch die Vorbahnhofsstraßen. Ohne es mir vorgenommen zu haben, aber in der festen Überzeugung, das Richtige zu tun, landete ich schließlich in der Straße, in die Achim vor kurzem gezogen war. Er hatte sich für ein freiwilliges soziales Jahr verpflichtet und sich dafür die Pflegestation des Blindenheims an der Kleinstadtperipherie ausgesucht. Achim genoss es, auf einen Schlag von seinen Eltern unabhängig zu werden und gleichzeitig Verantwortung für Menschen zu übernehmen, die so alt wie seine eigenen Großeltern waren. Ansonsten wartete auch er auf eine Eingebung bezüglich seiner Zukunft. In der Zwischenzeit kaufte sich Achim ein gebrauchtes Wasserbett und buk neuerdings eigenhändig große, runde Brote aus angesetztem Sauerteig, von denen er sich den Rest der Woche ernährte, um Geld zu sparen. Ich beneidete Achim um sein kleines Zimmer in dem Dachgeschoss einer alten Bruchbude, das er zugewiesen bekommen hatte. Und auch darum, dass sein Auszug aus dem Elternhaus so harmlos vonstattengegangen war.

Abends hörte Achim Musik im Dunkeln, ohne dass ich ausmachen konnte, ob ihm die Musik auf diese Weise besser gefiel oder das Bild, das er von sich selbst bekam, wenn er auf dem Boden vor einem monströsen, alten CD-Spieler saß und eine spiegelnde Scheibe nach der anderen einlegte. Wie schon Nike, schien auch er fern jeglicher Anstrengung eine Reifestufe erreicht zu haben, von der ich noch meilenweit entfernt war.

Achims Zimmer hatte sich über den Vormittag aufgeheizt und roch nach dem grauen Teppichboden, der darin bis ins letzte Eck verlegt war. Ich schaukelte auf den ledernen Wellen des Wasserbettes und kaute an einem Stück warmen Brots mit salziger Butter. Achim klebte an seinem Computerbildschirm, beantragte irgendwelche Unterlagen und machte ein ernstes Gesicht. Eine graue Wolkendecke stülpte sich über die Stadt, der Wind zog scharf durch das gekippte Fenster und ließ die Jalousie im Badezimmer klappern. Paris Marilyn Monroe-CDs imitierten das Grammophonrascheln.

Bye, bye, baby, remember you're my baby, ... And just to show that I care, I will write and declare ...[6]

Mir war nicht klar gewesen, dass ich mich in Achims Dachbodenzimmer so entsetzlich langweilen würde. Dabei war ich noch nicht einmal wirklich lange hier, gerade mal eine Stunde, höchstens zwei. Scheinbar war die ganze Welt beschäftigt, nur ich war aus der Zeit gefallen und wusste nach dem Streit mit meiner Mutter nichts mit mir anzufangen. Bereits zum sechsten Mal wählte ich Nikes Nummer, aber die fleißige Studentin ging nicht ran. Ich stieß ein enttäuschtes Stöhnen aus, demonstrativ laut.

»Du könntest in ein Museum gehen«, schlug Achim vor, ohne aufzublicken.

---

6 *Bye Bye Baby* war ein Song aus dem Broadway-Musical »Gentlemen Prefer Blondes« für den gleichnamigen Film 1953. Es heißt, dass Marilyn Monroes Kostar Jane Russell die zehnfache Gage für ihre Rolle erhielt. Doch Monroe wurde zum unbestrittenen Star des Films – und der Song *Diamonds Are A Girl's Best Friend*, der ebenfalls darin vorkommt, eines ihrer bekanntesten Lieder.

Seine Tastatur klapperte unter seinen Fingern. Ich hob mit dem Fingernagel ein Stück Tapete an und riss vorsichtig einen kleinen, länglichen Fetzen ab. Ein kurzer Blick zu Achim, er hatte nichts bemerkt. *Klugschachim* kritzelte ich mit einem Bleistift darauf und steckte den Schnipsel in die Ritze zwischen Bett und Wand.

»Wo ist deine Polaroid?«, fragte ich gähnend.

»Kein Film drin.«

Es verging noch einmal eine Viertelstunde, ohne dass etwas geschah.

»Was gibt's auf der Arbeit?« Ich gähnte wieder.

Ohne seinen Blick vom Computer zu heben, erzählte mir Achim von einem griesgrämigen Opa im Pflegeheim, der die Pfleger mit seinen Exkrementen bewarf.

»Er bereitet alles vor, formt kleine Bällchen«, sagte Achim. »Und wenn die Tür aufgeht, legt er los. Zum Glück ist er fast blind.«

Wieder klapperten die Tasten. Ich dachte daran, wie fürsorglich Achims Rücken ausgesehen hatte, als ich ihn vor ein paar Tagen gegen Mitternacht auf der Pflegestation besuchte. Ich hatte heimlich zwei Flaschen Bier hereingeschmuggelt, aber Achim weigerte sich, seine Vernunft zu sabotieren. Am Ende saßen wir schweigend in dem grellbeleuchteten Aufenthaltsraum. Achim hatte Tee in der Mikrowelle aufgekocht, der wässrig schaumig schmeckte, und eine Packung mit Billigkeksen aufgerissen. Wir starrten steif zu dem Bildschirm über der Tür. Stumme Bilder aus dem Nachrichtenjournal zeigten das aktuelle Elend der Welt. Achim fischte seinen Teebeutel aus der Tasse, wickelte die Fadenschnur um den Teelöffel und wrang ihn aus. Als er angepiept wurde, atmete er regelrecht auf. Achim ließ die Tür offen, und ich sah, wie eine alte Dame mit einem zotteligen Stofftier im Arm auf dem Flur auf ihn zu torkelte. Das schmuddelige Tier war Fuchur, der Glücksdrache. Es war unklar, nach wem die alte Dame gesucht und gerufen hatte, aber als Achim seinen Arm um ihre Hüfte legte, breitete sich eine friedliche Ruhe auf ihrem faltigen Gesicht aus. Achim drehte die Frau behutsam um und führte sie fort. Sein Gesicht war ernst und wirkte auf eine erwachsene Art müde und melancholisch.

Für mich war er auch immer da, dachte ich plötzlich gerührt. Dabei war ich keine besonders freundliche Person, zumindest in der Schule. Oder wenn ich hungrig war, oder erkältet, oder deprimiert. Das hatte Achim aber noch nie abgeschreckt. Und ich hatte noch nie etwas für ihn gemacht. Noch nicht mal ein Brot. Ich fummelte den versteckten Papierschnipsel wieder raus und schrieb zu *Klugschachim* noch *Danke, Love.* Achim hörte auf zu tippen, ich schob den Schnipsel zurück in seine Ritze.

»Was machst du da?«, fragte Achim.

»Nichts«, sagte ich zärtlich.

»Ich habe uns zu einer Aufnahmeprüfung angemeldet«, sagte Achim. »Schon vor einiger Zeit. In Kassel, auf der Kunsthochschule.«

»Bitte was?!«

»Na, du hast doch diese Mappe. Ich werde meine Fotos mitnehmen.«

»Hallo! Wie wär's mal mit fragen?«

»Ich dachte, du freust dich. Ich habe dein Zeugnis kopiert, mehr braucht man für die Anmeldung nicht. Du musst ja nicht hingehen.«

Ich saß mit einem Fragezeichen-Rücken auf seinem glibberigen Bett, und die bescheuerten Wasserwellen raubten mir meinen gesamten empörten Ernst.

»Aber ohne meine Erlaubnis?!«

Achim verließ seinen Platz am Computer und kam zu mir.

»Wir haben so viel zusammen gemacht in letzter Zeit, ich dachte, wäre doch toll, wenn wir beide angenommen werden.«

Er trat näher, legte seine Arme um mich, zog mich vorsichtig an sich und küsste mich auf den Mund. Schwer zu sagen, ob mich das überraschte. Sein Kuss kam mir fast selbstverständlich vor. Ich ließ es zu, aus Neugier. Achim küsste mich fester, ich küsste zurück, probierte aus, wie das wäre, Achim dreister zu küssen. Er schmeckte frisch und säuerlich, wie eine Aprikose. Es war das Angebot einer Möglichkeit. Ich könnte meinen Plan mit Julian in Berlin über den Haufen werfen und bei Achim bleiben. Zumindest ein paar Tage. Und dann mit ihm in Kassel zusammen Kunst studieren. Vielleicht auch eine Rettungsassistentinnen-Ausbildung beginnen oder einen ethisch richtigen, sozialen Beruf erlernen. Ich könnte mit jemandem zusammen sein, der mich nie hinterfragte und nicht kritisierte, mich nie verunsicherte und der weißblond statt schwarzhaarig war. Ich achtete auf meine Herzfrequenz. Achim schloss die Augen, ich aber hatte kein Bedürfnis, tiefer zu atmen. Ich mochte ihn, mehr als nur einen Freund. Aber es war zu nett. Zu fehlerlos. Ich bewegte mich vorsichtig zurück.

»Dann muss ich noch mal nach Hause«, sagte ich. »Wenn wir bald nach Kassel fahren, muss ich noch paar Sachen holen.«

Enttäuscht darüber, dass es keine gemeinsame Nacht geben würde, aber viel zu stolz, um das zuzugeben, brachte mich Achim zur Tür.

Zu Hause saß meine Mutter auf dem Sofa und zappte sich durchs Fernsehprogramm. Ich blieb im Türrahmen stehen und wartete, bis sich unsere Blicke trafen. Wir starrten uns eine gefühlte Ewigkeit an, dann fing meine Mutter an zu weinen, und ich auch.

»Ich will nicht, dass du gehst, mein Baby«, schniefte sie.

»Ich bin doch kein Baby mehr«, nuschelte ich.

Meine Mutter schüttelte den Kopf.

»Du bist für immer mein Baby und wirst es allezeit bleiben.«

Meine Mutter hatte uns Pfannkuchen für den Weg eingepackt, aber ich war zu aufgekratzt, um zu essen.

Stattdessen lackierte ich mir im Auto die Nägel mit grasgrünem Lack, sozusagen als letzten Schliff.

»Das stinkt«, sagte Achim.

»So ist das mit Künstlern«, sagte ich, »wir stinken.«

Die Aufnahmeprüfung fand in einem lichtdurchfluteten Saal statt, wo ich, Achim und noch etwa fünfzehn Personen das Thema *Vor dem Kopf, in dem Kopf, aus dem Kopf* bearbeiten sollten. Wir sollten uns als innovative und vielversprechende Talente beweisen. Einer der Mitbewerber hatte sein Neugeborenes dabei, das er eine Weile nachdenklich umhertrug, bevor er es draußen im Hof auf den Rasen legte und seinen flaumgesäumten Babykopf mit zarten Pastelltönen abmalte. Ein Mädchen in zerrissener Jeans versteckte ihre Arbeit hinter dem Ellbogen wie beim Abschreiben in der Schule und begann zu hämmern. Später sah ich, dass sie sich dazu entschlossen hatte, lange Nägel in kleine, quadratische Holzklötzchen zu hauen. Als ich genauer hinsah, kam es mir vor, als ob sie mit den Nägeln einzelne Flusen auf das Holz hämmerte, die wie Schamhaare aussahen. Als sie meinen Blick bemerkte, schob sie wieder ihren Ellbogen vor und bückte sich schützend über ihr Werk. Achim saß am anderen Ende des Zimmers und zeichnete ein Triptychon – einen Mann, dem das Schrapnell einer Granate entgegenfliegt, seinen Schädel, an dessen Stirn der Splitter eine kaum sichtbare Eintrittsstelle hinterlassen hat, und das Metallstück, als es den geborstenen Schädel verlässt.

Ich starrte eine Weile aus dem Fenster. Der Drang zu reüssieren sprang wie ein Springteufel hervor, der Wunsch, nicht zu versagen, wuchs mit jeder Minute. Hier könnte meine Selbständigkeit beginnen, hier würde ich es allen beweisen können. Meine Mitbewerber keuchten, schwitzten, konzertierten sich mit voller Kraft. Ich zeichnete das, was mein eigener Kopf sah: den Blick aus dem Fenster, mit den grauen Metallbalken und dann weiter in der Ferne die bauschigen Baumkronen. Dahinter zeichnete ich meine Gedanken, die sich um den Angstkiller Nike und den Kopf von Brancusi drehten, den ich einmal im Kunstunterricht gesehen hatte. Aus dem Brancusi-Kopf kam eine Figur, ein Junge im Trenchcoat, der mit schwarzroten, wehenden Haaren und ansonsten nackt durch die Luft segelte. Es war unklar, ob er fiel oder flog.

Nach dem praktischen Teil sollten wir mit drei Prüfern über unsere Mappe reden. Ich hatte nichts Besonderes zu sagen, aber die Prüfer lächelten sich zu und nickten zufrieden, ohne dass ich wusste, weswegen. Danach wurden alle Bewerber in die Pause entlassen. Wir gingen zusammen in den Hof. Achim und ich setzten uns auf den Rasen und aßen Mamas Pfannkuchen. Der junge Vater mit der Pastellkreide spielte mit seinem Baby, das nervöse Mädchen mit den Schamhaarklötzchen paffte in einer einsamen Ecke eine Selbstgedrehte.

»Und, studierst du hier bald mit mir?«, fragte Achim.

»Warum bist du dir so sicher, dass die uns nehmen?«

Achim blinzelte, holte ein Kaugummipäckchen hervor, bot mir einen an. Ich wollte nicht, er aber schob sich einen weichen Streifen in den Mund und kaute. Es roch nach Zimt.

»Weil ich mir ziemlich sicher bin, dass du nicht nach Hause zurückfahren möchtest«, sagte Achim. »Deshalb muss es einfach klappen.«

Ich wandte mich ab und spürte in meine Beklommenheit hinein. Achim war immer da, und er sollte es bleiben. Aber nicht um jeden Preis.

»Das ist für mich kein Ausflug hin und zurück. Ich möchte weiter nach Berlin, von hier aus mit dem Zug dann«, sagte ich.

Ich hätte es gerne laut gesagt, damit es souverän klang, aber es kam kleinlaut heraus. Achim regte sich nicht, kurz sah es aus, als habe er mich nicht gehört.

»Wegen Julian«, sagte er dann.

»Mhm«, sagte ich.

Immerhin war ich ehrlich, dachte ich. Gleichzeitig erinnerte ich mich, wie Nike mir einmal erzählte, dass das Ehrlichsein an sich nicht in allen Völkergruppen so positiv besetzt war wie bei uns. Manchmal und anderswo galt es als höflicher, zu lügen. Achim rupfte an den Gänseblümchen im Gras, dann sah er mich wieder an.

»Es ist vielleicht ein bisschen lächerlich, aber ich hatte gehofft, dass du etwas anderes sagst.«

Er seufzte und hob die Hand, damit ich mein »Tut mir leid« nicht aussprach.

»Komm mit«, sagte er und stand auf.
Wir hatten noch ein bisschen Zeit. Achim ging voran und ich ihm nach. Wir liefen durch das Hochschulgebäude. Die Wände waren fleckig, das graue Linoleum knarzte. Vor einer ehemals weißen Wand blieb Achim stehen, holte einen Zettel aus seiner Tasche und kritzelte etwas darauf.
»Stell dich bitte hier an die Wand«, bat er mich, und ich tat es.
Achim pfriemelte an seinem Zettel und klebte ihn mit dem Kaugummi über meinem Kopf an die Wand.
Dann ging er ein paar Schritte zurück, hob die Polaroid in meine Richtung.
»Hast ja doch einen Film«, sagte ich.
Achim knipste ein Foto. Seine Wangen glühten unter dem platinblonden Schopf.
»Das nehme ich mit nach Indien, zur Erinnerung«, sagte er.
Er steckte das Foto ein, ohne es mir zu zeigen.
»Wieso denn jetzt Indien?!«
Achim zuckte mit den Schultern.
»Es muss ja auch einen Plan B geben, oder? Mein Bruder ist dort. Und ich brauche Abstand. Ich werde nicht mehr anrufen und auch nicht schreiben. Ich brauche eine Pause von dir.«
Ich drehte mich um und las, was Achim auf den Zettel über meinen Kopf geschrieben hatte.
Incurably romantic.

Mit einer Mischung aus Bedauern und Erleichterung ging ich mit Achim zurück in den Prüfungsraum. Die Juroren lasen die Liste der Bewerber vor, die innerhalb der nächsten drei Jahre das Studium antreten durften. Das Mädchen mit den Schamhaarklötzchen war dabei. Achim war nicht dabei. Ich war dabei. Der Mann mit dem Baby war nicht dabei und weinte. Er weinte leise, aber seine bestürzte Enttäuschung schnürte mir die Kehle zu. Ich wusste, dass ich diesen Platz nicht annehmen würde. Doch hielt ich ihn nun für drei Jahre besetzt.

Achim weigerte sich, mich einfach am Bahnhof abzusetzen, und bestand darauf, mich nach Berlin zu fahren. Er wolle nicht, dass wir im Streit auseinandergehen, sagte er.

Die Autobahnfahrt von Kassel nach Berlin verbrachten wir schweigend. Die Straße glänzte wie ein schwarzer Aal im Nieselregen. Die LKW-Ketten formten leuchtende Glitzerperlen auf der Fahrbahn, rot hin, weiß zurück. *Achtung, scharfe Kurve.* Ich konnte mich des Zwangs nicht erwehren, alles, was ich auf dieser totenstillen Fahrt draußen sah, als eine Allegorie zu werten. Achim war so leise, es kam mir vor, als würde ich alleine im Auto sitzen. Ob die in Beelitz ihren Spargel mit einem Schuss Apfelsaft kochten, so wie meine Mutter? Am Himmel blinkten Flugzeugsterne. Bergholz Rehbrücke, Potsdam Drewitz, Kleinmachnow und dazwischen der deutsche Glamour: Filmpark Babelsberg!

Wir sind fast da, jubelte ich innerlich und wollte nicht, dass Achim mitbekam, wie aufgeregt ich war.
Wannsee. In den Kriegsjahren schminkten sich dort die Damen am Strand gegenseitig einen schwarzen Strich aufs Bein, weil Nylon rationiert wurde und es keine Strumpfhosen gab.
Spanische Allee, ein gelber Kreis mit einem schwarzen Pupillenpunkt darin – was bedeutet das Katzenauge auf einem Straßenzeichen? – und die Baumkronenspitze am Himmelsrand. *Sarajewo im Grunewald*, versprach eine Gaststätte. Ab da mischten sich Gleise dazu, schlängelten sich an unserem Weg entlang, bis der Funkturm weihnachtlich leuchtend aus dem Grau trat. Gigantische Laternen neigten sich über Achims kleines Auto und inspizierten es mit rechteckigen Augen. Von der Stadtautobahnbrücke konnte ich in die beleuchteten Fensterrechtecke hineinsehen, wie in gutsortierte Puppenhäuser, Sofa, Fernseher, Schrankwand mit Glasvitrine. In die Lichtfarben der Reklamen mischte sich das Smaragdgrün der Ampel. Bibliotheken – Möbel – Entwurfsteppiche! Was in aller Welt sind Entwurfsteppiche, dachte ich, aber die nächsten Leuchtreklamen jagten schon hinterher: Ernährungsberatung! La Femme, Steakhouse und Chinesischemöbelallesmussraus! Der Kreisverkehr war wie Walzertanzen, die Technische Universität lockte mit der langen Nacht der Industrie, und mir kam alles flatterhaft, kirschsaft-flirty und funky-glitzernd vor.

Unter dem sanften Schein nostalgischer Laternen umkreisten wir die warmschimmernde Goldelse. Spätestens hier war mir, als wäre es nie anders gewesen: Ich fühlte mich zu Hause.

Ich öffnete das Fenster auf meiner Seite und roch die Stadt. Ein bisschen auch das Muffige von Achims großväterlich kariertem Wollplaid auf der Rückbank und die frühsommerliche Aufregung meiner Haut. Ich war endlich umschlungen, aufgenommen und überhaupt nicht nervös. Ich war wie Jona in einem Wal angekommen und freier als je zuvor. Wir fuhren an dem Ufo des Reichstags vorbei, Lieferverkehr Bundestag, bremsten scharf vor einem schwankenden Mädchen auf dem Fahrrad, das ihr Kettenschloss wie ein Schmuckstück um den Hals trug, und kamen auf die Reinhardtstraße, an deren Ende der Friedrichstadtpalast in allen Farben leuchtete.

»Wo willst du überhaupt schlafen?«, fragte Achim.

»Ich habe was in einem Hostel reserviert«, murmelte ich. »Ist nicht teuer.«

Achim schwieg. Ich konnte ihn atmen hören, weil seine Nase pfiff. Nur ein bisschen.

»Ich gebe dir die Schlüssel zu Paris Wohnung«, sagte er dann. »Er ist den ganzen Sommer weg, vielleicht länger.«

»Wirklich?«

»Wir sind immer noch Freunde, Faina.«

Achim bog in eine dunkle Straße ein, hielt vor einem

hübschen Altbau, fummelte in seiner Hosentasche und reichte mir die Schlüssel. Es entstand eine Pause, die wir beide aushielten.

»Schau«, sagte Achim dann, »da stand angeblich der erste Stadtgalgen.« Er machte eine unbestimmte Handbewegung. »Später wurde der versetzt, damit der hohe Adel ihn nicht vom Monbijou-Schloss anschauen musste. Jedes Hängen und Rädern war ein Fest mit Branntwein und Huren. Hab ich zumindest im Internet gelesen. Nur deswegen hat man das öffentliche Hinrichten überhaupt sein lassen – weil der nötige Ernst fehlte.«

Ich streichelte zum Abschied über seine Hand, mit der er den Schaltknüppel umklammerte. Es war ein freundlicher Abschied ohne Reue.

»Alles Gute«, sagte Achim.

»Lass es dir gutgehen in Indien«, antwortete ich.

BERLIN

Paris Wohnung war dreißig Quadratmeter groß und lag im Hochparterre eines schmalen, maroden Häuschens. Nur die Fassade zur Straße hin war saniert worden, im Hof zogen sich Risse durch den altersgrauen Putz. Es roch nach Moder und Gemüsepfanne. Bis auf eine Matratze auf dem weiß lackierten Dielenboden und einer Kleiderstange war das Wohnzimmer leer. Seine Bücher hatte Pari auf die Fensterbretter gestellt. An einer Wand hingen Polaroid-Fotos, die Achim gemacht hatte. Von der Kleinstadt, von der Natur und sogar eines von mir, von hinten, mit offenen Haaren. In der kleinen Küche stand der einzige Tisch. Ein fleckiger Herd, eine verstaubte Musikanlage, ein leerer, schmutziger Kühlschrank, auf dem ein Turm aus leeren Pizzakartons thronte, und ein

berstend voller Staubsauger komplettierten die Ausstattung. Unterhalb des Küchenfensters war ein Dachvorsprung, der sich wie eine kleine, moosbewachsene Terrasse über den Hintereingang einer Kellerbar streckte. Als erste Amtshandlung brachte ich den Müll raus, den Pari bei seiner Abreise offenbar einfach vergessen hatte. Jungs stinken, dachte ich dabei an Nikes Worte. Die Barfenster zum Hinterhof waren mit schwarzer Folie abgeklebt und teilweise vergittert. Eine Unmenge Zigarettenstummel und Kronkorken zeugten davon, dass der Hof für die Barbesucher am Abend offen war. Auf die raue Backsteinwand neben den Mülltonnen hatte jemand in rosa Papierlettern LOVE geklebt.
Wieder oben, legte ich mich auf die Matratze und wartete auf den *ersten Traum*, den ich in einem Bett träumen würde, in dem ich noch nie geschlafen hatte. Diese Träume haben die Kraft, die Zukunft vorauszusagen.

In meiner ersten Berlinnacht träumte ich von Julian. Wir fuhren in einem Jeep durch die Stadt, hinter uns auf der Rückbank drei leere, vollgekrümelte Kindersitze. Wir wurden von einem Polizeitransporter eingeholt. Er schwankte hin und her, beschleunigte hektisch, drängelte, rammte und überholte uns schließlich. In dem Wagen saßen schwarzgekleidete Männer und Frauen, mit starren Gesichtern, die in rhythmischen Bewegungen Pillen schluckten. Wir fuhren ihnen nach, bis der Wagen hielt. Die Männer und Frauen streiften sich Polizeiuniformen

über und rannten mit schweren schwarzen Gewehren den U-Bahn-Eingang hinunter.
»So hält man Gewehre nicht«, rief ich. »Ruf die Polizei, das sind keine Polizisten!«
Julian wählte eine Nummer und sprach in den Hörer. Schüsse fielen. Julian nahm mich in den Arm, hielt mich fest und sagte: »Gut, dass die Kinder bei den Großeltern sind.«

Morgens nach dem Aufwachen machte ich das Fenster auf. Ein leichter Geruch von Abgasen und vergammelten Abfällen strömte mir in die Nase. Ich drückte an der Musikanlage herum und ließ Giant Drag aus den Boxen dröhnen, bis das Telefon in meiner Hand klingelte.
»Mein Gott, mach die Musik leiser, ich habe schon den ganzen Tag Kopfschmerzen!«, sagte meine Mutter.
»Hallo, Mama«, sagte ich und drehte die Musik leise. Die Boxen knackten.
»Kannst du sie nicht ganz ausmachen? Diese primitive Popmusik, zwei Akkorde und ein Stampfer, das ist Volksverdummung.«
»Ich dachte, Fußball ist Volksverdummung«, sagte ich.
Meine Mutter hasste Fußball, so sehr wie mein Vater es liebte.
»Hast du schon gegessen?«
Ihre Fragerei ärgerte mich, aber ich nahm mir vor, entspannt zu bleiben.

»Ich war noch nicht draußen.«

»Kauf bitte keine billigen Lebensmittel. Such dir einen Bioladen. Bitte nicht am Essen sparen, zur Not überweise ich dir was. Ich habe dich nicht Ewigkeiten gestillt, damit du dir jetzt deine Gesundheit ruinierst, nur weil du unbedingt ausziehen musstest. Und bitte nicht rauchen. Das ist nicht cool, das ist nur Tabakindustrie.«

»Mir geht es gut.«

»Und deine Haut?«

»Keine Panik, keine Angst, nichts juckt mich, seit ich hier bin.«

»Ich wusste schon immer, dass du in Berlin dein Glück finden wirst«, log meine Mutter tapfer. »Aber ich erwarte, dass du dich um einen Studienplatz bemühst. Du könntest dich erst mal als Gasthörerin einschreiben. Die Professoren merken sich hübsche, fleißige Mädchen, glaube mir, das schadet nicht. Und zieh dich ordentlich an. Nicht wie ein verlauster Hippie. Du weißt, was ich meine.«

»Ich bin doch gerade erst angekommen.«

»Zeit und Liebe sind die größten Feinde einer freien Frau. Ruf mich an, sobald du etwas gegessen hast.«

Ich zog mir eine Jeans und ein T-Shirt über und hüpfte in Sommersandalen die Stufen hinunter. Die unverschlossenen Riemchen baumelten zwischen meinen Füßen. Ich hatte nichts vor, wollte nirgendwohin. Nike erzählte mir einmal von einer feministischen Bewegung, die sich das Nichtstun zum Ziel gesetzt hatte: konsumkritische

Leistungsverweigerung mit gesellschaftspolitischer Zielrichtung.

Einfach nur raus, dachte ich und verhedderte mich zwei Stufen tiefer an einem Metallbeschlag, mit dem das Linoleum auf den alten Stufen befestigt war. Ich stolperte, brach mir fast den Knöchel, landete dann aber mit beiden Füßen auf der Straße. Der Schreck wich der Euphorie, denn selbst jetzt kribbelte oder juckte nichts. War diese Stadt meine Heilung? Es wäre zu kitschig, wenn es so einfach wäre, dachte ich und – ob ich fliegen kann? Ich spazierte an dem türkischen Kiosk an der Ecke vorbei, warf einen Blick in den Holzspielzeugladen und zu den gelangweilten Mädchen im Nagelstudio gegenüber. Vögel pickten in den Müllresten auf der Straße. Vor einer Focacceria blieb ich stehen. Die Menschen saßen an runden Tischen, die noch warmen, duftenden Himbeerkäsefladen vor sich. Manche von ihnen lasen, andere sonnten sich mit zufrieden verzogenen Mundwinkeln, wie eine noch nicht entdeckte Seelöwenabart. Der Geruch von Kaffee lag in der Luft. Ich würde diese Stadt nicht mehr hergeben. Ich ließ mir ein Stück Himbeerkuchen einpacken und setzte mich in den Park, um zu frühstücken. Dabei wählte ich Nikes Nummer.

»Hallo?« Ihre Stimme klang fern und verschlafen. »Faina?«

Ich musste schneller kauen.

»Wo steckst du, ich versuche dich seit Tagen zu erreichen!«

»Das kennst du doch, das hat nichts zu bedeuten«, sagte Nike. »Mach dir keine Sorgen. Ich liege nur im Bett mit meinem Liebhaber.«
Sie kicherte.
»Es ist so viel passiert, ich platze, wenn du nicht ans Telefon gehst«, sagte ich. »Ich bin in Berlin.«
»Ich meinte das übrigens gerade ernst, das war kein Scherz«, sagte Nike.
Ich hörte Bettwäsche rascheln und erinnerte mich an Nikes behaglichen Schlafgeruch.
»Wir haben hier Champagner und Erdbeeren und einen ziemlich schlechten Empfang. Ich bin in Schweden. Schick mir deine Adresse, ja? In ein paar Wochen habe ich Semesterferien, dann besuche ich dich.«
Das warme Gefühl, das mir Nike zu geben vermochte, blieb noch, nachdem sie aufgelegt hatte. Ich stellte mir vor, wie sie jemanden liebte, wie sie zurückgeliebt wurde, und dass alles glatt, leidenschaftlich und inspirierend ablief. Nichts konnte uns davon abbringen, unsere berstende Energie auszukosten, die sich im Mund wie Chili und in den Beinen wie ein Leopard anfühlte. Ermutigt schrieb ich Julian eine Nachricht, dass ich da sei und wir uns treffen könnten. Er meldete sich mit einem »Wo?«. Ich tippte die Adresse von Achim in die Tasten und passend knapp »Freitag, Bar« dazu. Es war erst Dienstag, so blieb mir noch ausreichend Zeit, um mich auf unser Wiedersehen vorzubereiten.

Die Wohnung von Achims Bruder war wie eine Höhle, die ich mir zu eigen machte. Meine Unterwäsche, meine Sandalen und meine Haarspangen. Mein Essen und meine Kosmetik. Meine Ordnung, meine Gerüche. Ich inspizierte die Gegend in der näheren Umgebung. Ich machte mir Bibliotheksausweise, schrieb mich in den Verteiler des Ramones-Museums, der Comicbibliothek und eines Arthaus-Filmverleihs ein. In meiner direkten Nachbarschaft gab es einen Park, eine große Straße für die Touristen, viele bunte Nebenstraßen mit einer Menge versteckter Cafés, ein Töpferstudio für Kinder und einen leicht dubiosen Massagesalon. Bei meiner abendlichen Nahrungssuche entschied ich mich für eine kleine Pizzeria. Sie gehörte einem jungen, hübschen Italiener, der strahlend blaue Augen, struppiges blondes Haar und kräftige Arme hatte.

»Ich habe dich mit Klopapier gesehen, wie du in die Tür bei der Kellerbar rein bist«, sagte er lächelnd, »wir sind Nachbarn.«

Er erzählte mir, dass er Maurizio hieß und ein Segelschiff auf Sardinien besaß.

»Du glaubst nicht, wie hart es ist, acht Stunden lang zu arbeiten«, erzählte er. »Ich halte das kaum aus! Da hilft nur mehrmals am Tag auf dem Klo masturbieren, damit das überhaupt geht. Schau mich nicht so an, ich achte sehr auf die Hygiene. Und hey, die Pizza für Nachbarn ist umsonst.«

Am Freitag stellte ich einen hohen Topf auf den Herd und füllte eine Handvoll Bergamotte-Schwarztee hinein. Die Blätterkrümel tanzten in dem kochenden Wasser Polka. Dann stellte ich den Topf vom Herd auf den Boden und holte Nikes gelbes Buch aus meiner Tasche. Auf dem Cover war das Mädchen mit dem Kleid, vor dem ein junger, nackter Mann kauerte – nachdenklich – oder nur erschöpft? Auf den ersten Seiten las ich eine Geschichte von zwei Ratten, die in einem leeren Eimer festsaßen. Die stärkere der beiden Ratten fraß den Bauch der anderen und verhungerte dann trotzdem, nur später. Ich legte das Buch beiseite, weil ich mich beinahe übergeben musste. Sobald der Tee im Topf lauwarm geworden war, kniete ich mich auf den Boden und tunkte meinen Kopf in die duftende Brühe. Die Haare schwammen, schwer und warm, wie Seegras im Wasser. Ich ließ sie ein paar Minuten treiben, bis der Aufguss einen Goldglanz daraufgezaubert hatte, dann wickelte ich mir das Handtuch um. Wie ein Sikh.

Die *gerade so*-Bar in meinem Haus veranstaltete diesen Freitag eine *Verrückt*-Feier, und ich nahm die Einladung im Briefkasten ernst. Ich bastelte mir ein Schuppenkleid aus Alufolie, die ich dafür extra gekauft hatte, und bandagierte mit dem Rest der Folie meine Waden und Knöchel, so dass sie wie in Superheldenstiefeln steckten. Die vielen Wickelschichten knisterten, wenn ich mich bewegte. Statt der Handtasche nahm ich eine alte emaillierte Teekanne aus Paris Küche. Ich war bereit für die Verrückten, nur die besorgte Stimme meiner Mutter hallte noch durch meinen Kopf. Aufdringliche Ratschläge, versteckte Beleidigungen und gutgemeinte Lügen. Sie wollte nur mein Bestes, dachte ich, aber das machte es nicht besser. Ich wickelte eine Packung Alufolie auf, faltete eine Pickelhaube daraus und setzte sie auf. Ich war die Silber-Barbarella, eine würdige Magneto-Tochter und unter meinem Alu-Helm vor dem Zugriff meiner Mutter geschützt.

Sobald es dunkel wurde, stieg ich die bröckeligen Stufen hinunter auf die Straße. Der abgeblätterte Putz hatte die Farbe von einem gekochten Ei. Über dem Eingang der Bar sah man noch eine verblichene jiddische Aufschrift. Entziffern konnte ich nur *Schusterei.* Ich ging die Kellerstufen hinunter und trat unter einem Perlenvorhang ins Souterrain. Auf einem alten LCD-Bildschirm loderte ein Kaminfeuer, daneben stand ein zerschlissenes Blümchensofa. Julian konnte ich nirgends entdecken, und es war nicht unbedingt einfach, mit einer Teekanne in der Hand souverän zu wirken – die anderen Gäste waren nicht verkleidet. Meine lackierten Nägel sahen unter der Barbeleuchtung wie glitzernde Chitinpanzer von Käfern aus. Betont selbstbewusst bestellte ich das erste Bier, und es schmeckte nach bitteren Erbsen. Das zweite Bier sorgte für eine anregende Leichtigkeit. Ich prostete einer Gruppe schweizerischer

Türken zu, die mich auf Italienisch anflirteten. Ich antwortete ihnen auf Persisch, Arabisch und Zulu, aber sie verstanden mich nicht. Julian war nicht da. Bevor ich das dritte Bier trank, hielt ich es feierlich vor mir hoch: Auf die Großstadt meiner Träume, möge mir die Leber verzeihen!

In der beengten Bartoilette fotografierte ich mein silbern glänzendes Spiegelbild mit dem Handy, wie ich neben einer Badewanne voller Bierflaschen auf der Kloschüssel hockte und mir das Freitagsrot auf den Lippen nachzog. Meine Teekanne stand auf dem Badewannenrand. Ich drückte auf *Senden*, Nike sollte mich sehen. Dann öffnete ich das kleine Fenster, um frische Luft zu schnappen, und starrte über den mir bereits bekannten Hinterhof zu meinem Schlafzimmerfester hinauf. Ich war endlich ganz auf mich gestellt, neugierig und zu allen Schandtaten bereit. Die Stadt flüsterte mir Versprechungen zu und fächelte mir ihre schmutzige Luft ins Gesicht. Das vierte Bier trank ich dort, es drängte mir ein schrulliges Grinsen auf die Lippen, das nicht mehr wegzukriegen war.

Später betrachtete ich selig die Tanzenden in der Mitte der Bar. Als ich mein fünftes Bier beinahe geleert hatte, stolperte Julian über meine Füße, weil er an mir vorbei zur Tanzfläche wollte.

Er hatte ein Kleid an und war stark geschminkt, um den Hals trug er ein naturgetreues Penismodell aus mit Wat-

te gefüllter Feinstrumpfhose. Auch sein Mund war von einem verschmierten Scharlachrot umrandet.
»Ich bin die Puffmutter«, sagte er.
Ich sah Julian an. Alles an ihm, was bei uns in der Kleinstadt wunderlich gewirkt hatte, passte perfekt hierher. Seine Brille, seine unnatürlich langen Finger, die bunten Brauen und der verzweifelte Blick. Selbst seine sentimentalen Sprüche.
»Wäre diese Bar ein Mensch, wäre sie eine humpelnde Drag-Queen mit den antiken Ohrringen ihrer Großmutter«, sagte er.
Ich roch den Tabak und auch das Hasch. Julian ließ eine Haarsträhne von mir durch seine Finger gleiten, tunkte sie dann galant in sein Rotweinglas und nahm einen betont tiefen Schluck. Ich legte ihm die Hand auf den Oberarm, der sich fest und heiß anfühlte.
»Schon lange hier?«, fragte er über die Musik hinweg.
Ich lächelte unergründlich und begann zu tanzen.

Als mein Vater aus unserer Familie verschwand und meine Mutter mit einem enttäuschten Gesicht zurückblieb, saß ich immer wieder alleine in meinem Bett und stellte mir vor, von einem Vampir entführt und fortgetragen zu werden. Das perfekte Entkommen, mitten aus dem Kinderzimmer durchs Fenster. Nur heimlich gestand ich mir ein, dass ich meinen Vater nicht vermisste. Vielleicht schaffte ich es deshalb auch nicht, meine Mutter zu trösten, was mich bei weitem mehr traf. Sie wusste nichts von meinen Phantasien und sorgte sich wie immer um meine Gesundheit, beharrte darauf, dass Knoblauch wie eine Vitamintablette sei, und bat mich, davon zu essen. Ich dachte an den Vampir und weigerte mich. Also versteckte meine Mutter die kleinen Knoblauchzähnchen im Brot. Sie drückte sie in die weiche, noch feuchte Teigmitte und schmierte Schmand darauf, um die Stelle zu kaschieren. Ich aß das Brot trotzdem nicht und bestand darauf, mit offenem Fenster zu schlafen. Damals nahm ich mir sogar vor, jungfräulich zu bleiben. Damit mein Blut geschmacklich nichts einbüßte. Julian könnte dieser Vampir sein, dachte ich jetzt. Er war blass und schlank und trug dieses Kleid.

Nachdem ich und Julian das *gerade so* als eine der letzten Gäste am frühen Morgen verlassen hatten, liefen wir durch die Gegend, intuitiv, wie Straßenkatzen. Wir liefen durch die Höfe, die wie eine russische Holzpuppe ineinandergeschachtelt waren, über die Chaosmosaike des Bierflaschenbruchs, vorbei an den Stadtpappeln, deren Blüten wie in einem Western über die Wege flogen. Julian war ernst und stumm. Sein Puffmutter-Kleid war beim Tanzen an der Brust aufgerissen, die Perücke baumelte wie ein Skalp an seiner Schürze. Den Penisanhänger hatte ihm ein Tourist abgeluchst, um ihn als Andenken nach Barcelona mitzunehmen.

Ich blieb vor einer alten Hausfassade stehen, die Gerüste standen bereits davor, hier sollte renoviert werden. Ich strich mit meiner Hand über den bröckelnden Putz, betastete die grauen Steine und steckte meinen Finger in ein Einschussloch, das staubig und authentisch wie eine Theaterrequisite wirkte. Hier stehe ich, dachte ich, Faina der Gegenwart, quicklebendig, während die Faina aus der Vergangenheit in dem gleichen Krieg gestorben ist, aus dem auch dieses Einschussloch stammt. Hoffentlich triumphiert sie irgendwo im Jenseits.

»Erzähl mir von dir als Kind«, sagte Julian.

Die Erinnerungen an meine Kindheit bestanden aus unzusammenhängenden Kleinigkeiten, unhandlich, wie spitze Porzellanstückchen einer zerbrochenen Tasse. Die meisten schienen mir auf einmal belanglos, die erzählenswerten kamen mir nicht über die Lippen.

»Kindheitserinnerungen erzählt man nicht einfach so«, sagte ich, »Intimes muss man herausfinden.«

Julian sah an sich herab, richtete sein Kleid und blinzelte in den Himmel. Ich betrachtete sein nachtschwarzes Haar, seine klatschmohnhellen Wimpern. Manchmal schaffen es Menschen, einen anzuziehen wie ein schwarzes Loch.

Julian drehte sich wieder zu mir. Seine Augen leuchteten Kometenstrahlen durch mich hindurch, und ich merkte, wie mir der Boden unter den Füßen wegglitt, als würde ich abheben. Ich schnappte nach ihm, wie eine Katze nach einer Maus, und drückte ihm die Lippen auf den Mund.

Julian in das Bett von Achims Bruder abzuschleppen erschien mir pietätlos. Ich zog ihn in das Innere der Wohnung und suchte noch nach einem neutralen Platz, als Julian mich mit der ganzen Kraft seines Körpers zwischen Achims angepinnte Polaroids drückte. Ich griff nach dem Riss an seinem Kleid und zerrte, bis der Stoff krachend auseinanderbrach. Julian pellte mir die knisternden Folienstiefel ab. Ich stellte meine nackten Füße, einen nach dem anderen, auf den Holzboden und ging auf die Knie. Mein Gesicht direkt vor seinem Gesicht, den Rücken gespannt, wie eine Tänzerin. Seine Schultern waren ein Sommersprossenplanetarium, seine Arme überraschend muskulös. Seine Haut schmeckte nach Nikotin und ein bisschen salzig, unter den Achseln hatte er weichen rötlichen Flaum. Wer mit offenen Augen küsst, der liebt nicht, wer beim Sex lacht, der meint es nicht ernst ... Stand das nicht einmal auf meiner Schulbank? Oder war es die Klotür? Ich sah die zerknüllte schwarze Baumwollunterhose irgendwo hinter Julian auf dem Boden, küsste ihn wieder und verlor die Orientierung. Jede von Julians Berührungen setzte einen Rinnsal Wärme in mir frei. Sie breitete sich von seinen Händen über meine Haut aus, glitt von seinen Lippen in meinen Mund und goss sich unaufhaltsam wie ein tosender Fluss in meinen Bauch. Ich roch das Echtholzöl aus dem Fachmarkt, das Pari auf den Boden gepinselt hatte. Es stieg in meinen Kopf wie eine neue Großstadtdroge. Julian hatte ein schäumendes kleines Meer zwischen meinen

Beinen geweckt. Die Zwischenräume der abgezogenen Dielen zeichneten rissige Landschaften auf meine verschwitzte Haut. Julian vergrub seine Finger in meinen Haaren. Sie rochen nach Bergamotte.

»Hallo, Nixe«, atmete er warm in mein Ohr.

Ich streckte mich wie ein sonnenwarmes Tier. Etwas in meinem Inneren schmolz. Etwas, das ich ansonsten unter den pragmatischen Schichten der Ratschläge meiner Mutter gekonnt zum Erstarren brachte.

DIE AMÖBE

Seine Aufnahmeprüfung an der Berliner Kunsthochschule hatte Julian nicht bestanden. Ich vermied es, ihm von meinem Platz in Kassel zu erzählen. Seit er mich mit den blauen Flügeln über unserem Schulhof schweben gesehen hatte, war Julian überzeugt, seine Ausdrucksform gefunden zu haben.
»Die Performance ist universell. Man muss nicht alles verstehen, aber es trifft einen ins Mark«, sagte er.
Seine erste Performance wollte Julian in einer Bar machen. Er hatte sich eine in der Brunnenstraße ausgesucht, die einem Musiker namens Raben gehörte und direkt neben einem ehemaligen Geisterbahnhof lag, der als einer der ersten nach der Wende wiedereröffnet worden war. Die Bar hatte blaugraue Sitzwürfel und

große kupferfarbene Fensterscheiben, die aus dem abgerissenen Palast der Republik stammten. Die DDR und der Palast waren Geschichte, Rabens Bar strahlte Nacht für Nacht mit dem Leuchtkubus über dem verglasten Eingang. Julian und Raben hatten sich angefreundet, nachdem Kara Raben eines Abends beim Küssen in die Lippe gebissen hatte.
»Niemand braucht eine Hochschule«, sagte Raben, »ein Künstler braucht eine Bar.«

Tagsüber arbeitete Julian. Meistens deutlich länger, als ich es erwartet hatte. Er kam blass und grünlich schimmernd mit einem verspannten Schreibtischrücken aus dem Neonlicht der Klinik. Danach ging er in die Bar, wo er bis spät in den Abend mit Raben seine Ideen diskutierte. Ich ließ mir nicht anmerken, dass ich auf ihn wartete. Es wäre abwegig, wenn ich mich ausgerechnet jetzt und hier der Biederkeit anheimgäbe, dachte ich, als wären wir eines von diesen trivialen Pärchen, die sich allabendlich mit ihrem Feierabendbierchen vor den Fernsehern einrichteten, über ihre jeweiligen Chefs und deren bemerkenswerte Eigentümlichkeiten plauschten und sich in ein paar Jahren unter dem Applaus ihrer gesamten Verwandtschaft ein chlorweißes Kleid und einen billigen Anzug anschafften. Job, Standesamt, Kind – das waren wir nicht und wollten es auf keinen Fall werden. Wir wollten größer sein. Ich wollte Julian alle Freiheiten schenken, die er brauchte.

Er wünschte sich von mir Eingebung, Lust und Entfaltung.

Wenn Julian zur Arbeit ging, ging ich spazieren. Ich betrachtete von den Brücken die geschwungenen Gleislinien der S-Bahnhöfe, den grauen oder den blumengemusterten Himmel darüber, die betrunkenen Obdachlosen und die vom Alltag gehetzten Mütter. Ich versuchte, daraus die Gedanken zu extrahieren, die wichtig waren und für sich sprachen. Ich konnte sie fühlen, sie waren ganz nah. Aber ich schaffte es nicht, danach zu greifen. Sobald ich sie in ein Notizheft oder auf eine S-Bahn-Fahrkarte kritzelte, wurden sie banal. Ich hatte Angst, Julian könnte darüber enttäuscht werden – dass ich nicht die Tiefe hatte, die er in mir sah. Ich war getrieben, wollte unbedingt diese eine besondere Idee da draußen erwischen, aber ich fand nicht einmal meine eigene Bar, geschweige denn eigene Flirts. Nur zahlreiche Barhocker, auf denen junge Männer vor ihren Kaffees und Laptops und Smartphones saßen.
»Sie tindern«, kicherte Nike ins Telefon, wenn ich ihr meinen Tagesbericht erstattete, »das solltest du auch machen.«
»Da steigt mir die Galle hoch«, antwortete ich.
Zurück in meiner Pari-Höhle, zog ich die Jeans und das verschwitzte T-Shirt aus, drehte den Warmwasserhahn auf und legte mich in die Badewanne. Ich tauchte mit den Ohren unter Wasser und starrte an die Decke. Dann

hörte ich ein leises Rauschen und Blubbern und alle anderen Geräusche im Haus, die ansonsten verborgen blieben.
Nachts, wenn ich immer noch auf Julian wartete und einschlief, träumte ich immer wieder den *gleichen Traum.* Eine Besonderheit der gleichen Träume ist die sie stets begleitende Frage: Wozu das alles?
Ihre zweite Besonderheit ist, dass diese Frage wiederholt unbeantwortet bleibt.

Ich stand an der Haltestelle, bis eine Bahn hielt. Dann stieg ich ein. Die Fahrt führte vorbei an Kleinstadt-Orten, an denen ich als Kind gewesen war, und durch Berliner Straßen, die ich erst vor kurzem kennengelernt hatte. Bis die hübschen Häuser kamen. Sie waren gepflegt, mit Gärten, geschwungenen Zäunen und raffinierten Torgittern, wie ich sie noch nie bewusst irgendwo in Wirklichkeit gesehen hatte. Ich wusste, hier leben besondere Menschen, die alles wissen. Sobald die Straßenbahn auf ihrer endlosen Strecke zwischen den verschnörkelten Fassaden hielt, stieg ich aus. Die Häuser, an denen ich vorbeiging, kamen mir bekannt vor. Ich hakte sie innerlich ab: buntgestrichen. Abgeblättert. Grauer Hinterhof mit Baumhaus. Dann, endlich, die abrissreife Villa. Ich betrat die Wohnung im zweiten Stock, überall Holzbalken in den Zimmerecken, im Traum war es Julians Wohnung. In die Holzbalken hatte er dicke, rostige Nägel gehämmert, an denen die Fotos von Achim wie durchbohrte Schmetterlinge schwebten. Auf jedem einzelnen ich, das Gesicht abgewandt. Feuchte Duschhandtücher hingen daneben, ebenfalls festgenagelt. In der Mitte des Raumes stand eine Badewanne mit Tierfüßen. Drei der Füße waren verrostet. Alte, übereinandergestapelte Zeitungen und Bücher ersetzten den vierten. Der aufgeriebene Afghanteppich unter der Wanne roch nach feuchten Schimmelblüten, aber nicht unangenehm. Wenn man einen Fuß daraufsetzte, schmatzte er. Überall lagen Julians ausgebreitete Pläne. Pläne Pläne Pläne. Große Bögen voller Gekritzel. Plötzlich hörte ich, wie Julian die Wohnung verließ, ohne dass ich ihn sah. Ich stürzte zum Telefon, ohne zu wissen, wen ich anrufen wollte, und fand es nicht. Dann wachte ich auf.

Wenn ich Julian spät in der Nacht vor der Tür hörte, wie er an seinen Schlüsseln nestelte, stand ich auf und öffnete ihm. Er ließ sich von mir führen und ausziehen. Ich mochte es, wenn er mir das Haar aufmachte, eine Haarsträhne hochhob und daran schnupperte.

»Nixenhaar«, murmelte er. »Riecht nach Meer.«

Ich schmeckte Kirsche und Whisky auf seinen Lippen, spürte seinen Handflächen nach. Julian nahm ein Ende der Decke und hielt sie über mich, wie einen Fledermausflügel.

»Eine Amöbe frisst die andere Amöbe«, knurrte er, rückte amöbenhaft näher und begrub uns beide darunter.

Ich tauchte unter, kringelte mich in ihn ein, kraulte

und kuschelte mich in seine Wärme. Das Warten war vergessen, die Verletzung, so lange warten zu müssen, löste sich in Luft auf. Alles, was zählte, war, dass Julian nachts ein wenig nach Zimt duftete und mir nur wenige Stunden bis zum Morgengrauen blieben, um ihn aus nächster Nähe in vollen Zügen zu genießen.

»Kara ist für eine Weile bei uns ausgezogen«, sagte Julian in einer dieser Nächte, »in eine Klinik. Wenn du willst, kannst du ihr Zimmer haben. Ich habe ihre Sachen schon weggepackt.«

»Klar«, sagte ich, »warum nicht.«

EIN ORT FÜR WAHRHEITEN

Schon am nächsten Tag packte ich den alten Warzenschweinkoffer meines Vaters und wanderte mit der Eleganz einer Rinnsteinprinzessin in Julians Wohnung. Ganz verabschieden wollte ich mich von meiner Höhle bei Pari nicht, und noch weniger wollte ich jemand sein, der bei einem Mann *einzieht*. Ich war bloß auf der Durchreise, wollte Augenblicke sammeln, wie ein Computerspielhase die Möhren im Garten. Julian lebte im ehemaligen Ostteil der Stadt, in einer Erdgeschosswohnung mit einer Badewanne, für die man einen Ofen anheizen musste. Mit einem Filzstift hatte er die Fensterläden von außen mit Camus-Zitaten verziert: *Das Heraufkommen des Terrors geht mit der Pervertierung der Wertmaßstäbe einher, so dass der Mensch nicht nach dem Begriff der Menschenwürde, sondern lediglich nach dem Erfolg beurteilt wird.*[7]

In der Straße, in der Julians Wohnung lag, wurde ein paar Tage später die Eröffnung einer psychiatrischen Abteilung gefeiert. Das zweihundert Jahre alte Krankenhaus hatte einen Neubau bekommen und lud zum Tag der offenen Tür ein. Ich blickte auf die großzügig verglasten Fensterfronten mit den Holzlamellen, die mich an skandinavische Feriendörfer erinnerten. Die Fenster frei zu öffnen war bei der Bauweise nicht vorgesehen. Betten mit Fixiergurten wurden angeliefert. Keine große Überraschung, es war wie mit dem berühmten blauen Elefanten – all das erinnerte mich an meine Mutter.

»Manche Frauen denken mit der Muschi und manche mit dem Kopf. Die mit dem Kopf lassen sich nicht beirren«, seufzte sie ins Telefon, nachdem ich ihr von Julian erzählt hatte. »Ich befürchte, du gehörst nicht unbedingt zu der Kopfsorte. Du musst an deiner Einstellung arbeiten! Ist dieser Julian nicht sowieso viel zu alt für dich? Sei eine Yoko Ono und keine Cynthia.«

»Um Gottes willen, Mama«, sagte ich, »wovon redest du eigentlich?!«

---

7 Die Zeilen stammen aus der Rede »Die Krise des Menschen« von Albert Camus, die er am 28. März 1946 in New York an der Columbia University hielt. Julian hatte den abgedruckten Text als Beiheft des Philosophie-Magazins Nr. 05/2013 (Deutschland) im Wartezimmer eines Zahnarztes entdeckt und trug den Text seitdem zusammengefaltet bei sich. Auf Julians anderer Fensterscheibe stand: »Was die traditionelle Moral unserer Gesellschaft anbelangte, so war sie, was sie noch immer ist: eine monströse Heuchelei.«

Meine Nase kitzelte, ich musste niesen.
»Bist du etwa erkältet?! Ich habe es ja gleich gewusst. Du nimmst nicht genügend Vitamine zu dir. Wann fängst du überhaupt an zu studieren?«, ratterte meine Mutter weiter, anstatt zu antworten.
Nike hatte absolut recht, dachte ich, während ich ihre Tirade über mich ergehen ließ. Nikes goldene Regel im Umgang mit den Eltern lautete: Berichte von deinem realen Leben so wenig wie nur möglich.

Als ich am nächsten Morgen auf die Straße trat, landete der rote Leuchtpunkt eines Laserpointers auf meinen Lippen. Als ich hochschaute, warf sich ein hagerer, halbentkleideter, kahler Mann mit voller Wucht gegen das bruchsichere Glas der Psychiatrie, immer und immer wieder. Am Nachmittag besorgte Julian uns blickdichte Vorhänge. Bald darauf wurden wir von nächtlichen Schreien der Entzugspatienten geweckt. Wir gewöhnten uns daran. Ebenso an die morgendlich kotende Dame am Straßenrand und den Mann, der wochenlang »Wo ist mein Auto?« aus einem der Fenster durch die Holzlamellen rief. Irgendwo explodierten Welten, und wir waren nur zufällig mittendrin. Ich aß Fleisch, für das kluge Tiere sterben mussten. Das Coltan in meinem Telefon stammte aus dem geplünderten Kongo, und mein Fahrrad war aus Aluminium, das ganze Seen aus giftigen Rotschlamm hinterließ. Es war nicht gerade unwahrscheinlich, dass die Unterhosen, die ich Nike geschenkt

hatte, von ausgebeuteten Kindern genäht worden waren. Auf der ganzen Welt wurden immer wieder Unschuldige entführt und getötet. Selbst in dieser Sekunde schlachteten irgendwo vermummte Fanatiker Menschen ab. Babys ertranken in tosenden Wellen, Kinder wurden in ihren Klassenzimmern bombardiert. Immerzu rief jemand mal im Internet, mal im Fernsehen dazu auf, sich für all das Elend der Welt zu schämen, oder forderte, keine Feste mehr zu feiern. Essgewohnheiten sollten geändert werden – Fleisch, Schokolade, Fisch, Eier, Wasser in Flaschen, Wasser in einer bestimmten Sorte von Flaschen, Soja, Babytee, Mehl, Kartoffelsorten, Honig. Man sollte sich nichts Neues zum Anziehen kaufen, nur noch gebraucht. Alle suchten nach Antworten, nach einer Richtung im Leben, um nicht zwischen durchsichtigen, aber undurchdringlichen Wänden, die sich aufeinander zubewegten, zerquetscht zu werden. Viele richtige Fragen blieben dabei auf der Strecke.
In den zerrütteten Köpfen der Patienten gegenüber hallte die qualvolle Verzweiflung von uns allen wider. Die Ausweglosigkeit des Daseins war in den Rufen fühlbar.
»Lass uns ausgehen«, schlug Julian am Abend vor, und wir betranken uns mit bitterem Bier, bevor wir in die S-Bahn stiegen.

Um fünf Uhr morgens waren wir immer noch weit-weitweg von zu Hause entfernt. Die Sonne ging auf und färbte die sechs Stockwerke der grauen Betongebäudes vor mir samt der Feuertreppe orange. Die elegant verzierte Altbaufassade neben der Betonschachtel stand noch im blauen Schatten. Ein früher Bus voller Frauen rollte vorbei, sein gurrendes Reifenrollen sorgte für die stimmige Untermalung des Morgens, etwas Metropolis zwischen Schmutz, Mechanik, Motorindustrie und einer kleinen, menschlichen, dumpfen Aussichtslosigkeit. Meine Augen stellten nur langsam scharf. Keine der Frauen im Bus glich der anderen, aber jeder sah man an, dass ihre Arbeit sie ermüdete. Ein dürrer Fahrradfahrer in Lederjacke wich dem Bus beim Wenden aus und lächelte. Vielleicht, weil ihm die morgendliche Stadtluft noch unverbraucht um die Nase wehte und weil es schon so warm war, dass er seine Sommersandalen trug. Er beschleunigte und raste mit einem Zischen an mir vorbei. Dann fand ich Julian. Er lag auf dem Rücken unter der nahe gelegenen Brücke neben einer breiten Spur Taubenmist. Das Letzte, was ich wusste, war, dass ihm im Club mulmig geworden war und er dann dringend eine Kippe wollte.

»Dann war ich draußen und kurz darauf erst mal aus«, murmelte Julian.

Er ertastete die besagte Kippe zwischen seinen steifen Fingern, setzte sich und zündete sie unbeirrt an. Seine Haare klebten ihm im Nacken, seine Ohren waren unnatürlich rot. Er hatte nur seine schwarze Unterhose an – die Existentialistenunterhose – und weiße Socken, die nicht mehr weiß waren. Die Tür zum Club war unwiderruflich bis zum nächsten Auftakt verriegelt. Wo war der Rest seiner Klamotten abgeblieben? Julian spuckte zur Seite, zog an der Zigarette. Ich machte eine Pirouette und hob die Hand. Innerlich grinste ich, aber äußerlich blieb ich ernst. Das Morgenlicht blendete uns. Wir hatten gefeiert, genau so wie wir es vorgehabt hatten. Julian schob die fettigen Haarsträhnen aus seiner Stirn. Vor einem Berg aus To-Go-Bechern und Gemüsekisten fand er seine schwarze Hose. Ich streckte mich geschmeidig nach links und rechts, den ganzen Rücken, taumelte vorwärts zu ihm. Das Summen in den Ohren hatte noch nicht aufgehört, und ich tat so, als würde ich steppen. Die Damen aus dem nächsten Bus beobachteten mich neugierig, eine winkte. Julian fand unterdessen seine Schuhe, erst einen, dann den anderen, und am Ende das Jackett. Jemand hatte es über einen Parkscheinautomaten gehängt. Es roch nach Rauch und meinem Parfüm und auch nach dem Döner, den wir uns in der Nacht geteilt hatten. Gefühlt war das nicht länger als eine halbe Stunde her. Mein Zeitgefühl war allerdings noch nie besonders zuverlässig. Ich orientierte mich an den weißen Mittelstreifen auf dem Asphalt und tanzte von einem zum anderen. Mein Kopf war eine Kiste, in der mein Hirn wie ein loses Stück Fracht hin und her schepperte. Julian folgte mir mit der Grazie eines Fohlens und rief meinen Namen. Den Namen meiner Urgroßmutter.

»Faina, Faina, Faina!«

Ich streichelte im Vorbeigehen die Wand, die Backsteine mit Graffiti und abblätterndem Putz. Darauf der hingesprühte teerfarbene Umriss eines Mädchens auf einem Kissen, dessen Haare sich in alle Richtungen schlängelten. Ich wartete, bis Julian näher kam.
Im Vorbeigehen schnappte er mich an der Hand, führte mich über die Kreuzung, durch Querstraßen und dann am Spreeufer entlang. Über uns lag der Himmel. Weiß wie eine flache Decke, fing er die Sonnenstrahlen ab und leuchtete uns nüchtern aus.
»Stell dir vor, Signalraketen und Flakfeuer, genau an dieser Stelle«, sagte ich.
»Hier ist alles renoviert, da kann man sich nichts mehr vorstellen«, sagte Julian und blickte auf die pseudohistorischen Bauten vor uns: ein Denkmaldisneyland.
Wir gingen hinüber zu dem breiten, mit Steinplatten gepflasterten Weg unter den raschelnden Kastanienbäumen. Die Wurzeln waren von breiten Granitplatten in Grau und kleineren in Schwarz umrandet, von feinen grünen und durchsichtigen Glassplittern, von Kronkorken, Zigarettenfiltern und noch mehr Taubenmist gesäumt.
Ein Regentropfen platschte neben uns herunter, so groß wie der Unterteller des Tafelservices meiner Oma. Und dann noch einer. Julian presste mich gegen einen Baum und küsste mich, unsere Finger verzahnten sich ineinander. Ich versuchte, meine Hand wegzuziehen, aber er hielt mich fest.

»Jeder, der dich freiwillig loslassen würde, ist ein Hohlkopf«, flüsterte Julian.

Inzwischen regnete es in Strömen. Wir strandeten vor den schwarzen Eisengittertoren eines Denkmals. Ein kühler Luftzug schwebte uns entgegen. Julian öffnete das Gittertor, und wir gingen hinein. Die metallgrauen Steinwände atmeten. Regen fiel durch die oxidgrüne Öffnung in der Decke und tröpfelte in dunklen Schlieren um die Mutterfigur auf dem schwarzen Granitboden.

Ich lauschte dem Wasserplätschern und fröstelte. Ich dachte an die Party, die Beats und Bewegungen. Julian ließ sich auf die kalten Steine nieder. Ich drückte mich in seine Mitte, setzte mich mit hochgezogenen Knien in seinem Schoß, auf seine Schuhe, weil mein Hintern fror. Meine Haut spannte. Ich betrachtete meine trockenen Unterarme. Einmal hatte ich eine BVG-Werbung an der Haltestelle gesehen, die sah genauso wie ein vergrößertes Abbild dieser Haut aus: Unter dem Glas war sie so oft und so lange durch die Sonne aufgeheizt worden, bis sie sich schließlich verzogen hatte, zerbröselte und in unregelmäßige Splitter aufplatzte. Die gelbe Bahn und das Brandenburger Tor darauf explodierten zu irren Fetzen und blieben doch an dem Leim unterm Glas hängen, wie ein in sich erstarrtes Event.

Julian und ich schauten auf die große Mutterfigur vor uns, hörten dem Regen zu und schwiegen. Die massive Statue stützte ihr totes, erwachsenes Kind in ihrem Schoß, so dass es in ihr versank und zugleich ein Teil von ihr war. Dabei hielt sie sachte seine leblosen knöchernen Finger. Ihr Gesicht wirkte nachdenklich, abwesend und schwarz vor Trauer. Die Hände unserer Mütter bleiben uns oft mehr in Erinnerung als ihre Gesichter, dachte ich.

»Wie war deine Mutter eigentlich so?«, fragte ich dann.

»Immer wollt ihr Mädchen reden, wenn es gerade still ist«, sagte Julian leise.

Ich nestelte an meinen Schuhen, schwieg, führte seine Hände langsam an meine Lippen. Seine Finger waren haarig, was man aber nur bemerkte, wenn man sie aus der Nähe betrachtete. Trotz der hinter uns liegenden Nacht sahen sie sauber aus. Ich neigte meinen Kopf und küsste sie. Sie rochen nach Keksen. Meine Küsse machten Julian Gänsehaut. Er atmete warm auf meine Wange.

»Das ist ein guter Ort für Wahrheiten«, sagte er.

Ich tastete nach seinem Ohr, es fühlte sich heiß und fest an. Ich zog leicht daran, und Julian begann zu sprechen, wie eine Zauberpuppe, die ich angeschaltet hatte.

»Als Kind, eine Weile nachdem meine Eltern auseinandergingen, hatte ich einen Stiefvater. Er war ein starker Kerl, hatte aber keine abgeschlossene Ausbildung, ein Kontrastprogramm zu meinem Paps, sozusagen. Na ja, und dann mit uns, plötzlich Großfamilie, er musste dauernd arbeiten, war ständig fort«, sagte Julian. »Jedenfalls verliebte sich meine Mutter in den Nachbarn. Sie trafen sich heimlich. Immer an den Vormittagen bei ihm im Nachbarhaus. Meistens waren Kara und ich in der Schule. Aber manchmal haben wir geschwänzt und gesehen, wie meine Mutter davonschlich.«

Julian schlang seine Arme fester um mich, als hätte ich Flügel, die er festhalten wollte. Ich fixierte die Bronzefrau vor mir.

»Oft lief sie in Hausschuhen zu ihm rüber. Keinem fiel das auf. Bei uns sahen alle Häuser gleich aus, hoch, grau. Betonwaben mit quadratischen Minifenstern und den verpissten Eisentüren. Zum Essenkochen war sie dann immer rechtzeitig da, so als wäre nichts gewesen – nur ein bisschen fröhlicher –, und saß mit uns und meinem Stiefvater am Tisch. Als mein Stiefvater wieder mal auf Montage war, blieb sie eine ganze Woche beim Nachbarn. Seine Kinder waren auf einer Freizeit.«

»Und ihr?«, fragte ich.

»Wir hatten Tiefkühlschnitten und die Glotze«, sagte Julian.

Er versuchte erfolglos, seinen rasselnden Husten zu unterdrücken.

»An einem dieser Tage brachte meine Mutter den Müll des Nachbarn raus. Ohne es zu merken, landete sie auf dem Rückweg in ihrer eigenen Wohnung und nicht bei ihrem Liebhaber«, sagte Julian. »Automatismus eben.«

Er musste wieder husten, es hörte gar nicht mehr auf, und ich wurde nervös.

»Vielleicht wollte mein Stiefvater sie ja nur überraschen und war deshalb früher wieder da. Oder er war wegen seines gebrochenen Arms eher zurückgekommen, keine Ahnung. Tatsache war, dass weder ich noch Kara meine Mutter gewarnt hatten. Ich habe einfach nichts gesagt. Nicht, wo sie in der Nacht war, nicht, seit wie vielen Nächten sie fort war. Und Kara hat sowieso nur gekichert. Auch als unser Stiefvater finster wurde und schweigsam. Und so stand dann meine Mutter vor ihm, gänzlich unvorbereitet und nackt unter dem fremden Männerbademantel, mit einem fremden Mülleimer in der Hand. Meine Mutter schaute unseren Stiefvater eine Ewigkeit lang an. Es kommt mir heute noch vor, als ob es mindestens eine Stunde gedauert hatte. Dann schlug er sie mit seinem gesunden Arm nieder. Mit einem einzigen Hieb. Ohne Vorwarnung und so, dass sie nicht mehr aufstand.«

Jetzt war nicht nur mein Hintern, sondern mein ganzer Körper eiskalt. Erst der Rücken und Bauch, dann die Nasenflügel und ganz am Ende die Augen. Ich wollte weinen, aber es kam nichts.

Vielleicht wäre es anmaßend, über Julians Mutter zu weinen. Ich kannte sie ja gar nicht. Oder war das jetzt anders, weil er mir von ihr erzählt hatte? Julian nahm meine Hände wieder in seine und wärmte sie. Unsere Finger waren fast gleich lang. Aber warm wurden sie an diesem Morgen nicht.

HIDDEN TRACK

Ich hatte das Telefon unbequem zwischen Schulter und Ohr geklemmt, und das schon eine Weile. Das Gehäuse war heiß geworden.

»In die Wohnung von Pari gehe ich nur noch wegen der Post«, sagte ich.

»Kommt da was Wichtiges?«, fragte Nike.

»Paris Behördenzeug, Rechnungen, so was. Und Achim schickt mir Polaroids, fast jede Woche.«

»Und sonst nichts?«

»Meistens Naturaufnahmen, manchmal nur Himmelblau. Oft sind Berge dabei. Einmal kam ein Paket mit fünf Metern grüner Seide.«

»Irre. Der gibt echt nicht auf.«

Ich trat vor die Kommode in Julians Zimmer und zog

lautlos die Schublade auf, die Julian für mich freigemacht hatte. Das grasgrüne Gewebe mit eingewebten Magentafäden schimmerte im Licht. An einem Ende war ein himbeerrotes Stück goldbestickter Brokat angenäht. Ich strich über den Stoff des Saris.

»Und Fräulein Schwester?«

»Sie ist für länger fort. Ihr Zimmer ist jetzt unser Wohnzimmer, und ich kümmere mich um ihre Tomaten.«

»Du gießt ihre Blumen?«

»Ich bestäube sie, mit einem Pinsel. Sie sind richtig hoch, ich musste den Pinsel an einen Stab binden und pudere jeden Tag die Blüten«, sagte ich und hörte Nike giggeln.

»Außerdem füttere ich die Katze, obwohl Julian es mir verboten hat. Ich weiß gar nicht, woher die überhaupt kommt, sie sieht sauber aus. Ich sollte dir ein Video von ihr machen«, sagte ich.

»Und was tust du sonst noch so?«, fragte Nike.

»Wenn die Katze mal ein Schnurrhaar verliert, sammle ich es auf. Ich habe schon fünf Stück. Und wenn ich einen Wunsch habe, dann denke ich mir den und verbrenne ein Schnurrhaar.«

»Vollkommen irre, durch die Bank durchgeknallt!«

Nike konnte kaum glauben, dass ich mich nicht langweilte – ganz ohne Studium. Ganz ohne alles. Sie hatte Semesterferien und war auf einer Tagung in Skandinavien.

Ich überlegte, was ich ihr noch erzählen könnte. Von

dem Tag, als ich die leeren Grappaflaschen unter der Spüle fand, erzählte ich ihr nicht. Julian blieb mir die Antwort schuldig, ob die Flaschen ihm oder Kara gehörten. Ich hatte sie in Plastiktüten gestopft und sie zum Glascontainer gebracht.

»Seit ich hier bin, geht es mir ziemlich gut«, sagte ich und dachte: keine Panikanfälle mehr. Kein Jucken.

»Du klingst auch echt tiefenentspannt«, sagte Nike.

Ich überlegte, wie ich und Julian auf die Leute wirkten, die abends im Vorbeigehen manchmal in unsere Wohnung schauten. Wenn Julian nicht gerade an seinem Rechner hing und Zahlenreihen hineinhämmerte, experimentierte er mit unbelichteten Dias, auf die er Spülmittel und Marmelade schmierte. Danach projizierte er das eingetrocknete und nicht selten angegammelte Dia an die Wand und betrachtete die entstandenen Schlieren und Bläschen im Großformat. Er schleppte kistenweise alte Zeitschriften von den umliegenden Flohmärkten an, zerschnipselte die verjährten Werbeanzeigen und Berichterstattungen und machte Collagen daraus, die er zwischen die blassgrünen und brombeerfarbigen Projektionsmuster klebte. In den Zimmern lagen überall Prospekte, ausgerissene Seiten, ausgeschnittene Motive. Sie stapelten sich auf Stühlen und auf dem Boden. Einmal zeigte Julian mir eine ausgeschnittene Werbung, auf der ein Mädchen von hinten zu sehen war, das in einem knappen Rock über einen Zaun kletterte. Das Gesicht des Mädchens blieb dem Betrachter verborgen, aber ihre Figur und die Farbe ihrer Haare sahen mir zum Verwechseln ähnlich. Wie bei einer Doppelgängerin. Sie wirkte aufrührerisch und agil. Julian faltete das Bild vorsichtig zusammen und steckte es in seine Brieftasche.

Seine Wandcollagen filmte Julian ab. Manchmal tanzte ich dabei im Vordergrund, tonlos, in Zeitlupe, schwarz gekleidet, mit den offenen Haaren vorm Gesicht. Er litt unter seiner Angst, die gläserne Decke des eigenen Mittelmaßes nicht durchschlagen zu können. Ich sagte ihm, dass ich die Veränderung der Dias durch den Schimmel total spannend fand, sprach ihm zu, versuchte dabei, nicht allzu naiv zu klingen. Ich versuchte zu verhindern, dass er an sich selbst verzweifelte. Manchmal forstete ich heimlich in Kunstgeschichtsbüchern nach den richtigen Formulierungen. Ich hatte ständig das Gefühl, mit Julian mithalten zu müssen, und gleichzeitig den Eindruck, dass meine persönliche Meinung alleine nicht ausreichte.

»Wenn Kara anruft, unterbricht er jedes Gespräch und verzieht sich mit dem Telefon aus der Wohnung«, sagte ich zu Nike. »Sie telefonieren immer Ewigkeiten, und er klingt dabei wie ein verliebter Junge.«

Kara war mächtig. Sie und ihre Einschätzungen waren unschlagbar. Wenn sie Julian etwas riet, setzte er es sofort um.

»Er vermisst sie eben«, sagte Nike.

Mit ihrem Verständnis nahm sie jeder Verstimmung

den Wind aus den Segeln. Ich aber hasste die Tage, an denen Kara aus dem Klinikfenster heraus die Fensterbank fotografierte, um Julian ihre vorwurfsvollen Suizidabsichten aufs Handy zu senden. Die Geschichten darüber, wie sie von Lorazepan abhängig wurde und eine Dose davon geklaut hatte, wie sie auf Fluoxetin umgestellt wurde und sich freute, weil sie davon noch dünner wurde – ich wollte sie nicht hören. Mich nervte Karas Rasierer, der noch immer im Bad stand, wie eine mahnende Erinnerung daran, dass ich hier nur zu Besuch war. Wenn Julian nach einem Telefonat mit Kara auflegte, kontrollierte ich den Blick, mit dem er mich begrüßte – hatte sie etwas über mich gesagt? Doch das tat sie nie. Kara redete nur über sich und besonders gerne über die anderen Patienten in der Klinik, die sie allesamt abgrundtief verabscheute. Für ihre, wie sie sagte, Dummheit. Und mir kam es vor, als meinte Kara mich.

»Das ist nur in deinem Kopf. Du musst damit aufhören«, sagte Nike.

»Er hat heute einen Auftritt in dieser Bar. Sein erstes Mal, sozusagen. Ich werde natürlich dabei sein, aber ich fühle mich wie eine Erbse. Allein, klein und grünschnabelig. Ich kenne da keinen«, sagte ich.

»Sei ein Star! Mach dich selbst zum Kunstwerk, Schätzchen!«, äffte Nike Julian nach.

»Ich kann nicht«, sagte ich auf eine hülsengemüsige Weise, die mich selbst deprimierte. Nike schwieg.

»Wenn du es nicht alleine schaffst, machen wir es eben zusammen!«, sagte sie schließlich.
»Ist das jetzt ein Witz?!«
»Ich freue mich auch.« Nike lachte.
»O mein Gott, Nike, ich habe gerade gestern ein Schnurrbarthaar für den Wunsch verbrannt, dass du endlich herkommst!«
»Heinrich! Mir graut's vor dir.«
»Ich mache uns gefüllte Aubergine«, versprach ich, »ich fange gleich damit an.«
»Faina? Mein Akku gibt den Geist auf«, rief Nike dazwischen, und es piepte in der Leitung.

Nike fuhr mit einem Kollegen über Hamburg mit und konnte keine Ankunftszeit nennen. Ich verbrachte den Vormittag mit Kochen und Warten. Julian war den ganzen Tag fort, wir würden uns erst bei der Aufführung sehen. Ab dem späten Nachmittag tigerte ich mit dem Telefon in der Hand durch die Wohnung. Ich überlegte, was ich Nike sagen sollte, wenn sie mich nach meinen Plänen fragte, und hatte keine Antwort. Ich aß schließlich alleine zu Abend, schob danach Julians Boxen in die Mitte der Küche und tanzte zu dem knisternden Dröhnen der Libertines, bis ich Seitenstechen bekam. Endlich vibrierte es zwischen meinen Fingern. Eine Nachricht von Nike. Sie stand im Stau. Ich musste nun doch alleine los. Ich drehte die Musik lauter.
Wenn ich springe, kriegen die Wände Risse, dachte ich,

hielt einen Moment inne und sprang dann doch. Der Boden bebte, doch die Wände blieben ungerührt. Es war kurz vor Mitternacht.

Schon von weitem sah ich die Menschentraube vor der Bar. Die anliegende Einfahrt war abgeblättert und grau, ein seltenes Überbleibsel zwischen frisch sanierten Häusern. Es roch nach Einsamkeit und Pisse. Ein Whitey-Song hämmerte hinter den Mauern. Julian war nirgendwo zu entdecken. Ich wählte seine Nummer. Die Scheiben der Bar waren verdunkelt, mein Gesicht leuchtete in der Lichtbrechung der Straßenleuchten, ein blassgrüner Fleck zwischen den roten Nasen der Feiernden. Julian ging nicht dran.

Um zwölf klappten die Türen der Bar auf, und zwei Mädchen schoben einen aus Eisenstangen und Stoff zusammengeschweißten Kinderwagen auf den Gehsteig. Ein monströses Modell, das sich quietschend und anarchisch vorwärtsbewegte. Die Mädchen trugen glitzernde Schuppenröcke mit zweigeteilten pinkfarbenen Fischflossen am Saum. Ihr strähniges Perückenhaar piekte sie in die Augen. Sie schauten glasig drein, wie auf einem Trip.

»O Fuck«, flüsterte ein bärtiger Typ neben mir amüsiert und schnippte seine Kippe zum Bordstein.

»Lug und Betrug, das Kind hat jetzt genug!«, sangen die Mädchen.

Sie trippelten ein paar enggesetzte Schritte, ihre dünnen

Stimmchen verhallten. Sie holten Luft und setzten noch schriller an:

»Lug und Betrug, das Kind hat jetzt genug!!«

Hinter den vergitterten Stangen des Kinderwagens erkannte ich Julian. Abgesehen von einem schmutziggrauen Windellappen und einem Fischernetz, das ihm wie ein Superheldenmantel um die Schultern baumelte, war er nackt. Sein Gesicht war zu einer Grimasse verzerrt. Er wirkte wie ein aus der Zeit gefallener Höhlenmensch, den jemand in einen Käfig auf Rädern gesperrt hatte.

»Lug und Betrug, das Kind hat jetzt genug!!«, kreischten seine Bewacherinnen im schrillen Singsang. Julian hängte sich an die Stangen und brüllte mit der Inbrunst eines Gorillas die Umstehenden an.

»Ihr Schweine!!«

»Lug und Betrug ...«, sangen die Fischflossenmädchen und schoben den Wagen über die Brunnenstraße. Autos hielten, manche hupten.

»Ihr verdammten Schweine!!! Ihr buckligen Schlunzen!«

Julian rüttelte wie ein Berserker an den Gitterstäben, manche der Umstehenden wichen unwillkürlich zurück. Der Kinderwagen rollte die Straße hinunter, das Publikum johlte. Mit quietschenden Reifen schoben die Mädchen den Wagen auf den Bürgersteig auf der anderen Straßenseite und verschwanden in einem Hinterhof. Nur einen kurzen Moment noch hörte man aus der Entfernung abgeschwächt Julians markerschütterndes Ge-

brüll. Die Autos fuhren weiter, die Menge zerstreute sich langsam.
»Die Kapitulation vor der Macht der alten Rollenbilder …«, sagte jemand im Vorbeigehen direkt in mein Ohr, doch als ich mich umdrehte, war niemand mehr da.
In der Bar ging die Musik an, und alle um mich herum strömten hinein. Ich schaute mich um, wartete, bis ich allein auf dem Bürgersteig stand. Ich wählte Nikes Nummer, dann Julians. Es klingelte nur kurz, dann war er dran.
»Wo bist du?«, fragte ich.
»Drin«, sagte er knapp.
Ich zog an der Glastür und trat ein. Der Zigarettenqualm setzte sich zwischen die Haarsträhnen auf meinen Schultern, hinter meinen Ohren und in meinem Rachen fest. Julian stand an der Theke. Ich steuerte direkt auf ihn zu und nahm einen tiefen Schluck aus seiner Flasche. Julian nickte mir zu, umarmte mich aber nicht wie sonst zur Begrüßung.
»Wie lange kennt ihr euch?«, brüllte ein Mädchen mit Schiebermütze, das neben ihm stand. Es war eins der Fischflossenmädchen.
Julian zuckte mit den Schultern.
»Kennt ihr euch überhaupt?«, rief die Schiebermütze.
Julian schaute nicht in meine Richtung.
»Das ist eine Fangfrage! Das ist eine Fangfrage!«, rief er zurück.

Julian und die Schiebermütze lachten, tranken, lachten weiter, dann tauchte die Schiebermütze in der Menge ab und verschwand.

»Brauchst dich nicht wundern, dass die Leute gehen, wenn du so ein Gesicht machst!«, sagte Julian, reichte dem Barkeeper seine leere Flasche, strich sich übers Haar und sah mich eindringlich an.

»Ich habe dir nichts versprochen, was ich nicht halten kann.«

Es klang aufrichtig, aber auch wie eine Beleidigung.

Ich wandte mich ab, tauchte in die wogende Menge. Die Musik dröhnte, Jacken und Glitzeroberteile drängten sich mir entgegen. Grelles Stroboskoplicht färbte den Rauch unter der Decke. Erst jetzt fiel mir auf, dass wir nie, wirklich nie Julians Freunde getroffen hatten. Dass wir immer nur zu zweit unterwegs waren oder eben jeder für sich. Wütend knallte ich die Bartür hinter mir zu.

Meine Knie zitterten. Ich spürte den Tabak in meiner Lunge, in meinen Ohren rauschte es. Manchmal hört man eine Platte, und die Musik darauf ist so gut, dass man gar nicht merkt, wenn es dann wieder still ist. Und manchmal gibt es auf diesen Platten einen Hidden Track. Wenn der einsetzt, später, völlig unerwartet, ist es egal, ob das Lied schön ist, oder traurig, oder zum Rest passt. Schon bei den ersten Takten kriegt man einen scheußlichen Schreck, einen halben Herzstillstand. Einfach nur wegen des Geräuschs, als würde jemand mitten in der Nacht in die Wohnung einbrechen und mit einem Höllenlärm die Fenster zerschlagen oder das Holz von der Tür.

Die Bartür klappte erneut. Wie Glasperlen purzelten drei Mädchen auf die Straße. Es waren Julians zweite Flosse und noch zwei andere. Hinter ihnen kam Julian. Die Mädchen zeigten auf mich, schoben ihn in meine Richtung. Julian trat näher, packte grob meine Hand.
»Was willst du eigentlich, Faina?«, sagte er, von den Mädchen abgewandt.
Ich blickte Julian an. Stur und trotzig sah er mir direkt in die Augen. Die Selbstverständlichkeit, mit der er unsere Intimität verletzte, machte mich ohnmächtig. Hinter ihm standen die Mädchen und kicherten. Mit welcher von ihnen hatte er was am Laufen? Mit allen dreien? Wut stieg in mir auf. Meine Fingerspitzen kribbelten, ich ballte eine Faust und schlug ihn auf die Nase, so fest ich konnte. Es gab ein Knacken, so ähnlich, wie wenn meine Mutter das Gelenk an einem gebratenen Hühnerbein abknabberte. Ich spürte es mehr, als das ich es hörte, und war fast enttäuscht, weil es nicht im Schwall blutete. Julian stolperte überrascht einen Schritt zurück. Ich drehte mich um und ging.
»Bist du jetzt komplett übergeschnappt?!«, rief er mir nach.
Ich meinte Wut und Erstaunen in seiner Stimme zu hören. Das Lachen der Mädchen war verstummt. Julian

folgte mir. Mir fiel auf, wie hektisch und ungelenk seine Bewegungen waren. Wie geschäftig er gleichzeitig aussah, mit seiner Hand vor der Nase. Es kam mir vor, als könnte ich schon jetzt genau sagen, wie er Jahre später wirken würde. Erfolgreich, überzeugend solide. Nicht mehr ganz so schlank vielleicht. Aber immer viel zu beschäftigt, immer nur Jobs, Projekte, Produktionen. Mich an Julians Seite sah ich nicht. Wir liefen schweigend die Straße entlang, bis wir an einem Dönerstand vorbeikamen.

»Wartest du?«, fragte er knapp.

Ich nickte und beobachtete Julian, wie er reinging, bestellte und ebenfalls wartete.

»Wir sollten uns unterhalten«, sagte ich, als er mit einer Tüte mit Essen wieder vor mir stand. »Ich will das nicht mehr. Nicht so.«

Julian legte den Kopf zurück, als wollte er etwas Farbe vom Himmel abbekommen. Seine Nase sah ein wenig geschwollen aus. Es dämmerte.

»Ist eine schöne Nacht«, sagte er, »lass uns wann anders reden.«

Er hätte seinen Arm heben können, ihn um mich legen. Ich hätte mich in seine Armbeuge gerettet. Wie gerne wäre ich als kleines, pelziges Tier dort hineingekrochen, hätte mein Nest darin gebaut und dort zusammengekringelt überwintert. Aber Julian hob nicht den Arm. Schweigend liefen wir nebeneinanderher, bis mein Telefon zu klingeln begann.

»Ich bin da«, rief Nike fröhlich durch den Hörer, und mir traten Tränen in die Augen.

SEXUAL ATTRACTION

Nike und ich lagen nebeneinander im Bett. Sie war zu müde, um zu reden. Julian schlief nebenan. Ich betrachtete meine nackten Knie. Sie sahen aus wie kahle weiße Berge. Je länger ich draufschaute, desto spitzer und jämmerlicher wirkten sie. Ich schniefte. Dann hob Nike ihren Arm und streichelte mit dem Zeigefinger so lange über meine Stirn, bis auch ich die Augen schloss.

Als ich und Nike am nächsten Morgen erwachten, war Julian bereits gegangen. Wir fuhren nach Neukölln, in ein Graphikatelier, wo wir stundenlang alte Lithographiesteine schliffen, immer mit der gleichen altertümlichen Kreisbewegung, bis uns die Arme schwer wurden. »Das ist gut für den Zorn, lass ihn raus«, keuchte Nike.

Mit Fettstiften zeichneten wir uns auf den glattgeschliffenen Kalk und walzten die Steine mit zäher schwarzer Farbe ein. Dann legten wir großformatige Büttenpapierbögen darauf, pressten sie auf die Steine, nahmen sie wieder hoch und legten sie zum Trocknen auf die Heizung. Die Mädchen auf den Papierbögen waren Hexen. Nackt, mit bebenden Brüsten und wehenden Haaren, kaum voneinander zu unterscheiden.
»Wie kriegst du das hin«, sagte ich. »Mit dir fühle ich mich immer so lebendig.«
»Wenn ich nicht dabei bin, hältst du nur kurz still«, sagte Nike, »wie ein Reptil nach Sonnenuntergang.«

Zu Hause öffnete uns Julian die Tür. Er freute sich so offensichtlich, mich zu sehen, dass ich ihm sofort innerlich verzieh. Ich zögerte trotzdem, auf ihn zuzugehen. Nike schob mich sachte an.
»Ansonsten wird es hier bald unerträglich«, sagte sie.

Nach dem Abendessen lagen wir müde und zufrieden zusammen auf Karas Sofa. Nike hatte die Beine hoch an die Wand gelehnt. Sie warfen einen Schatten, lang und mit einem hübschen Schwung, so dass Nike wie ein Pin-up für Zuckerwerbung aus den 50ern aussah. Julian hatte unsere Steindrucke an die Wand gepinnt. Vor uns stand eine Weinflasche und eine Käseauswahl, wie bei alten Leuten. Julian goss Wein nach und fragte Nike nach ihrem Freund. Ob sie einen hätte. Nike streckte sich, ergriff das Glas und nahm theatralisch einen tiefen Schluck.

»Wir haben uns an der Nordsee kennengelernt«, sagte sie mit ihrer Märchentantenstimme. »Er hatte Urlaub und schwamm einen Kilometer weit vom Ufer weg, während seine Frau und die Kinder im knietiefen Wasser am Ufer entlang zu den Felsen wateten. Er ist Oberarzt. Chirurg, um genau zu sein. Sein Leben ...«, Nike seufzte, »ist ziemlich stressig.«

Julian holte seine Blättchen und Tabak und ein Tütchen mit getrocknetem Grün, das er auf den Tisch bröselte und so lange mit den Fingerspitzen zerrieb, bis es gleichmäßig weich und frei von Verästelungsbruch war. Er tat es bedächtig. Die braunen Tabakstreifen kamen wie ein Gewürz dazu. Julian befeuchtete die Klebestelle mit der Zunge, presste die Lippen aufeinander, während er den Kegel festmachte und probeweise hindurch pustete. Zufrieden reichte er den Joint Nike, die ihn sich, ohne hinzusehen, zwischen die Finger steckte. Als hätte sie die Bewegung geprobt und einstudiert. Sie zog und pustete sorgfältig Kreise in die Luft.

»Also. Mein Oberarzt tauchte, runde Luftblasen strömten aus seinen Nasenlöchern wie bei einem großen Meerestier«, erzählte sie weiter.

Dazu machte sie das Luftblasengeräusch und fuchtelte mit den Händen durch die Rauchringe, um zu zeigen, wie die Luftblasen strömten.

»Seine Frau war schon vor der Hochzeit schwanger

geworden, mit Zwillingen. Und obwohl er selbst damit gar nicht gerechnet hatte, konnte mein Oberarzt nicht anders, als die Vorgänge in ihrem Körper aus einem naturwissenschaftlichen Standpunkt zu betrachten: Stoffwechsel, Blutbahnen, Hormone. Hypothalamus und Cortex. Er empfand die Kinder nicht als Teil von sich. Das ist sein Problem. Nicht die Liebe.«

»Er ist ein Mann mit kleinen Kindern, und du bist jung und schön. Das ist unmoralisch«, murmelte ich.

»Faina ist neidisch, weil ich von meinem Liebhaber vergöttert werde, während sie von ihrem geheim gehalten wird«, sagte Nike und sah Julian direkt an.

»Das sind die traurigen Fakten«, sagte ich.

Julian stand auf, holte eine kleine Schachtel, fummelte ein Tütchen mit weißem Pulver raus, hantierte damit überraschend geschmeidig und präsentierte uns schließlich mit einer einladenden Bewegung ein Röhrchen aus Glanzpapier und eine schmale Line Kokain. Damit hatten Nike und ich nicht gerechnet.

»Habe ich von einem Galeristen geschenkt bekommen. 1A-Ware«, sagte Julian.

»O mein Gott, das ist ja wie in einem dieser Sixties-Romane«, sagte Nike.

»So ähnlich wie deine Story, Nike«, sagte Julian.

Dann sah er mich an.

»Hast du schon mal?«

Auch Nike blickte mich fragend an.

»Also, ich würde gerne probieren«, sagte sie.

»Leute auf Koks sind kalt und selbstverliebt«, sagte ich. »Danke, kein Bedarf.«

»Aber wie kannst du das behaupten, wenn du es noch nie probiert hast?«, fragte Julian.

Er teilte den schmalen Hügelstreifen mit seiner Bibliothekskarte in zwei und schob mir die kurze Hälfte zu.

»Davon wirst du sowieso nichts merken«, sagte er. »Ist zu wenig.«

»Dann muss ich es ja auch nicht nehmen«, erwiderte ich.

Nike schnappte sich das Papierröhrchen aus Julians Hand und saugte sich die andere Hälfte kurzentschlossen in die Nase. Julian lächelte in sich hinein und sah mich an. Dann teilte er mit einer versöhnlichen Miene die verbliebene Hälfte noch einmal, inhalierte einen Teil davon und hielt mir das Röhrchen entgegen.

»Woran merke ich denn, dass ich nichts merke?«, wollte ich wissen.

»Es läuft bitter den Rachen runter«, sagte Julian.

Ich schniefte das restliche Pulver durch das Röhrchen ein. Es war unspektakulär, wie Luft einzuatmen. Julian wandte sich an Nike.

»Was war jetzt mit deinem Oberarzt und seinen Kindern?«

Nike schloss kurz die Augen, bevor sie weiterredete. So, als müsse sie sich in eine andere Dimension versetzen. Es ärgerte mich, wie sie es zelebrierte.

»Es begeisterte ihn, seinen Kindern die Dinge des Lebens auf diese verrückte Art, auf die eines versierten Spinners, zu erklären. Er wollte sehen, wie es in ihren Köpfen arbeitet ... die Medizin, die Wissenschaft, die Metaphysik. Sie waren noch so klein ...«

Nike zeigte das Klein mit den Händen, machte wieder eine Pause.

Sie bewegte ihre Beine, als würde sie Fahrrad fahren, stellte sie wieder ab. Ich blickte zu Julian. Er hatte seinen Blick auf Nike geheftet, als säße er im Zuschauerraum eines Theaters. Nike gefiel die uneingeschränkte Aufmerksamkeit, die sie von ihm bekam. Mir gefiel, wie Julian aussah. Wenn ich ihn betrachtete, wurde mein Bauch warm. Meine Lippen kribbelten, ich bekam Lust, ihn zu knutschen, wollte es aber nicht vor Nike tun.

»Und dann wurden die Zwillinge älter. Der Oberarzt verdiente sein Geld für seine Familie. Er tat es gerne, es machte ihn stolz. Er stellte die Bilder ihrer Urlaube ins Internet. Aber die Kinder gehörten irgendwie immer mehr zu ihr.«

Nike richtete sich auf, sah uns auffordernd an. Erwartete sie jetzt unser nickendes Verständnis? Meine Lippen kribbelten noch immer, ich rieb mit der Hand darüber und bekam Durst. Plötzlich hatte ich keine Lust mehr, Nike zuzuhören.

»Egal – auf jeden Fall war da also so eine Distanz da. Eine riesige Distanz«, sagte sie, lehnte sich zurück und redete weiter.

Mir kam es vor, als würde sie die Worte künstlich in

die Länge ziehen, als hätte sie es darauf angelegt, extra langsam zu sprechen, um absichtlich viel Zeit für ihre Geschichte zu verbrauchen.

»Der Oberarzt hatte seinem Sohn vor ein paar Tagen beigebracht, Steine übers Wasser springen zu lassen. Er hatte zugesehen, wie die nassen Haare seiner Tochter an ihrem Kinderbikini klebten, wenn sie aus den Wellen stieg. Er wusste, wie sehr ihr Mund dem seinen glich. Aber es berührte ihn nicht. Nichts davon berührte ihn. Am liebsten schwamm er raus, legte sich auf den Rücken und ließ sich von den Wellen wiegen. Alleine und eins mit dem Meer, frei von Druck und Angst.«

Nike hielt inne, trank ihren Wein. Ich musste mich zusammennehmen, damit ich nicht mitten in ihrem Vortrag, der mir total gewollt vorkam, aufsprang und davonstürmte. Ich ging nur in die Küche, goss Wasser in eine leere Glasflasche und trank mit gut hörbaren Schlucken. Wie ein Pferd, dachte ich.

Mit der Flüssigkeit machte sich eine Art innere Ruhe in mir breit. Ich fragte mich, wann ich endlich das Bittere in meinem Hals schmecken würde, und fand es schade, dass ich nur so wenig Pulver abbekommen hatte. Wenn ich es schon ausprobiere, sagte ich mir, dann richtig. Damit ich was merke. Nike erzählte noch immer. Ich kehrte aus der Küche zurück, ließ mich an meinem Platz nieder und hörte weiter zu.

»Und dann ein Schrei! Seine Frau, die am Ufer winkt. Seine kleine Familie hat sich zusammengeschart! Sein

Sohn steht kreidebleich im Wasser, von der Schwester am Oberarm gehalten. Er sieht seinen Vater erst mit einem unsicheren Lächeln an und dann seine Wade, tief aufgeschlitzt von einem Felsen. Wie gemalt, der zentimetertiefe Schnitt, sauber und gerade. Blut strömt in einem Schwall heraus.«

Nike sah mich an, sah Julian an und ließ plötzlich einen dünnen Rinnsal Rotwein aus ihrem Glas in ihre Handfläche laufen, bis er einen kleinen dunklen See bildete, den sie schlürfend austrank.

»Der Oberarzt schwimmt, so schnell er kann. Er hebt seinen Sohn aus dem Wasser, nimmt ihn auf den Arm und trägt ihn wie ein Bräutigam seine Geliebte an den Strand. Er bringt den Jungen zu seinem Wagen, drückt barfuß das Gaspedal durch und fährt in das nächstgelegene Krankenhaus.«

Nike blickte uns zufrieden an.

»Er nähte ihn eigenhändig zusammen«, sagte sie schlicht. »Wäre er kein Chirurg gewesen, hätte er es trotzdem getan. Inniger als an diesem Tag hätte der Zusammenhalt in seiner Familie nicht mehr werden können. Dort im Krankenhaus lernten wir uns kennen und wussten sofort, was Sache war.«

»Wie passt das denn zusammen?«, fragte Julian.

»Er musste ihnen einfach nichts mehr beweisen und sich selbst eben auch nicht. Er war offen für was Neues«, sagte Nike.

Sie hob ihr Glas, Julian schnappte sich rasch die Flasche und leerte den letzten Rest Wein hinein. Das Eilige in seiner Bewegung missfiel mir. Vielleicht merke ich doch was, dachte ich. Eine fremde, rätselhaft vergeistigte Kälte durchströmte meinen Kopf, bis mir die Ohrläppchen froren. Auf eine abgeklärte Weise war es angenehm, alles um mich herum so unbeschönigt wahrzunehmen.

»Ganz schön dramatisch, dein Affärenstart«, sagte ich.

Mir hatte Nike das Ganze schon mal erzählt. Allerdings etwas anders. In der damaligen Version hatte sie den Oberarzt vor dem Aquarium in der Cafeteria der Nordseeklinik kennengelernt, wo sie auf ihr Bewerbungsgespräch wartete. Es ging um ein Traineeprogramm für begabte Studenten. Der Oberarzt und Nike hatten sich über die Fische hinweg angesehen, lange und direkt, ohne zu blinzeln.

»Er war hypnotisch«, sagte mir Nike damals. »Er kam auf mich zu und meinte: ›Hey!‹ – sie senkte die Stimme und imitierte eine tiefe männliche Stimme – ›That's sexual attraction.‹«

Ich musste lachen, unterdrückte es dann aber und leerte mein Weinglas. Nike fixierte meine betont gleichgültige Miene.

»Faina findet, ich bin eine Schlampe. Weil er verheiratet ist«, sagte sie zu Julian.

»Nein! Ehe ist eine offizielle Regelung und hat nicht zwingend was mit Gefühlen zu tun«, sagte ich. »Wer sich einmal aus der Romantik mit ihren Zwängen löst, ist frei. Das hat auch etwas Gutes.«

»Eben! Wahre Liebe kennt keine Besitzansprüche«, triumphierte Nike.

»Aber an dem Typen ist trotzdem was faul«, sagte ich.

Julian zog an dem Joint.

»Ihr seid ja deprimierend«, sagte er.

Ich hätte ihm gerne einen verächtlichen Blick zugeworfen. Es kam aber nur ein sehnsüchtiger dabei heraus.

»Die Ehe hat mehr mit Loyalität und innerer Größe zu tun, als ihr beide es wahrhaben wollt«, sagte Julian.

»Du behauptest doch immer, Anständigkeit geht auf Kosten von Persönlichkeit«, sagte ich, »und jetzt wechselst du plötzlich die Fronten?«

Nike beugte sich vor und reichte mir den Joint. Ich nahm ihn, zog, hustete, mein Hals kratzte heftig, und ich hustete weiter, bis Nike mir ein Glas Wasser reichte.

»Entspann dich, Baby«, sagte Julian grinsend.

»Spießer«, sagte ich.

Er nahm den Joint in seinen Mund, bedeutete mir, näher zu kommen, und brachte seine Lippen ganz nah an meine. Dann pustete er einen feinen, dichten Rauchstrahl direkt in meinen Mund. Der Rauch floss widerstandslos über meinen Gaumen tief in meine Lunge.

»Warum musst du jetzt nicht mehr husten?«, fragte Julian.

»Wahrscheinlich, weil du es bist«, sagte ich, »von dir nehme ich eben alles.«

»So süß, ich back gleich eine Torte«, murmelte Nike.
Julian drückte den Joint aus und schmiegte seinen schlaksigen Leopardenkörper neben mich aufs Sofa.
»Ich finde, man heiratet nur einmal. Das ist das Besondere. Ich würde nur einmal im Leben heiraten. Alles andere ist egal«, sagte er und wies auf unser Hexenbild.
»Die da würd' ich heiraten!«

Als es am nächsten Morgen draußen gewitterte und ich mit Nike zu Hause festsaß, holte ich unsere Farbpigmente aus dem Schrank, suchte das Purpur heraus und begann, mit Brennholz und Kohle den vorsintflutlichen Badewannenboiler anzuheizen. Nike half mir beim Anfeuern. Sie konnte es nicht fassen, dass weder Julian noch Kara daran gedacht hatten, sich eine Warmwasserleitung ins Badezimmer legen zu lassen.
»DDR-Technik«, sagte ich und lächelte sie an.
Eine halbe Stunde später kippte ich das Pigment in die volle Badewanne. Nike streifte ihre Kleider ab, und ich stellte meine Kamera ein.
»Warte kurz«, rief Nike, rannte in die Küche und kam mit Erdbeeren und einer halben Wassermelone zurück, die ich im Kühlschrank deponiert hatte.
Erdbeeren helfen besonders gegen Blutarmut, schoss es mir zusammenhangslos durch den Kopf. Melone ist gut für die Nieren.
Nike kippte die Beeren in das Badewasser, stieg ein und wälzte sich darin wie eine Natter im Fluss. Kleine Pig-

mentklümpchen platzten auf ihrer Haut auf wie Mehl in Pfannkuchenteig, rieselten sandtrocken in das Nass unter ihr und verzierten ihre Blässe mit purpurnen Schlieren. Nike schlug mit der Faust ins Wasser, und ich fotografierte die roten Spritzer, die einen Moment lang wie verzaubert vor ihren wildgrünen Augen in der Luft hingen. Wenn sie die Luft anhielt und untertauchte, ragten Nikes weiße Brüste aus dem tiefroten Wasser. Sie sahen aus wie Cupcakes. Ich saugte jede kleine Falte, jeden Atemzug von ihr auf. Als das Wasser kalt wurde, warf ich auch meine Kleider von mir und stellte die Automatik ein. Nackt und frierend saßen wir uns gegenüber, mit einer einzigen dicken Erdbeere zwischen unseren Mündern. So schossen wir das letzte Bild.

»Ich bin an der Kunsthochschule in Kassel angenommen worden«, gestand ich Nike, als wir in Handtücher gehüllt die Bilder unserer Session auf dem Rechner anschauten.

»Krass«, sagte Nike, »mach das unbedingt.«

Ich zuckte mit den Schultern, unentschlossen.

»Das hier sende ich Herrn Oberarzt«, Nike zeigte auf ein Foto, auf dem ihre Brust im Anschnitt mit einer Erdbeere zu sehen war.

Ich stellte mir vor, wie Nike in einem verschwiegen gemieteten Hotelzimmer im Bett voller Erdbeeren lag, ihr glänzendes braunes Haar wie ein kostbarer Teppich über die Kissen verteilt. Ihre intensiven Augen und ihr dunkles Lachen.

Das betrügerische Arschloch hatte sie gar nicht verdient, dachte ich, sie sollte jemanden lieben, der sich um sie kümmert und darum bettelt, sie heiraten zu dürfen und Kinder mit ihr zu haben.

»Haben wir uns etwa untergeordnet, Bitch?«, fragte ich.

»Vielleicht, aber was bringt es, darüber zu jammern?«, erwiderte Nike. »Wir sind eben zwangsromantisiert.«

»Und jetzt?«

»Sind wir im Strudel! Und ich will das gar nicht anders«, rief Nike. »Von alleine kommt man da ohnehin nicht mehr raus – aber wann soll man sonst mitten im Strudel landen, wenn nicht jetzt? Wir sind jung und brauchen die Liebe!«

Nike lief zum Regal und kam mit einer dicken Tube zurück.

»Ha!«, rief sie kämpferisch.

Sie hüpfte aufs Sofa, schraubte die Tube auf, presste sie mit beiden Händen zusammen und schrieb mit einer Farbwurst direkt auf die Wand: *Nieder mit der Verbindlichkeit!*

»Inspiriert uns, ihr Schlunzen!«, rief ich, schnappte mir Karas Gitarre, galoppierte darauf wie auf einem Steckenpferd durchs Zimmer und drehte Atomic Swing auf. *Well, I'm captured by a cliché but I can't find no door!!!*[8]

»Und er wird sie ja doch verlassen, irgendwann«, grölte

---

8 *Too Late to Exit* von Atomic Swing erschien 1993 auf dem »A Car Crash in The Blue«-Album und war Nikes schwedische Hymne gegen den Liebeskummer.

Nike im Takt der Atomics und sprang wie ein wildgewordener Hase durch das Zimmer.
»Du wirst ihn zuerst verlassen!«, grölte ich zurück.
Nike drehte die Musik leiser und sah mich an. Dann schüttelte sie den Kopf.

BIOLOGIE OBERSTUFE

Am Nachmittag verkündete Julian, dass er mit uns auf eine Vernissage gehen würde. Der Gastgeber war ein Galerist, der sich laut Julian auf indische Künstler fokussierte und Julian persönlich eingeladen hatte.

»Wir müssen dahin«, sagte Julian und, »Zieh doch deinen Sari an.«

Als Nike und Julian die langen Seidenbahnen um mich herumwickelten, sie feststeckten und knoteten, kam ich mir wie eine Puppe vor. Zu guter Letzt bestand Nike darauf, mich entsprechend zu schminken.

»Damit es organisch aussieht.«

Nike flocht mir auch die Haare. Julian schnitt mit der Schere blühende Zweige von der Akazie aus dem Hof ab, Nike webte sie geschickt zwischen die Haarstränge.

Im Spiegel vor mir sah ich ein Mädchen im grünen Sari, das kaum noch Ähnlichkeit mit mir hatte. Nike hatte mir pinke Lippen und Puppenaugen aufgemalt. Nike und Julian kleideten sich von Kopf bis Fuß schwarz.

Die Galerie war von rauchenden, trinkenden Menschen mit Partyabsichten bevölkert. In meiner Verkleidung mit dem Schminkgesicht passte ich genauso wenig hierher wie zu der abstrakten indischen Kunst, die vage an zerstückelte weibliche Formen erinnerte.
»Ich fühle mich unwohl«, sagte ich zu Julian. »Lass uns gehen.«
»Mach einfach die Schminke ab«, antwortete er leise, nachdem er mich ausgiebig betrachtet hatte.
Er reichte mir einen weißen Taschentuchfetzen. Ich knüllte ihn wütend zusammen und warf ihn auf den Boden. Julian hob ihn kommentarlos wieder auf.
»Vielen Dank auch«, sagte ich zu Julian. »Das mit dem Sari war schließlich deine Idee.«
»Mach mal kein Drama, so schlimm ist es auch nicht«, sagte er.
Nike holte drei Gläser Sekt und begann, sich mit dem redseligen Galeristen zu unterhalten. Mit seiner schwarzen Hornbrille und dem graumelierten Haar wirkte er genauso reduziert wie die ausgestellten Arbeiten. Verzückt lobte er mich für den Sari.
»So besonders, so passend, so frisch. Superb!«
Ich sah Julian dabei zu, wie er versuchte, mit den Leuten

ins Gespräch zu kommen. Immer wieder ließ er seinen Blick durch den Raum schweifen, suchte nach Gesprächspartnern, denen er sich als Künstler vorstellen konnte. Hatte er jemanden gefunden, ging er hin, lächelte, war charmant und witzig. Wortfetzen drangen zu mir durch.
»Derart ästhetisch entschlackt! Geradezu entwaffnend, wie den Dingen Raum gegeben wird, sich selbst zu entfalten ...«
Als Nike ihn abpasste und nach Zigaretten fragte, unterbrach Julian sein Gespräch, und die beiden traten vor die Tür. Der Galerist reichte mir den nächsten Sekt.
»Man muss ein Romantiker sein, wissen Sie?«, sagte er. »Die Kunst ist wie ein dürres Gottesanbetermännchen. Es sucht verzweifelt nach seinem Weibchen, das ihm den Kopf abbeißt.«
»Aber nur die hungrigen essen die Männchen. Wenn die Gottesanbeterinnen satt sind, lassen sie die Männchen am Leben«, sagte ich.
»Beeindruckend!«, sagte der Galerist.
»Biologie Oberstufe«, sagte ich.

Wenige Tage später klinkte sich Raben bei einem kleinen Theaterfestival ein und kündigte eine Performancereihe in seiner Bar an. Julian war als wichtiger Bestandteil eingeplant und außer sich vor Freude.
Es war immer noch Sommer, oder was darunter auch immer verstanden wurde. Wir drei verschmolzen zu einem Team mit staubigen Haaren und farbfleckigen

Hosen. Raben hatte Julian freie Hand gelassen. Unter seiner Anleitung stürzten Nike und ich uns darauf, die Wände der Bar mit dem Hammer vom Putz zu befreien. Die Backsteine dahinter sollten mit Leim beschmiert werden, dem Julian glitterkupferne Leuchtpigmente beigemischt hatte. Julian schlug vor, die Fotos, die ich von Nike in der Badewanne gemacht hatte, großformatig auszudrucken und in der Bar aufzuhängen. Nike war sofort einverstanden. Ich zögerte, die Bilder waren intim. Als es darum ging, meinen Namen als Fotografin in Rabens Programm aufzunehmen, zögerte wiederum Julian. Auch wenn es sich nur um einen Augenblick handelte, ich spürte eine Art Geringschätzung, die in dem Zögern lag, etwas, das mich wütend machte. Doch ich bestand darauf. Julian kaufte fluoreszierende Farbe. Wir kippten sie in eine alte Babywanne, zogen uns bis auf die Unterwäsche aus und beschmierten uns damit. Klebrig und tropfend pressten wir unsere glitschigen Körper gegen die Wände, Fenster und Böden.

Nachts liefen wir zu dritt durch die Stadt und ließen betrunkene Passanten kleine Wünsche auf Zettel kritzeln: ihre Wünsche an das Universum. Später steckten wir sie ungelesen in die Wandritzen zwischen die Backsteine in Rabens Bar. Die Backsteinwände glitzerten im Dunkeln, wenn die vorbeifahrenden Autos sie mit ihrem Scheinwerferlicht streiften. Mit unseren Spuren und Zettelröllchen wurde Rabens Backsteinwand zu einer Travestiecousine der Klagemauer.

Nike bekam von ihrem Oberarzt aus Schweden dreißig Rosen geschickt. Sie waren als Entschuldigung gedacht, weil er nicht kommen konnte. Die roten Blüten rochen süßlich, waren rund und schwer, die dicken, langen Stiele trugen fette Dornen. Mit einer altertümlichen Erhabenheit nahm Nike die Blumen von dem schwitzenden Versandboten entgegen. Die romantische Geste des Oberarztes ärgerte sie. Die Rosen waren laut Nike wie er selbst.
»Groß, schwer, saftig und prächtig«, sagte sie.
»Igitt«, sagte ich, und wir lachten.
Sie brachte die Rosen in die Bar und hämmerte sie, Blume für Blume, mit einem aggressiven Gesichtsausdruck an die Wand. Julian gefiel es, wie Nägel durch die Stiele in die Steine krachten. Er mochte es, wie die Rosenköpfe in den folgenden Tagen trockneten und sich selbst konservierten. Ich hatte den Eindruck, Nike trösten zu müssen. Aber sie ließ es nicht zu.
»Ich habe es im Griff«, sagte sie, »tanzen wir darauf.«

Doch kurz vor Julians Performance verließ uns Nike überraschend, um nach Hamburg zu fahren. Ihr Oberarzt nahm dort an einem Chirurgenkongress teil. Er hatte ein Hotelzimmer mit Kingsize-Bett reserviert, unweit der Sternschanze. Ich stellte mir den Oberarzt wie eine große, attraktive Spinne vor, mit einer langen Charakternase und klugen Chirurgenaugen. Es war klar, dass Nike Julians Auftritt verpassen würde. Wir brachten sie zum Bahnhof.

»Nicht sauer sein«, sagte sie, als sie in den Zug stieg.
Als wir wieder nach Hause kamen, setzte sich Julian an den Tisch und kratzte lange auf einem vergammelten Dia herum. Ich ging an die Spüle und stapelte die benutzten Tassen und Teller in den Geschirrspüler. Alles war ungewöhnlich leise, als hätte Nike die Musik aus unserem Film mitgenommen, als sie fortging.
Mir fiel auf, wie schmutzig unsere Wohnung geworden war. Der Boden war voller Staub und Flusen. Im Badezimmer hatte sich eine flauschige Armee aus Wollmäusen zusammengerottet, am Herd stapelten sich leere Flaschen, Bier, Wein, Wasser, Limonade, Milch, Dillgurkengläser. Einkaufstüten, Farbeimer und die Überreste einer zerbrochenen Tasse, in die jemand die spitzen Scherben der ebenfalls zersplitterten Untertasse gelegt hatte.
»Hier räumt nie jemand auf«, sagte ich.
Meine Stimme klang griesgrämig und hallte grau und bieder durch die verwaiste Wohnung.
»Hat dich die letzten Tage auch nicht gestört«, murmelte Julian, ohne aufzublicken.
Ich putzte weiter. Wir waren wieder zu zweit. Ich hatte es mir anders vorgestellt.
»Was ist das eigentlich mit Nike und diesem Schweden?«, fragte Julian.
»Na ja, sie sind sozusagen zusammen.«
»Aber was will sie von ihm? Soll er seine Frau und Kinder verlassen?«

»Keine Ahnung!«

»Stört es dich, wenn wir darüber reden?«

»Sie ist meine Freundin, ich will sie nicht mit dir besprechen.«

»Aber uns besprichst du«, sagte Julian.

Er kratzte ein bisschen weiter auf seinem Dia herum. Dann klappte er seinen Rechner auf und tippte. Das Klappern seiner Tastatur klang ärgerlich.

»Sie ist meine Freundin«, sagte ich.

Julian stand auf, zog sich das T-Shirt aus und pfefferte es durch die offene Badezimmertür in Richtung Waschmaschine. Dann trat er in das Schlafzimmer und schloss die Tür. Ich hörte den knarzenden Boden unter seinen Füßen, hörte, wie er an den Saiten von Karas Gitarre zupfte, und konnte ihn förmlich vor mir sehen, seine blassen Schultern, das lackierte Holz der Gitarre, wie es kühl auf seinem Bauch lag. Die langen Beine in der verwaschenen Jeans, auseinandergegrätscht, wie bei einer Heuschrecke. Draußen rollte eine Straßenbahn vorbei, der Dielenboden vibrierte leicht. Ich ging Julian nach, öffnete die Tür und lugte herein. Er sah traurig aus.

»Wusstest du, dass sich die größten Ängste immer erfüllen? Was ist deine größte Angst?«, fragte er.

»Keine Ahnung. Dass ich mit dem Flugzeug abstürze, vielleicht«, sagte ich.

»Ich habe Angst, dass ich wie eine Spielfigur werde«, sagte Julian, »dass ich nichts hinbekomme und am Ende nicht mehr bin als halbgar. Nur mit mir selbst beschäftigt. Und ein paar Leutchen schauen dabei zu, bis dann alles verpufft, ohne jemals wichtig gewesen zu sein.«

»Ich bin ganz zufrieden hier mit dir«, sagte ich versöhnlich. »Es war doch schön, die letzten Tage.«

»Irgendetwas hindert mich daran, dich zu lieben. Du bist schön. Ich mag dich«, sagte Julian.

Ich erstarrte.

»Das ist ein Gedicht«, sagte Julian. »Von Jürgen Theobaldy[9].«

Er begann, eine Melodie auf der Gitarre zu klimpern.

»Und jetzt, anstatt dich zu lieben, dieses Gedicht. Umgekehrt wäre es besser, würdest du sagen, wenn du es wüsstest, aber das tust du nicht, das heißt, ich habe dir die wichtigen Worte nie gesagt«, sprach er zur Musik.

So ein Depp, würde Nike sagen.

Ein Kitschkünstler, würde ihr meine Mutter beipflichten.

Ein Arschloch, hatte Achim gesagt.

Er ist, wie er ist, dachte ich, fertig, aus. Nur ich kannte den wahren, aufrichtigen, verwundeten Julian. Nur ich bettelte um seine Liebe.

---

9 *Irgend etwas* von Jürgen Theobaldy ist in »Zweiter Klasse. Gedichte« bei Rotbuch Verlag 1976 in Berlin erschienen. Faina kannte das Gedicht aus der Abiturvorbereitung. Später las sie in einem Artikel von Alexander Sury in der Schweizer Zeitung »Der Bund« vom 17.11.2010, dass sich der Schriftsteller Theobaldy wegen seines hohen Anspruchs an sich selbst aus der Literaturszene weitgehend zurückzog. Er wurde Protokollant bei den Parlamentsdiensten im Bundeshaus in der Schweiz und arbeitete in seiner freien Zeit an Lyrik und Prosa – so intensiv, emsig, lange und sorgfältig, wie er es für nötig hielt.

»Auch die wichtigsten Worte sind sinnlos, wenn sie nichts bedeuten«, sagte ich, knallte die Tür wieder zu und ging ins Bad.

Ich ließ Wasser in die Badewanne laufen und klemmte den Wäscheeimer zwischen der Zarge und der Waschmaschine ein, damit die verzogene Holztür nicht von alleine aufsprang. Ich horchte, wie Julian über die Dielen ging, ganz nah. Katzenleise trat ich an die Tür, lehnte meine Stirn gegen den gelblich weißen Lack. An den Holzkassetten klebte Staub. Ich wischte die graublauen Flusen mit dem Finger ab.
»Kann ich reinkommen? Kurz?«, fragte Julian hinter dem Türblatt.
Ich stieg unter den Wasserstrahl und schob den Duschvorhang zu. Meine Haare pappten an meinen Schultern. An der Badewannenemaille haftete noch der rote Rand von Nikes Badewasser.
»Wieso?!«, rief ich.
»Nur kurz«, sagte er.
»Nein«, sagte ich trotzig.
Julian drückte den Wäscheeimer ein und zwängte sich ins Badezimmer. Die Luft aus der Küche kam mit ihm, es zog, einen Moment lang hörte ich die laute Akkordeon-Combo in der Straße vorbeiziehen. Ich spähte durch den Duschvorhang. Julian lehnte seinen Kopf gegen die Kacheln. Das Wasserrauschen wurde lauter, ein Dröhnen.
»Bin gleich wieder weg«, sagte er.

»Gut!«, sagte ich.
Julian rührte sich nicht vom Fleck. Ich wollte nicht, dass er ging.
»Du suchst einen Vorwand, um zu bleiben«, sagte ich.
»Ich finde aber keinen«, antwortete er.
Ich sah an mir herab. Gänsehaut und Stoppeln. Ich tastete nach dem Rasierer.
»Wir sollten uns alles erzählen. Auch wenn wir dabei zu Bruch gehen«, sagte Julian.
Das Wasser aus dem Boiler war längst wieder kalt. Etwas stimmte nicht zwischen uns, aber ich konnte nicht ausmachen, was es war.
»Was willst du mir erzählen?«, fragte ich.
Er schien nachzudenken, seine Antwort kam erst nach einer Weile.
»Wenn ich dusche, stelle ich mich manchmal so unter den Strahl, dass das Wasser meine Wangen runterläuft«, sagte Julian. »Weißt du, warum?«
Ich antwortete nicht.
»Weil es sich anfühlt, als würde ich weinen. Als könnte ich weinen«, sagte Julian und schwieg wieder.
Ich schnitt mich beim Rasieren. Das feine Rinnsal lief über meinen Knöchel, mischte sich mit dem Wasser und verschwand.
»Ich will nicht, dass wir zu Bruch gehen«, sagte ich.
Julian antwortete nicht.

EMPTY NUMPY ARRAY

Eigentlich mochte ich keinen Wodka. Aber Julian und ich hatten schon am Nachmittag einen getrunken. Nach dem Anruf seiner Tante. Kara ginge es schlechter, hatte er mir wortkarg erklärt, nachdem er aufgelegt hatte. Die neuen Pillen waren nicht die richtigen, Kara hatte dramatisch abgenommen. Die Klinik wäre Schrott. Obendrein hatte der leitende Psychiater Kara zu sich ins Büro eingeladen. Außerhalb der Regeltherapiezeiten und noch dazu spätabends: ein Skandal. Kurz zuvor hatte Julians Tante mit Kara telefoniert, ihr verboten hinzugehen, und befohlen, sich erst einmal schlafen zu legen. Am nächsten Morgen war Kara verschwunden und bis jetzt unauffindbar.

»Aber du kannst doch nichts dafür«, sagte ich. »Muss

man den Typen jetzt anzeigen? Oder übertreibt sie? Stimmt das überhaupt?«

Julian winkte ab, sagte dann, dass seine Tante total aufgelöst wäre. Und dass Kara wohl vorher versucht hatte, sich selbst zu verletzen. Ich strich ihm über die Schulter, eine hilflose Geste. Kara, die dunkle Materie, Schneekönigin in Furs and Sunglasses, die verrückte Nudel. Es war rührend, wie Julian seine Sorge zu überspielen versuchte. Nach einer Weile fügte er hinzu, dass er nicht genau wüsste, ob er das aufgeregte Gestammel seiner überforderten Tante richtig verstanden hätte. Vielleicht wäre ja alles weit weniger schlimm. Er hatte Kara von der Aufführung erzählt, vielleicht war sie einfach auf dem Weg nach Berlin.

Den Wodka wollte Julian trotzdem. Ich fand, dass Julian vor seinem Auftritt in Rabens Bar nüchtern bleiben sollte. Julian meinte, dass er seinen Auftritt anders nicht überstünde. Vor ein paar Tagen hatte ich für die Bar eine Handsaftpresse und eine große Kiste mit Granatäpfeln organisiert. Nach Julians Performance wollte ich den Saft für die Drinks der Gäste pressen. Antioxidativ, blutfarben, herb, er passte perfekt, auch zu Wodka. Die Drinks würde ich mit einem lippenstiftkonturiertem Freitagslächeln servieren.

»Kara«, Julian zuckte mit den Schultern, »Kara ist stark.«

»Das ist sie«, sagte ich und presste einen Granatapfel für uns aus.

Julian schraubte an dem Verschluss und reichte mir die

offene Flasche. Ich musste an die vielen leeren Flaschen unter der Spüle denken, hatte aber keine Lust, ausgerechnet jetzt danach zu fragen. Dennoch registrierte ich, wie Julian ausatmete, als erleichtere ihn allein der Anblick des klaren Gesöffs.

»Wodka erinnert mich immer an Verbrüderung«, sagte Julian. »Ein Klischee, aber trotzdem.«

»Ich denke bei Wodka eher an zu Tode gesoffene Teenager«, sagte ich.

»Du bist doch auch ein Teenager«, sagte Julian und grinste, »jung wie ein kecker Käfer.«

Ich schubste ihn, er schubste zurück. Wir stießen an und tranken den rotgefärbten Drink, jeder für sich. Dann küsste Julian mich in den Nacken und ging zusammen mit meiner Presse und der Kiste voller Granatäpfel zu Raben in die Bar, um sich vorzubereiten. Selbst nachdem die Tür ins Schloss gefallen war, spürte ich seinen Kuss. Ein leichtes Prickeln auf meiner Haut.

Als ich zur Bar kam, hatten sich dort bereits eine Menge Leute versammelt. Es waren viel mehr als an einem gewöhnlichen Sommerabend. Ich stand vor den Fenstern, die mit meinen Aufnahmen von Nikes Brüsten mit Erdbeeren gepflastert waren. Raben öffnete die Tür und ließ das plappernde Publikum hinein. Der graumelierte Galerist winkte mir zu. Er lauerte mit ein paar Freunden, die so aussahen wie er, zusammen in einer Ecke. Ein spanischer Maler aus der Galerie nebenan machte mit einer auffallend großen Kamera Fotos. Es wurde gekichert, geflüstert und gehüstelt. Irgendwann hatte jeder seinen Platz gefunden und richtete seinen Blick auf den Künstler. Wir waren das Publikum.

Julian kniete in Jeans und T-Shirt in der Mitte des Raumes. Er hatte ein Loch in den Boden gesägt, das rund und nicht besonders groß war, und seinen Kopf darin versenkt. Aus einer gewissen Entfernung sah es aus, als habe man seinen Kopf in das Bodenholz eingezimmert. Auf dem Boden vor seinen Schultern stand sein aufgeklappter Computer. Zahlenreihen liefen hoch und runter, es ratterte leise und leuchtete grün. Ein paar Minuten vergingen, ich und die anderen warteten. Offenbar rechnete jeder damit, dass im nächsten Moment etwas passieren würde. Nur geschah nichts. Julian blieb absolut unbeweglich. Nikes Blumen hingen an der Backsteinwand, schwarz und vertrocknet, aber immer noch riesig und duftend. Nichts bewegte oder veränderte sich.

Die ersten Gäste holten sich ein neues Bier und begannen, sich gedämpft zu unterhalten. Die verschworene Gemeinschaft bröckelte. Nach und nach machte sich eine leise Enttäuschung im Publikum breit. Die Leute hatten mehr erwartet.

Niemand beachtete unsere Klagemauer. Vermutlich dachten die meisten, dass die Bar immer so aussah. Für die fluoreszierenden Umrisse war es noch zu hell. Die

Leute hatten ein Event erwartet. Selbst ich hatte das. Ich spürte, wie eine leise Scham in mir hochkroch.

»So'n Schmarrrrn«, sagte der Galerist zu seinem Nebenmann.

Am liebsten hätte ich dem Galeristen die Augen ausgekratzt, ihm meinen spitzen Absatz durch die Schuhe gebohrt und mit den Knien nachgetreten, um die peinliche Situation aufzulösen. Doch nichts geschah. Wir waren das Publikum und warteten gemeinsam mit der öden Vorahnung eines unspektakulären Scheiterns, ohne genau zu wissen, worauf. Ich dachte an meine Granatäpfel, sie kamen mir lächerlich vor.

Plötzlich sah ich Nike. Sie stand in der Tür, in einem schlichten blauen Kleid, mit ihrer Reisetasche in der Hand, alte Turnschuhe an den Füßen. Sie sah so blass und düster aus, dass ich Gänsehaut bekam. Sie schritt auf Julian zu, ohne sich umzusehen. Mit jedem ihrer Schritte teilte sich die Menge vor ihr wie das Rote Meer vor dem Propheten. Sie stellte ihre Reisetasche neben seinen Rechner auf den Boden und trat in die freie Mitte. Ein osmotischer Konzentrationsausgleich.

Nike hatte einmal probiert, mich zu hypnotisieren. Ich hatte damals einen Film über Konzentrationslager im Zweiten Weltkrieg gesehen. Eine stille Dokumentation mit Aufnahmen von weiten polnischen Landschaften, verrottenden Hallen und israelischen Teenagern, die Gedenkstätten besuchten. Die Teenager trugen Israelflaggen wie Schutzmäntel um die Schultern und lauschten den Geschichten über ermordete jüdische Kinder und verscharrte jüdische Babys, die noch atmeten, als die Nazis kalte Erde auf sie schaufelten. Manche der Teenager hatten Vorfahren, die in Auschwitz waren. Ich hatte alles vor mir gesehen, als sei ich selbst dabei gewesen, hatte abrupt den Fernseher ausgemacht und konnte danach weder schlafen noch essen. Nike hatte mich mit ihrem grünen Blick fixiert, und ich hatte versucht, mich ihm zu ergeben. In ihrem Blick lag damals die Zuversicht, alles bewältigen zu können. Ich hatte ihr geglaubt.

Nun trat sie auf Julian zu, legte ihre Hand flach auf seinen Rücken, strich auf ihm entlang wie ein furchtloser Dompteur bei einer Großkatze. Dann stellte sie sich hinter ihn, beugte sich vor, umfing ihn mit ihren Armen und öffnete ganz selbstverständlich seinen Gürtel. Julian ließ es geschehen. Ich fragte mich, ob er wusste, dass es Nike war, ob das einstudiert war, ob sie das zusammen, ohne mein Wissen, geplant hatten. Eine Spur galliger Eifersucht stieg in mir auf. Oder hatte Julian darauf gewartet, dass Fremde aus dem Publikum ihn anfassen würden? War das nicht einfallslos, gab es das nicht schon tausendfach? Konnte man heute noch eine Performance liefern, bei der etwas anders war als sonst, die eigenartig genug war in dem Meer dieser Art, wo sich schon so viele ausgeliefert hatten oder ausgezogen, mit etwas beschmiert oder in etwas herumgewälzt und alles angefasst, angeleckt hatten? Konnten wir noch etwas Ureigenes mit unserer Kunst in der Welt ausrichten? Überhaupt etwas ausrichten? War nicht schon alles gesagt, abgegrast, abgekupfert und durchdekliniert? Vorbestimmt bis zur letzten Kommastelle in den Zahlen börsendotierter Megakonzerne? Konnten wir bestreiten, dass es wichtigere Dinge als Kunst gab, als Performance in einer kleinen Berliner Bar voller Leute mit einem Glas Wein oder einer Flasche Bier in der Hand?

Nur, das blieb unumstößlich, hatte niemand außer Julian eine Nike an seiner Seite. Und das Dazwischen war es, das zählte. Nicht das, was man sehen konnte oder hören. Das Hexenwerk, das aus einer Zweisamkeit, einer Dreisamkeit oder eben aus der Kunst vor Publikum entstand. Ungerührt schob Nike Julians Hosen herunter und zog auch sein T-Shirt aus. Als er den Kopf aus seinem Loch hob, um ihn durch den Kragen zu ziehen, konnte ich sehen, wie sich ihre Blicke für einen winzigen Augenblick trafen. Nike warf Julians Kleider beiseite und riss ihm auch noch die Unterhose herunter. Sie zog am Reißverschluss ihrer Tasche, wühlte darin, zückte einen schwarzen dicken Filzstift, zog die Klappe ab. Sie hielt den Stift vor sich, malte sich einen Zahn schwarz, sah auf, sah sich um und griente wie die Cheshire-Katze in die Menge. Alle schwiegen in verstörter Spannung. Keiner kicherte. Jemand hatte sein Smartphone in der Hand und filmte. Leise begann Nike zu singen. Erst war

ich mir nicht sicher, ob das nur ich oder auch alle anderen hörten. Aber es war ihre klare Stimme. Sie sang nachdrücklich, leise und klar.
»Hava nagila, hava nagila, hava nagila venis mecha …«
Sie sang und schrieb gleichzeitig auf Julians Haut. Sie schrieb groß und klein, quer über seinen ganzen Köpper. Die schwarze Schrift war breit und glänzte, schmierte aber nicht.

```
#function needs branch to know which key in dictio, dictio as a reference for the branch / segment pairs, and eventstart / end to find out where maxima are searched
def constructprofile (branch, dictio, filename, eventstart, eventend):
#dend strings of segments, xdend segments as xvalues
dend=[]
```

Sie schrieb Formeln, die mir bekannt vorkamen und die ich doch nicht verstand. Die Geräusche des Computers kamen inzwischen aus den Lautsprechern, das Geschehen auf dem Bildschirm wurde auf die Wände und uns Zuschauer projiziert.

```
#here, the values corresponding to the key branch in dictio are put into dend
dend=dictio.get (branch)
dendmin=float (min(dend))
xdend=[]
```

Nike ließ sich davon nicht beirren. Um sie herum rauschte es, auf ihrem Gesicht leuchteten grüne Buchstaben und Zahlenformen. Nike malte sie auf Julians Arme, Beine und seinen Rücken, auf seine Stirn und auch auf seinen Hintern.

```
topl=np.empty ([len(dend),2])#this creates an empty numpy array which will be used for maxima, x values are defined by n
for segmentnumber in dend: #here, dend again refers to the real segmentnumbers.
H=np.array(file.get ('/traces/SegmentMask#'+segmentnumber)) #saved datatraces are analysed here
```

Es waren Sätze, wie er sie täglich in seinen Computer hämmerte, Dinge, von denen ich nichts verstand. Nike offensichtlich umso mehr. Sätze, die mit einem Schimmern über unsere angespannten Gesichter liefen und die Nike inzwischen mit ihrem Lied vermischte, indem sie sie monoton und klar aussprach, wie eine Schamanin.

```
topl[n]=(xdend[n],np.amax (H[eventstart:eventend])) # creation of topl (x is segmentnumber, y is maximum)
n+=1
```

Noch immer steckte Julian verletzlich nackt mit dem Kopf im Boden. Seine Füße in seinen abgetragenen Socken. Die Leute betrachteten ihn schweigend. Nike richtete sich auf, blickte entrückt in die Menge.

```
topl = topl[topl[:,0].argsort (kind='mergesort')] #sorts along the x axis, maybe unnecessary
identifier=filename+branch+str (eventstart)+str (eventend)#
this identifier can than be used to create a dictionary of profiles from different experiments on the same branch with respect to the events
return topl, identifier
```

Dann wurde auch Nike still und verharrte, und auch Julian verharrte weiter auf den Knien. Das Peinliche wurde durch Nike berührend, das Befremdliche bewegend. Das Rattern des Computers brach ab. Nur ein leises Fiepen blieb. Dann Stille. Irgendwo fing jemand an zu klatschen, und die anderen im Publikum nahmen das Klatschen erleichtert auf, bis es dröhnend, fast bedrohlich wurde.

Als der Applaus verebbt war und das höfliche Innehalten danach vorbei, kehrte das Kichern, Flüstern und Hüsteln mit dem dumpfen Grummeln einer typischen Großversammlung zurück. Raben ließ Indie-Musik laufen. Langsam kam auch ich wieder zu mir.
Ich war in Julians Team. Aber es widerstrebte mir, auf Nike und Julian zuzustürmen, wie ein Groupie, ein alberner Fan, der nicht minder von der ganzen Aktion überrascht war als die anderen Leute. Nike und Julian schienen auch nicht nach mir zu suchen. Sie freuten sich über den Applaus, zu zweit, still, stumm und wie auf einem anderen Stern.

Ich wurde nicht vermisst. Also verließ ich die Bar und ging schweigend um den gesamten Block. Ich holte mir ein Bier am Kiosk, bewusst eine andere Marke, als Raben sie servierte. Als ich in die Bar zurückkam, hatten sich Nike und Julian wieder angezogen. Die schwarze Schrift schimmerte unter seinem weißen Hemd.
Ich streichelte beide über die Schulterblätter und dachte darüber nach, dass ich jetzt frisch gewaschene Baumwolle spürte, während Nike noch eben seine Haut berührt hatte. Nike drückte sich fest an mich.
»Du bist wieder da«, sagte ich zu ihr.
Etwas Nasses kullerte über meine Halsbeuge hinunter zum Schlüsselbein.
»Das miese Arschloch wird seine Frau nie verlassen. Ich wollte nur noch zu euch. Er hat es mir im Bett gesagt. Danach«, flüsterte sie.
Ich drückte mich Nike entgegen. Ich atmete ihren Geruch ein, begab mich mit dem ganzen Körper in unsere Vertrautheit, spürte, wie sich mein Gefühl für sie wandelte, einem glühenden Eisen gleich. Schwesterliches Gelb, seelenverliebtes Blau, vollkommen ineinander aufgehendes Violett. Ich bereute meine kindische Eifersucht.
»Nur ein Stein kann dich nicht lieben«, flüsterte ich zurück.
Irgendwo stand Julian und lachte. Er sonnte sich in Aufmerksamkeit, flirtete wahllos in die Menge und gab sich weltgewandt, während ich eine weinende, fla-

ckernde Nike in den Armen hielt. Das passte nicht zusammen.

»Julian und ich sind auch nicht richtig zusammen«, sagte ich, »ich mache, was ich will, und er garantiert auch. Ist mir ganz recht so.«

Wie aus einer anderen Zeit fielen mir Karas gesungene Zeilen ein: *... an empty page ... That men will want to write on ...*

Ich bekam die Melodie nicht zusammen und schwieg, anstatt es Nike vorzusingen. Raben stand an seinem Platz hinter der Theke, holte meine Saftpresse hervor und winkte mir zu. Die Granatäpfel lagen in einer runden Schale bereit. Viele Menschen mit und ohne Brillen, mit klugen Augen, ernsten Mündern und glänzenden Nasen standen bald Schlange für meine Granatapfelsaftdrinks. Sie schlürften ihn im Gehen, wie geschäftige Vampire, während sie sich den Raum ansahen. Ich presste im Akkord, trank selbst immer mehr. Den Wodka spürte ich nicht, dafür den am Zahnschmelz schmirgelnden Saft. Ich lachte über Witze, die ich nicht verstand, und tanzte, mehr im Rausch als im Rhythmus. Der graumelierte Galerist sprach mit dem Barmann, der spanische Maler mit einer sehr ernsten Frau, die eine Filmkamera auf der Schulter trug. Raben unterhielt sich mit einem blutjungen Mädchen nach dem anderen und manchmal mit zweien gleichzeitig. Sie brüllten einander ins Ohr und schauten dabei konzentriert auf den Boden. Einer von Rabens Leuten hatte einen Plattenkoffer dabei. Es dauerte nicht lange, bis die Musik ausgetauscht und laut und aufdringlich wurde. Jetzt waren da fast nur noch Beats und ein konserviertes Flirren, das mich nervös machte. Immer wieder kam mir jemand bekannt vor. So, als würde mir mein Gehirn einen Streich spielen und mir vorgaukeln, dass hier ein Szenetreff mit irgendwelchen VIPs wäre. War das Campino? War das dieser YouTuber? War das die eine aus dem – wie hieß er doch gleich – Film? Irgendwann verließ ich meinen Posten hinter der Saftpresse und stromerte durch die Menge.

Nachtleben Peace, dachte ich, Berlin Power, Szene Leck, ganz schön voll, Menschen, Hip, Pop, Indie, Yeah, und Uuh, und Bobo, Boho und wo ist eigentlich Nike? Ein Mann kam herein und holte sich etwas zu trinken, er hatte kniekurze Hosen an und darunter keine Waden, sondern silbrig metallische Prothesen, die in grellbunten Laufschuhen steckten. Ich musste Nike fragen, ob das nicht auch eine Krankheit war, wenn man sich ständig vermeintlich hochbekannte Gesichter einbildete. Hatte ich da nicht mal darüber gelesen, oder hatte ich das von meiner Mutter aufgeschnappt? Konnte man sich auch gelesene Artikel krankhaft einbilden? Das müsste ich wohl meine Mutter fragen. Nike blieb unauffindbar. Ich sah mich um. Körper, Gesichter und Geräusche waberten um mich herum wie eine zähe Grütze, alle Bewegungen kamen mir affektiert vor, die Mimik übertrieben. Die getragenen Kleider waren sorgfältig ausgesucht, die gesprochenen Sätze ausgedacht. Niemand wollte alltäglich sein. Das Wort *normal* glich einem hilflosen Schimpfwort. Ich bekam Nackenschmerzen. Vermutlich war ich zu angespannt. Ich hätte meine Mutter schon längst mal wieder anrufen sollen, dachte ich. Meine Haut war geheilt, ich hatte eine schöne Zeit, es war undankbar, ihr nicht häufiger davon zu erzählen. Dabei war es doch meine Mutter, die Bescheid wissen müsste über das alles, was in meinem Leben plötzlich von so großer Bedeutung war. Über die Bewusstseinsströme, über zwischenmenschliche Dynamiken, über all die ersehnten Abweichungen von der verfluchten, von keiner definierten und doch so gefürchteten Norm.

Ich hätte es auch wissen müssen, dachte ich, ich hätte besser, schneller reagieren können, ich hätte Julians Auftritt genauso gut wie Nike retten können. Mein Herz hastete, eine diffuse Anspannung bemächtigte sich meiner Muskeln, im Hinterkopf spürte ich einen krampfenden Druck. Als würde gleich etwas Schlimmes passieren, als müsste ich gleich flüchten. Ich hätte Nike nicht anlügen sollen, dachte ich. Als ob sie sich dadurch besser fühlen würde, wenn ich ihr erzähle, dass mir alles egal sei. Julian war mir jedenfalls nicht egal.

Ich fummelte an meinem Handy, die Musik war zu laut, der Zeitpunkt, meine Mutter anzurufen, ungünstig. Ich steckte das Handy wieder weg. Ich sah, wie die Leute

unsere gerollten Zettelchen aus den Wandritzen pulten, sie lasen und lachten.
In der Ecke gegenüber bemerkte ich ein auffallend graziles Mädchen mit Schneewittchenhaaren. Eine Traube von Typen umkreiste sie, so als ob sie gemeinsam den Aufbau eines Atoms nachstellen wollten. Das Mädchen bewegte ihre Hüften zu den Beats, hob ihre langen Arme, drehte sich schwungvoll auf dem Absatz. Ich kniff die Augen zusammen – war das Kara? Zwei Kunststudenten schoben sich vor sie, ich war mir nicht sicher. In der Dunkelheit begannen die Abdrücke unserer Körper an den Wänden zu schimmern. Sie sahen wie Geister aus. Ich betrachtete sie benommen: Nike, Julian, mich ... Schlagartig wurde mir klar, dass ich kotzen musste. Ich handelte nicht überstürzt. Die Einsicht in die Notwendigkeit, etwas zu tun, kam eher sacht. Wie ein wohlerzogener Unbekannter, der höflich anklopfte und mich diskret anwies, unverzüglich einen stillen Ort aufzusuchen, ruhig und doch unmissverständlich. Um Fassung bemüht, schob ich mich durch die Menschenschatten, drückte Rücken, Ellbogen und Bäuche beiseite.

Im Hinterhof gab es eine Besenkammer, daneben die Toilette. Ich zwängte mich hinein, machte zwei Schritte nach links zur Schüssel, kniete mich vorsichtig hin und hielt mir die Haare hoch. Ich fühlte mich einsam – aber auch selbstbestimmt und erhaben. Mit einem Schwall übergab ich mich in die Schüssel, rang nach Atem und übergab mich erneut. Während sich mein Herzschlag langsam beruhigte, hörte ich nebenan ein Stöhnen und Keuchen. Die Toilettenschüssel drehte sich, weiß und seltsam länglich, die Granatapfelkotze sah aus wie ein Pollock-Gemälde. Eine beschmutzte Porzellandebütantin beim Wiener Walzer, dachte ich matt und fühlte mich besser.

Erneut hörte ich das Stöhnen. Ich trat ins Treppenhaus und lauschte. Die Tür zur Besenkammer war nur angelehnt. Da waren sie, zwei Körper. Sie waren nackt, schön und vertraut, der eine war von schwarzen Schriftzeichen übersät. Sie bewegten sich zu den Beats, die aus der Bar herüberdröhnten, fest ineinander verkeilt, widerlich eng und beneidenswert innig.

Ohne ein Wort zu verlieren, drehte ich mich um und ging. Es ärgerte mich maßlos, wenn das in Filmen passierte und die Zeugen von etwas Verwerflichem einfach fortgingen, weil sie es nicht aushielten. Weil sie nicht umgehen konnten mit dem, was sich vor ihren Augen und Ohren abspielte. Mord, Totschlag, Betrug, da geht man doch nicht einfach weg! Doch hier wollte ich nicht sein. Ich wollte nicht sehen, wie sie mich bemerkten und sich dann ihre abgeschmackten Unterhosen hochzogen. Das käme einer Nuklearexplosion gleich. Ich würde daran sterben. Lieber ging ich, setzte einen Fuß vor den anderen wie ein Roboter, hochkonzentriert, um nicht zu stolpern. Für einen Moment glaubte ich, Nikes Stimme zu hören. Um vor ihnen ganz sicher zu sein, nahm ich die SIM-Karte aus meinem Telefon. Ich wollte ganz verschwinden. *Die Zeugin hat jetzt oberste Priorität,* sagte die Stimme eines Filmdetektivs in meinem Kopf. Sie klang tief, verständnisvoll und meinte zweifellos mich.

MAURIZIO

Die Prostituierten versammelten sich bereits auf ihrer Arbeitsmeile. Sie trugen alle die gleichen Kostüme. Leichte Blusen in Neonfarben mit einem unterm Busen zusammengeschnürten Lederkorsett und knappen Glitzer-Minis mit Lackstiefeln. Berlinbarbies in Übergröße. Stolz balancierten sie mit einem festen, aufrechten Rücken auf ihren spitzen Absätzen, als würden sie eine andere Luft als wir Normalsterbliche atmen. Ich bekam den aufdringlichen Wunsch, sie wissen zu lassen, dass ich sie nicht verurteilte. Dass ich sie mochte. Aber die Mädchen mieden den Blickkontakt mit mir. Vielleicht war es mein verheultes Schluchzen, das sie abstieß. Ich beschleunigte meine Schritte, rannte noch schneller. Ich kam in einen Park, hier war es still. Kaninchen stoben in die Büsche um das kleine verlassene Kinderschwimmbecken. Es roch nach Chlor. Die Stadt schmierte mir bunte Lichtpfützen in die Augen. Überall wuselte und lebte es, Mäuse, Ratten, Katzen, Straßenhunde, Drogenhändler, Kakerlaken, betrunkene Teenager aus der ganzen Welt. Ich schmeckte eine Träne. *Salz!*, rief die Detektivstimme. *Sichern Sie die Beweise!* Salz, Ursalz der Weltmeere, das war die Lösung, die Tränenessenz schlechthin.

Ich muss Paris Wohnung mit Salzwasser auswischen, dachte ich.

Es ging nicht um lächerliche Weinflecken, ich war um Welten weiter, diesmal war die äußere und innere Reinigung dran. Ich musste dringend meine Unterwäsche mit Salz waschen. Meinem gesamten Leben eine Salzabreibung verpassen! Salzkreise schützten die Hexen davor, entdeckt zu werden, Salzlake schützte vor dem Verderben, Salz würde mich schützen. Salz. Dann sind alle unsere gemeinsamen Momente fortgewischt. Kein nackter Julian vor mir auf dem Boden, keine Nike in meinem Bett, dann ist alles wieder so, als wäre rein gar nichts zwischen uns passiert.

Eine Gruppe lallender Mädchen in plüschigen Bunny-Kostümen kam mir entgegen. Sie verkauften billiges Shampoo und Spülung in Reisegröße für ihre Junggesellinnenkasse. Ich wandte mich ab, lief weiter. Die Gegend wurde vertrauter.

Wärmer, wärmer, dachte ich, wie in einem Kinderspiel, nur dass meine Augen nicht verbunden waren. Da war es, das erleuchtete Fenster. Es war gelb und rotkariert, fast behäbig in seiner Freundlichkeit. Es zog mich an wie einen Nachtfalter: Maurizios Pizzeria. Ich wollte auf keinen Fall, dass Maurizio mich bemitleidete. Dass er überhaupt irgendetwas merkte.

»Eine Margherita zum Mitnehmen, bitte«, rief ich beim Eintreten.

Meine Stimme klang dumpf, ich hatte eine verstopfte Nase. Maurizio winkte eine begeisterte Begrüßung, nickte und verschwand in der Küche. Ich schluckte die letzten Tränen, holte mir eine Serviette aus einem der bunten Plastikgläser auf der Theke und schnäuzte mich frei und laut wie ein Elefant.

Danach setzte ich mich auf einen der Barhocker. Das eine Bein leicht angewinkelt, das andere durchgestreckt, starrte ich auf den alten kleinen Fernseher, der oben in der Ecke hing. Es lief Fußball, der Ton war leise gestellt. Maurizio kam mit einer Flasche Wein und zwei Gläsern zu mir. Er stellte die Gläser vor mich und goss ein.

»Solange du warten musst«, sagte Maurizio unerwartet zärtlich. »Du bist ewig nicht mehr da gewesen.«

Er schaute zum Fernseher. Die Fußballspieler rannten dem Ball hinterher, die Massen im Stadion bebten. Maurizio baute sich vor mir auf und sah mich durchdringend an.

»Auf dem anderen Programm läuft ein Flugzeugkatastrophenfilm«, sagte er.

Ich schwieg.

»Es kann vorkommen, dass beide Piloten einfach ohnmächtig werden und es keiner merkt, weil man danach noch stundenlang mit Autopilot unterwegs ist!«, sagte Maurizio ernst.
»Und dann?«, fragte ich.
Maurizio zuckte mit den Schultern, sah mich mit großen Augen an.
»Alle tot.«
Er verschwand in der Küche und tauchte kurz danach mit einer großen, feierlich auf einem Teller aufgebahrten Mozzarella-Pizza auf. Ich erinnerte ihn daran, dass ich die Pizza mitnehmen wollte. Sein Gesichtsausdruck glich dem eines liebenden Vaters, der sein kleines Kind belehren will.
»Bitte! Du bist mein letzter und schönster Gast!«, sagte er.
Er goss mir Wein ein, und ich trank, obwohl er mir nicht schmeckte. Maurizio drehte das Schildchen an der Tür um: CLOSED.

Wir aßen und tranken zusammen. Maurizio erzählte, dass er, wenn es sich irgendwie vermeiden ließ, in kein Flugzeug stieg. Ich horchte in mich hinein und stellte fest, dass ich genau den stumpf benebelten Zustand erreicht hatte, den ich meiner Situation angemessen fand. Obwohl Maurizios Geschichten von verkohlten Leichen, psychopathischen Piloten und unabwendbaren Abstürzen handelten, lachte ich laut und überspannt, als hätte ich selbst gerade eine dieser Katastrophen überlebt. Beflügelt sprang Maurizio auf und verschwand wie ein Puppenkasper hinter der Theke. Er wühlte so heftig in der Kiste mit Kassetten und CDs, dass sie aus dem Regal rutschte und sich der Inhalt über dem Boden verteilte. Er fischte eine zerknitterte Postkarte aus dem Chaos und streckte sie mir hektisch entgegen.

»Hier, für dich«, sagte er.

Ich nahm das Papierrechteck. Es war eine Edgarpostkarte. Unter einer verwackelten Aufnahme schöner Frauenfüße, die in Nylons und hochhackigen orangeroten Puschelpantoffeln steckten, stand in nüchtern schwarzer Schreibmaschinenschrift: LIEBE UND ANARCHIE.

Ich schluckte meinen Tränenrotz herunter und legte die geknickte Postkarte vor mich auf die Theke. Hinter der Theke stand ein halbvolles Päckchen Salz.

»Kann ich das haben?«

Maurizio nickte, ohne aufzuschauen. Er legte eine CD in seine Anlage, horchte und drehte sie auf volle Lautstärke.

Hey little sister, what have you done?!!!
Hey little sister, who's the only one?
Hey little sister, who's your Superman?

Maurizio setzte zum Tanzen an, brach aber wieder abrupt ab und tauchte noch mal hinter die Theke. Er

löschte das Deckenlicht und die Leuchtreklame vor der Tür. Schließlich stellte er sich vor mich. Ich leerte mein Weinglas. Er war nur noch vom Laternenschein beschienen. Schweiß glänzte auf seiner Nase.
Ich schlappte in die Mitte des Raumes und machte ein, zwei verlegene Tanzschritte. Maurizio ging aus sich heraus. Er hüpfte, sprang zur Seite und riss die Arme hoch, wie auf einem Rockkonzert. Euphorisch warf er sein T-Shirt von sich. Mit dem nackten Bauch sah er aus wie eine Miniaturausgabe von Bacchus, der als Reproduktion eines Ölschinkens an der Wand seiner Pizzeria hing. Ich hätte nicht gedacht, dass Maurizio so einen kugelrunden Bauch mit sich rumtrug, nicht, nachdem er so viel vom Surfen auf Sardinien erzählt hatte. Die vielen Härchen um seinen Bauchnabel kräuselten sich. Er hopste wie von der Tarantel gestochen umher und brüllte mit Billy Idol um die Wette.

There is nothing fair in this world, baby
There is nothing safe in this world...

Mein benebelter Blick wanderte zur Uhr über dem Steinofen. Halb fünf. Ich trat auf Maurizio zu und fiel ihm in die Arme. Er fing mich auf, hielt mich fest, drückte mich an sich und atmete schwer. Sein Augenweiß glänzte in der Dunkelheit. Er roch nach Teig und frischem Schweiß. Auf einmal war da eine Spannung zwischen uns.

»Ich muss nach Hause«, flüsterte ich.

Der Bruchteil einer Sekunde verging, ohne dass ich die Intensität seiner Gefühle hätte einschätzen können. Dann nickte Maurizio verständnisvoll. Er ließ mich an der Vordertür raus und blickte mir freundlich nach. Als ich einen Blick über die Schulter riskierte, warf mir Maurizio zum Abschied eine Kusshand zu.

»Schlaf gut, Bella! Nicht traurig sein!«, rief er und winkte.

Ich winkte mit der Salzpackung zurück. Manchmal findet man an den überraschendsten Orten Schutz und Trost. So macht die Stadt das wahre Wesen der Menschen erkennbar: Maurizio war der Hohepriester der Oranienburger Straße. Die Mädchen in Glitzerminis reichten sich gegenseitig eine Thermoskanne, es roch nach Kaffee. Ich visierte die Tür meiner Höhle an, dichtete einen einsilbigen Lobgesang auf Achim und seinen großzügigen Bruder Pari, der seine Wohnung nicht brauchte. Es war still, nur in meinen Ohren piepte es.

Look for something left in this world
Hey little sister, who is it you're with?
Hey little sister, what's your vice or wish?
Hey little sister, shotgun, oh yeah
Hey little sister, who's your Superman?

Hey little sister, shotgun!
Start again!
It's a nice day to start again!

KLEINE SCHWESTER

Am Morgen suchte ich meinen Warzenschweinkoffer in Julians Wohnung, um meine Sachen zu packen. Ich hatte mich nicht angekündigt, zum Glück war keiner da. Vielleicht feierten sie ja noch weiter, dachte ich, auf dem Dach eines Clubs an der Spree oder im beheizten Schwimmbad irgendeines koksenden Galeristen, der vom Unterhalt seiner adeligen Eltern lebte. Oder vom Erbe seiner toten Großtante.

Ich sammelte meine Unterwäsche ein und nahm meine Zahnbürste, warf einen Blick auf meine übrigen Habseligkeiten. Meine Schuhe waren in der ganzen Wohnung verteilt. Die hohen, die bequemen, die mit Glitterlack. Ich faltete meine Lieblingskleider und pickte meine Döschen und Fläschchen im Badezimmer auf.

Schließlich strandete ich in der Küche, wo ich traurig meinen Drei-Liter-Kefirpilz auf der Fensterbank betrachtete, den ich weder zurücklassen noch mitnehmen wollte. Ich hielt das weiße Einmachglas wie ein Baby auf dem Arm und sah mich um. Am Vorabend hatte ich die Cardigans gehört. Jetzt aber lag im Player meine Nick-Cave-Disc, die Nike heiß und innig liebte. Auf dem Tisch entdeckte ich Julians Brieftasche. Sie waren also hier gewesen. Ich setzte mich, bedächtig und leise wie ein alter Pfennigfuchser im Kellersafe einer Bank. Ganz langsam öffnete ich den Reißverschluss der Börse. Ich wollte den Zeitschriftenschnipsel von dem Mädchen, das mir so glich, herausnehmen. In einer Anwandlung selbstzerstörerischer Nostalgie wollte ich es noch einmal sehen. Doch es war nicht mehr da.
Stattdessen lag dort ein feinsäuberlich zusammengefalteter weißer Zettel mit Nikes kalligraphischer Handschrift. Ich überflog ihn nur kurz. *... freue mich auf den Tag, an dem wir wie Euphrat und Tigris ineinanderfließen ...*
Ich legte den Zettel zurück und das Portemonnaie beiseite. Mit einem Mal hatte ich Druck auf den Ohren. Mit Schmerz kann man ganz unterschiedlich umgehen. Manche sagen, man müsste ein Aaaa tönen, damit man sich nicht verschließt und offen dafür bleibt, den Schmerz freizulassen. Andere sind der Meinung, man müsse den Schmerz aushalten, betonen aber die akustische Ablenkung als willkommene Erleichterung.

Ich gab ein langes und ohrenbetäubendes Gellen von mir. Dann noch einmal. Ich war überrascht, wie laut ich schreien konnte. Noch überraschter war ich, als sich daraufhin etwas im Nebenzimmer rührte. Schritte tapsten durch den Flur.
Kara erschien in einem knappen Unterhemd und einem kleinen Slip. Sie blieb wie eine magersüchtige Werbefee im Türrahmen stehen und sah mich freundlich an.
»Faina«, sagte sie gähnend und streckte sich. »Was ist los?«
Ich betrachtete die langen weißen Narben an ihren Armen. Sie sah noch verhängnisvoller und schöner aus, als ich sie in Erinnerung hatte.
»Ich hole meine Sachen.«
Kara nickte, langsam, als wäre sie ein alter italienischer Mafioso, dem man gerade eine lang verborgene Wahrheit offenbart hatte. Sie sah mich an, sah den Zettel auf dem Tisch und Julians offene Geldbörse daneben. Sie machte einen Schritt nach vorn und stolperte über einen von Julians langen schwarzen Lederschuhen.
»So ein Schuhschwein!«, rief sie.
Mir stiegen Tränen in die Augen.
»Das kannst du nicht machen«, sagte Kara und kam ein bisschen näher. »Komm schon, das geht nicht.«
»Was kann ich nicht machen?«
»Das kannst du ihm doch nicht durchgehen lassen!«
Ich tauchte in ihren Blick ein. Kara rührte sich nicht. Es kam mir vor, als würde ich mit ihr auf einem Besen sit-

zen und losfliegen. Mit einer katzenhaften Geschmeidigkeit stieß ich mein Wasserglas um. Es ergoss sich über Julians Collagenstapel und landete schließlich auf dem Boden, wo es mit einem angenehmen Knacks in tausend Splitter zersprang. Kara blickte mich flirtend an. Ihre Brustwarzen zeichneten sich spitz durch ihr Unterhemd ab.

»Lass es stürmen, Baby«, flüsterte sie unhörbar.

Nur ihre Lippen bewegten sich.

»Lass es los.«

Ich fühlte ein Lodern in meinem Unterbauch, erdig heiß und fordernd. Ich wollte nichts bereuen, nichts zurückhalten, nichts verpassen. Nach kurzem Zögern nahm ich Julians Musikanlage und warf sie durch das offene Fenster auf den Bürgersteig. Kara applaudierte und sprang wie ein kleines Mädchen in die Luft. Dann riss sie die Küchenschublade auf und suchte nach einem passenden Werkzeug. Sie gab mir einen Zimmermannshammer, dessen Ende mit scharfen, gebogenen Zähnen versehen war. Kara lachte ein irres Lachen, das mich noch mehr befeuerte.

Während ich mit dem Hammer fachmännisch und im donnernden Rhythmus die von Julian meisterhaft zusammengezimmerte Küchenanrichte auseinandernahm, schleppte sie einen Stapel seiner Hemden aus dem Schlafzimmerschrank. Wir übergossen sie mit meinem Kefir, direkt auf dem Küchenboden. Dann warf ich das Einmachglas gegen die Wand. Scherben spritzten.

Kara lief durch die Räume und drehte alle Wasserhähne auf, die es in der Wohnung gab. Emsig begann sie die Abflüsse mit Klopapier und herumliegender Wäsche zu verstopfen.
»Hast du deine Periode? Dann sauen wir es hier so richtig ein! Wir könnten in seine Socken koten!«, frohlockte sie.
Als alle Schubladen leer waren, nahmen wir Julians Laptop und brachen ihn mit vereinten Kräften entzwei. Kara tanzte auf der Verwüstung. Unter der Badezimmertür quoll das Wasser in den Flur und breitete sich auf den Holzbohlen aus. Eine Welle aus schlechtem Gewissen und böser Genugtuung überrollte mich wie ein Tsunami. Kara legte mir ihre Arme um den Hals und sah mich an.
»Ich bin stolz auf dich«, sagte sie, »kleine Schwester.«
Sie presste ihren kühlen Elfenkörper an mich und gab mir einen langen, innigen Kuss auf den Mund. Ich schloss die Augen. Kara schmeckte nach Veilchen.
»Pass auf dich auf«, sagte ich und war aufrichtig traurig, dass sie hierblieb und ich gehen musste.
»Ich habe meine Pillen«, antwortete Kara leichtfertig, »Hauptsache, ich bin wieder zu Hause.«
Ich war ein Cartoon. Ein tragisches Strichmännchen mit sehr langen Haaren und meinem wackeligen, hässlichen Warzenschweinkoffer. Eines, das mit Scham und Freude infantiles Chaos hinterließ. Ich spürte meine kefirnassen Socken. Auf dem Weg durch den Park blieb ich

stehen und horchte. Das war meine Stadt. Eine S-Bahn quietschte vorbei, ein Schwarm Möwen kreiste über meinem Kopf. Sie flogen tief. Ich sah ihre schwarzen ledrigen Füße, die sie an ihre Bäuche drückten. Die Möwen fächelten ein paar faule Flügelschläge, bevor sie sich behäbig auf dem ölig glänzenden Wasser niederließen. Ein seltsamer Schrei lockte mich an das Brückengeländer. Ich stellte meinen Koffer ab und schaute auf die seichten Wellen. Eine Möwe hatte im Flug eine Taube erwischt, die zu tief über das Wasser geflattert war. Die Möwe holte aus und pickte heftig auf den Kopf der Taube ein. Jetzt landete auch der zweite Taubenflügel im Wasser. Die Taube taumelte, sie hatte keine Chance. Wenige Sekunden noch kämpfte sie, streckte den blaugrauen Kopf aus dem Wasser. Die Möwe gackerte einen fremden, boshaften Laut aus ihrer gefiederten Kehle und drosch mit ihrem gelben Schnabel auf die Taube ein, während ihre Möwenfreunde penetrant nah um das nasse Verbrechen kreisten. Die Taube ging unter. Ich konnte ihr nicht helfen. Mit einem flauen Gefühl im Magen wandte ich mich ab und ging.

BRENNENDES HAUS

Der Bahnhof meiner Kleinstadt hatte sich nicht verändert. Sogar die Schlagzeilen am Kiosk schienen die gleichen zu sein wie bei meiner Abreise. Meine Mutter holte mich mit dem Wagen ab. Sie sagte nichts, auch nichts Verletzendes. Als ich zu weinen begann, griff sie auf den Rücksitz und streckte mir eine Tüte entgegen. Ein gelber Plüschmond schaute heraus.

»Ist für dich«, sagte meine Mutter und tätschelte mir das Knie.

Der Mond hatte zwei aufgenähte Augen, eine knubbelige Nase und ein rotgesticktes Lächeln.

»Ein Mond hat doch keine Nase. Das ist doch Quatsch«, sagte ich und pulte die runde Nase ab.

Sie erinnerte an einen kleinen Tennisball. Ich steckte

sie, so tief es ging, in die Ritze zwischen Autositz und Mittelkonsole. Als wir ankamen, blieb die Mondnase allein zurück. Als meine Mutter später wieder in den Wagen stieg und zur Nachtschicht fuhr, fuhr auch die Mondnase davon.

In der Nacht bekam ich Bauchschmerzen. Sie kamen und gingen in Wellen. Draußen setzte Regen ein, ich hörte das Rauschen. Sobald der Schmerz eine trügerische Pause einlegte, stand ich auf und trat ans Fenster, um etwas frische Luft zu schnappen. Die Tatsache, dass ich in meinem Kinderzimmer lag, das Aufklappsofa und der aufgeräumte Schreibtisch formten aus meiner Körperhaltung etwas anderes, etwas, das sich staksig und ungleichgewichtig anfühlte. Ich hatte die Kleinstadt nicht vermisst und war trotzdem wieder da. Der Regen strömte aus einem dunklen Himmel herab, ohne dass ich Wolken erkennen konnte. Das Wasser sammelte sich in tiefen Pfützen, die überschäumten und im Rinnstein den Berg hinunterliefen. Ein alter, weggeworfener Stiefel teilte die Sturzflut auf Höhe der herausgestellten Mülleimer, dort bildeten sich Kreisströme und noch mehr Schaum. Ich schaute zu. Dann kamen die Schmerzen wieder und zwangen mich in die Knie.
Es kam mir vor, als würde der Regen mit jeder weiteren Schmerzwelle stärker. Vielleicht war es auch nur ein Sommergewitter. Ich landete auf dem Boden. Unfähig, aufzustehen, beschloss ich, einfach liegen zu

bleiben und abzuwarten. Nach einiger Zeit tastete ich nach meiner Jacke, holte mein Telefon und legte meine SIM-Karte ein. Mein Handy blinkte und machte Geräusche und begab sich auf Netzsuche. Das Telefon piepte, immer und immer wieder, Anrufe über Anrufe, es hörte nicht mehr auf. Ich tippte auf den ersten. Julian ging fast sofort ran. Im Hintergrund hörte ich Lachen, Musik, Frauenstimmen.

»Wo bist du?«, fragte ich.

Meine Bauchschmerzen pochten mit meinem Herz um die Wette.

»Wo bist du?! Ich habe mir höllische Sorgen gemacht.«

»Weg.«

»Verzeih mir.«

»Nein.«

»Faina, lass uns reden.«

Ich schwieg. In der Leitung wurde es still, er musste rausgegangen sein, wo immer er gerade steckte. Dann redete er, aber ich konzentrierte mich auf die Stille.

»... du sagtest, dass Treue eine elegante Attitüde sei ... Wir sollten über uns lachen können, solange noch Zeit ist ...«

»Im Moment bin ich das einsamste Lebewesen auf der Welt«, flüsterte ich schließlich.

»Alles, was ich sage, klingt bescheuert, aber du selbst hast doch gesagt ...«, sprach er weiter.

Ich hustete, mir wurde schlecht, ich schluckte etwas Bitteres herunter. Es tut weh, ich bin verletzt, dachte ich.

Das ist normal, ich muss versuchen, weiterzuatmen, sagte ich mir.
Als der nächste Krampf kam, nahm ich meine ganze Kraft zusammen.
»Du bist eine Kopie. Kein Original, wie du denkst. Nur eine blöde Kopie«, presste ich heraus. »Ein Säufer. Du wirst nie an deine Idee von einem Original heranreichen. Du traust dich nicht, du selbst zu sein. Dir fehlt die innere Größe!«
Das Licht in der nassen Fensterscheibe brach zu einem gelben, tränenden Stern, dann zu einem roten Kreuz, dann sprang es mich an und verwandelte sich in ein tiefes, zähes Schwarz, das haltlos in meinen Kopf drang und alles darin verstopfte. Mit letzter Kraft wählte ich die Nummer meiner Mutter.

Als sie mich im gekachelten Krankenhausflur auf eine Liege betteten, musste ich mich übergeben. Meine Knie zitterten, obwohl ich lag. Eine müde Ärztin mit strengen Augen und grauen Haaren, die ihr auch aus einem Leberfleck auf der Wange wuchsen, machte sich an mir zu schaffen. Werte wurden geprüft, Körperstellen gedrückt, Fieber gemessen. Ich hätte am liebsten »Zönästhesie!!!« und »Somatisierung!!!« gerufen, einfach so, superlaut mitten in ihre Nasenlöcher, aber ich fühlte mich zu schwach.
Irgendwann landete ich auf einem Gynäkologenstuhl. Mein Körper wurde auseinandergebogen wie eine ros-

tige Zange. Im Geiste schwebte ich davon und dachte an meinen ersten Frauenarzt, der rund und lustig wie Danny de Vito war.

Als ich Nike das erste Mal von Danny de Vito erzählte, erwiderte sie aufgeregt, dass ihr eigener Frauenarzt groß, schlank und ernst wie Clint Eastwood wäre. Wir machten zwei Termine aus, um die Ärzte einmal zu tauschen. Ich ging zu Clint Eastwood und krümmte mich heimlich vor Lachen, weil es so war, als würde ich von Dirty Harry untersucht werden. Nike konnte kaum an sich halten, als Danny de Vito in seiner überschwänglichen Art von dem »Faszinosum des Weiblichen« schwärmte, die Hände wie ein italienischer Feinkostverkäufer über dem Bäuchlein gefaltet.

Kaum dass ich an Nikes Lachen dachte, wurden meine Krämpfe schlimmer. Jemand half mir vom Untersuchungsstuhl, ich wurde vorsichtig hingelegt. Ein kühles weißes Laken kroch über meinen Bauch und deckte mich zu bis zum Hals. Die gestärkten weißen Kittel der Schwestern rochen nach Chlor. Jemand schob mir eine Kanüle in den Arm. Natriumchlorid tröpfelte durch den dünnen Schlauch und direkt in meine Vene. Ich bewegte mich, ohne dass ich mich rührte. Der Geruch in den Gängen erinnerte mich an den Whisky von Julian. Ein gutes Zeichen, dachte ich matt, dieser Geruch, es ist wie eine Ellipse, alles, was geschieht, ergibt einen Sinn, irgendwann. Ich blutete, das spürte ich jetzt sehr deutlich. Wie ein Schwein, dachte ich zufrieden. Schweine sind sehr kluge Tiere, sie werden oft unterschätzt, dachte ich noch.

Mit der Kochsalzlösung und den Schmerzmitteln in den Adern kehrte eine Klarheit in meinen Kopf zurück. Das hatte etwas Leichtes, nüchtern Kühles. Das Blut floss wie Regen aus mir heraus. Wenn doch nur alle stillhielten, dann würde man es plätschern hören, dachte ich. Alles wird fortgewaschen. Blutige Seen und Flüsse strömen zu einem purpurnen Meer, rot wie Freitagslippen, wie Bisse, wie ein lang vergangener Krieg. Dann wurde es schwarz, und ich spürte nichts mehr.

Am nächsten Morgen konnte ich wieder stehen. Die Krankenschwestern gaben mir eine Plastiktüte, in der mein Schlafanzug mit krustigen Blutflecken und die dazugehörige Unterhose lag. Alles mit einer Mullbinde zusammengebunden. Meine Mutter strich mir zärtlich über den Arm und sagte, dass sie das Auto hole, damit ich nicht zu weit laufen müsse.

»Wir müssen noch einmal die Werte konrollieren«, sagte eine Schwester. »Waren Sie vor kurzem schwanger? Haben Sie in den letzten Tagen größere Mengen Aspirin genommen?«

Als ich verneinte, meinen Kopf hin und her drehte, kam es mir vor, als wäre er mit Ziegelsteinen gefüllt.

Wenn man das direkt nach dem Aufwachen macht,

sollen einem angeblich die verlorengegangenen Träume wieder einfallen.
Alles war taub und schmerzhaft zugleich. Aspirin? Ich wusste es nicht. Julians Gesicht kam mir in den Sinn, das Schöne und Ebenmäßige daran, das, woran ich mich nicht sattsehen konnte, wenn er mit geschlossenen Augen neben mir im Bett lag. Ich würde diese Züge vergöttern, an einem Kind. Ein unvorstellbarer Gedanke, der sich in meinem Kopf auflöste und in einer letzten unbeantworteten Frage explodierte: War da eine kleine Blase gewesen? Die kleine Blase, noch nicht perfekt genug? Hatte etwas gefehlt und sie sich dagegen entschieden und war gegangen? Vielleicht war da aber auch einfach gar nichts gewesen. Ich hatte nichts gespürt, und jetzt war es weg. Ich blieb in der Klinik, wartete, bis die letzten Untersuchungsergebnisse die Bestätigung brachten. Nein, da war nichts. Nur eine Blutung eben.

Nachdem ich entlassen wurde, ging ich raus auf das Krankenhausgelände. Das Sonnenlicht stach mir in die Augen. Ich ging durch den Stationspark, wo Patienten ihre müden Runden drehten. Auf den Wegen breiteten sich schmutzige Pfützen aus. Die Gullideckel verströmten den Geruch toter Ratten. Am Ausgang stopfte ich die Tüte mit meinen blutigen Sachen in den Mülleimer und rief meine Mutter an, um zu fragen, wo sie parkte. Zu Hause, nahm ich mir vor, würde ich als Erstes gründlich die Hände waschen – wegen der Krankenhauskeime – und mein salziges Gesicht.

Meine Mutter hatte eine Hühnersuppe gekocht.
»Mit bulgarischer Paprika«, sagte sie und schob mir einen Hocker hin.
Die Brühe war klar und fettig, breite grüne Paprikastreifen schwammen darin. Drei Äpfel am Tag beugen allen Krankheiten der Welt vor, sagte meine Mutter immer, man müsste nur diese drei Äpfel essen. Malzbier ist gut für die Haare, Rosinen sind gut für das Herz, Kakao gut für das Hirn. Avocado für die Weiblichkeit, Heidelbeeren für die Sehkraft, Himbeeren für die Fruchtbarkeit, Brokkoli für das Blut, Ingwerschnitzen gegen Augenringe. Es gab für alles ein Heilmittel. Meine Mutter schnitt drei dicke Scheiben Roggenbrot ab und legte sie auf einen Teller. Sie stellte eine Schüssel mit schwitzenden Gurkenstreifen und geviertelten Fleischtomaten auf den Tisch.
»Was war das eigentlich, heute Nacht?«, fragte ich. »Hatte ich nur meine Tage?«
»Ich habe einmal mit einer Frau gearbeitet, die glaubte, sie wäre in einem brennenden Haus. In ihrer Akte stand, dass die Frau nie, kein einziges Mal in ihrem Leben, in einem Feuer gewesen ist. Sie behauptete aber immer wieder, dass sie verbrannt ist. Und irgendwann hatte sie riesige, entzündete Stellen am Körper. Nicht einfach Wunden. Das sah aus wie richtige Brandmale«,

sagte meine Mutter nachdenklich. »Wir suchen uns aus, was wir glauben wollen. Und leben das, was wir glauben wollen. Das macht uns aus. Deshalb darfst du nie etwas Schlimmes über dich denken. Jeder kann sein eigenes Leben verhexen oder verzaubern. Nur mit der Kraft der eigenen Psyche.«

»Und was war das dann heute Nacht?«, fragte ich.

»Ausgespült«, sagte meine Mutter und strich mir zärtlich über den Kopf, »du hast ihn ausgespült.«

You can't regret what you forget
If only you could forget it
But it takes Juliane and plenty of wine
The weight of the world there in your eyes
And nothing good will ever come to you unless you try try try[10]

HAARE IN JUTE

Beim Frühstück am nächsten Morgen fühlte ich mich ein wenig besser. Die Kopfschmerzen waren verschwunden. Es fühlte sich an, als wäre ich kurzsichtig gewesen, brauchte jetzt aber keine Brille mehr.
»Weil du ausgeruht bist«, sagte meine Mutter.
Sie ging zwischen Herd und Tisch hin und her. An ihrer Schläfe prangte ein blauer Fleck, der ziemlich groß war, mir aber erst jetzt auffiel.
»Ein Patient hat seine Tasse nach mir geworfen«, meine

---

10 Der Song *Wait for me* von Sean Lennon, den er 2006 auf dem »Friendly Fire«-Album veröffentlicht hat, war für Faina von Anfang an mehr als nur ein Lied mit einem verschmitzten Unterwasservideo. Sie glaubte, dass kein Song zufällig zu einem kam und dass die Mischung aus Sehnsucht, Lebenslust, Trauer und Humor darin prophetisch war.

Mutter zuckte mit den Schultern, als sei das nicht unüblich. »Hier«, sie zeigte mir die Stelle und ihr Auge aus der Nähe, »siehst du sonst noch was?«
»Was soll da sein?«
»Der Optiker an der Ecke glaubt, da sei was, was da nicht hingehört. Grau, grün, keine Ahnung, was er meint. Hauptsache Panikmache. Er will, dass ich einen Ophthalmologen aufsuche.«
Sie bemerkte meinen verständnislosen Blick.
»Zum Augenarzt«, erklärte sie seufzend.
»Und wann gehst du?«, fragte ich.
»Gar nicht, natürlich. Ich wollte nur eine Sonnenbrille, auf Arztbesuche kann ich verzichten. Wenn da nichts ist, gibt sich das von alleine. Und wenn da was ist, will ich es gar nicht erst wissen.«
Meine Mutter legte mir einen Pfannkuchen auf den Teller, schob mir einen Becher Schmand hin und sah mir beim Essen zu.
»Stell dir vor, der Scherenmann will sich mit mir treffen«, sagte sie. »Er will sich entschuldigen.«
Ich verschluckte mich, hustete, schnappte nach Luft und beruhigte mich wieder. Die Bezeichnung *Scherenmann* hatte ihre Traumatologin eingeführt.
»Das mache ich nicht. Mir bringt das nichts«, sagte meine Mutter. »Ich bin kein Opfer. Ich muss den weder treffen, noch muss ich ihm vergeben.«
Ich wollte ihr nicht widersprechen und aß stumm meinen Pfannkuchen weiter.

»Was hast du nun vor?«, fragte sie unvermittelt.
Ich wusste es nicht.

»Immer wird das bisschen Sex so aufgebauscht, als gäbe es in der Welt keine anderen Probleme«, sagte Nike einmal.
Sie hatte recht. Was mir das Herz brach, war auch nicht der Sex, sondern der Verrat. Ich vermisste Nike noch viel mehr als Julian. In Gedanken führte ich Gespräche mit ihr. Ich beschimpfte sie, bettelte sie an, erzählte ihr Dinge, die ich ihr gerne erzählt hätte – dabei wollte ich sie weder sehen noch sprechen. Nie wieder.
Die folgenden Wochen verbrachte ich überwiegend in meinem Bett. In der Roboterbettwäsche meiner Kindheit. Meine Mutter gab mir antioxidativen Kirschsaft zum Einschlafen, mischte mir eine Honig-Orangen-Hafer-Maske für die Haut und fütterte mich tonnenweise mit Kakao für die Gehirndurchblutung. Ich vergaß trotzdem, unseren Orangenbaum zu gießen, und ließ ihn schließlich vertrocknen. Unser alter Zimmerbrunnen verstopfte und gab den Geist auf. Ich stellte ihn auf die Straße. Mutters Wollknäuel blieben noch eine Weile in dem alten Weidekorb liegen. Aber ohne den Zimmerbrunnen und den Orangenbaum ergaben die Wollkugeln irgendwie keinen Sinn.
Nike schrieb mir einen Brief. Meine Mutter legte ihn auf mein Bett. Er war lange unterwegs gewesen, Nike hatte einen Zahlendreher in der Postleitzahl.

Ich hatte keine Lust, ihn zu lesen. Stattdessen steckte ich den Brief in das alte Englischlexikon meiner Mutter und beschloss, ihn zu vergessen.

In dieser Nacht träumte ich von Nike. Es war ein *historischer Traum.* Die historischen Träume knüpfen an das kollektive Unterbewusstsein an und lassen uns in eine Zeit vor unserem Leben blicken. Die historischen Träume greifen auf alle Sinne über und können den Schmerz, den man träumt, spürbar werden lassen.
Ich und Nike standen in meinem Traum vor einem alten Bahnhof. Das Gebäude war aus Holz. Unsere Winterkleidung war schmutzig und dürftig. Wir trugen schwarze Wollschals um die Köpfe und froren. Der Bahnhof war nur eine Zwischenstation, irgendwo mitten auf dem Land. Die Schienen waren schwarz, der Schotter zwischen den Schwellen mit Rost besprenkelt. Wir waren nicht älter als dreizehn. Wir hatten keine Eltern, wir hatten nur einander. Vor dem fensterlosen Zug standen Männer in Uniform. Frauen in grauen Wollmänteln kauerten in verzweifelter Unordnung auf dem Gleis. Ohne ein Wort zu wechseln, schlichen Nike und ich uns davon. Zuerst zu einer Lücke im Zaun, dann zu einem Gebüsch. Sie würden nach uns suchen, das wussten wir. Unsere nackten Füße hinterließen dünne Spuren auf der harschen Schneedecke. Im Wald blieben wir stehen und sahen uns an. Wir wussten, dass wir nicht überleben würden, es war keine Men-

schenseele in der Nähe, kein Feuer, keine Nahrung, nur Kälte.

Der Traum entließ mich stumm in die Realität. Er fühlte sich so echt an, dass ich es nicht wagte, ihn meiner Mutter zu erzählen. Ich behielt ihn für mich.
Nur Nike hätte ich ihn erzählt, dachte ich und musste weinen. Ich hörte tagelang nicht auf. Meine Tränen hielten sich nicht daran, dass Weinen ein vorübergehender Zustand sein sollte. Es wurde lästig und ermüdend, nicht aufhören zu können. Ich vergrub mich in Tagebücher unverstandener Frauen. Dora Carrington, Virginia Woolf und Sylvia Plath – aber ich wollte nicht sterben.
»Zwei Wochen wegen einem Mann zu leiden, Faina, ist vollkommen in Ordnung«, sagte meine Mutter, »Alles, was darüber hinausgeht, ist viel zu viel.«
»Warum passiert das anderen nicht. Das Jucken, das Zittern. Bin ich anormal?«
»Du bist eine Mimose.«
Sie stellte eine Apothekentüte auf den Tisch.
»Hier sind B12-, B6- und B1-Ampullen. Es ist keine, sagen wir mal, anerkannte Methode. Aber ich schätze, höchstens drei bis vier Wochen, dann geht es dir besser.«
Meine Mutter brach eine Glasampulle auf und zeigte mir, wie man die Spritzen setzt. Intramuskulär wurde mein Lieblingswort. Das sachte Klopfen gegen das Glas, das geschickte Brechen des Ampullenköpfchens, das Aufziehen der Spritze mit der feinen Nadel, die Bonjour-

tröpfchen der sattroten B12-Essenz – das alles war wie ein kühnes Ritual mit der imitierten Geste nobler Selbstzerstörer. Nur diesmal ging es um Heilung.
Im Badezimmer wusch ich mir mit medizinischer Sorgfalt die Hände und bekam dabei bereits das ernste Gesicht einer strengen Krankenschwester. Dann setzte ich mich aufs Sofa im Wohnzimmer, desinfizierte meinen Oberschenkel mit einem wodkagetränkten Wattebausch und ließ die Erinnerungen auf mich einstürmen, die der Wodkageruch aus meinem Unterbewusstsein hervorlockte. Ich dachte an den Atem von Julian kurz vor seiner Performance, an die schwankenden vollen Gläser in Nikes Hand und den kalten Windzug auf meiner Haut, als ich aus der Bar auf die Straße getreten war, um nach frischer Luft zu schnappen. Ich dachte an die Granatäpfel und überwand im gleichen Moment den natürlichen Widerstand gegen die Spritze. Entschlossen geführt, rutschte die Nadel ausreichend tief in meine Haut und verschwand, begleitet von dem kurzen Schmerz des Einstichs. Bald war ich so geschickt, dass keine blauen Flecken zurückblieben. Ich betrachtete die Spritze, die in meiner Haut steckte. Dann drückte ich das Vitaminkonzentrat in mich hinein, langsam, nicht zu hastig. B12 spürte ich kaum, B1 brannte, und das verdammte B6 war die Hölle. Ich verband meinen Schmerz mit den Erinnerungen, auf die Pawlow'sche Art, um die Bilder umzudeuten. Ich stellte mir vor, wie die Vitaminflüssigkeit sich mit meinem Blut mischte, in meine Muskeln

sickerte, wie sie müde Zellen in meinem Inneren auf Trab brachte. Stellte mir vor, wie irgendwelche Speicher aufgefüllt wurden. Dann zog ich die Nadel mit einem senkrechten Ruck heraus und fing den austretenden Blutstropfen mit dem Wattebausch auf. Eine Minute später blieb nur der kaum sichtbare Punkt, die Stelle des Einstichs. Ich verspürte einen drängenden Hunger, es lag an dem Vitamin im Stoffwechsel. Ich brachte die Einwegspritze und meine Watte zum Küchenmüll, stellte den Wodka in den Schrank und machte mir ein Marmeladenbrot. Dreißig Tage später waren die Ampullen aufgebraucht, und wenn ich im Badezimmer pinkelte, roch es nach Apotheke. Meine Mutter behielt recht: Das Weinen hatte aufgehört.

An diesem Tag entschied ich mich, spazieren zu gehen. Der Flieder vor unserer Tür war schon vor Monaten verblüht, aber wenn ich den Busch ansah, hatte ich immer noch den Duft einer Kirchenhochzeit in der Nase. Meine Mutter hatte mir mal erzählt, dass man sich etwas wünschen darf, wenn man eine fünfblättrige Blüte findet. Beim Wünschen muss man die Blüte essen. Ich fand damals eine, aß sie ohne einen klaren Wunsch und suchte nach mehr. Seltsamerweise schienen die fünfblättrigen Blüten keine Seltenheit zu sein. Nach der sechsten Blüte dachte ich, dass der Flieder vielleicht wegen der Umweltverschmutzung mutiert war, also hörte ich auf, ihn zu essen. Gewünscht hatte ich mir da immer noch nichts.

Vorbei an der kleinen Bäckerei, an den buntbemalten Fenstern eines Kindergartens und an den martialischen Schaufenstern des Jägerbedarfs. Ich ging den Weg hinunter zum Friedhof, auf dem Julian mir das erste Mal begegnet war. Doch mit jedem Schritt fühlte es sich falsch an. Kurz vor dem Friedhofstor bog ich ab. Ich wollte niemand sein, der zurückblickt, der sein Leben in der Tasche hortet, weil ihm der Mut fehlt, es anzugehen.

Ich lief weiter, bis ich den Friedhof vergessen hatte. Ein paar Straßen weiter blieb ich vor einem Ladengeschäft stehen und trat ein. In dem kleinen, lichten Raum brachten gleich drei Ventilatoren die Gerüche von Shampoo, Wasserstoffperoxid und Haarspray zum Kreisen. Schlichte, holzgezimmerte Bänke voller Modekataloge und elektrischem Pediküre-Zubehör säumten die Fensterfront. Eine Vase mit müden Blumen verschönerte die abgeschabte Theke. Die dick geschminkten Frauen in weißen Baumwollmäntelchen hatten gebleichtes Haar und lange manikürte Nägel mit rankenden Lackzeichnungen. Die Jüngste von ihnen flocht einer gelangweilten Frau in Goldsandalen eine komplizierte Architektur um den Kopf. Die Älteste von ihnen, mit einem prächtigen Busen gesegnet, kürzte einem älteren Herrn mit surrendem Rasiergerät das graue Haupthaar, bis nur noch ein paar millimeterlange Stoppeln übrig waren. Es war nicht gerade ein besonders feministischer Akt, mir vor lauter Liebeskummer die Optik zu polieren – aber da alles stillstand und mich niemand mehr in meinem Leben Bitch nannte, war mir das egal.

»Ich will absolut ordentlich aussehen«, betonte der Kunde, der bereits jetzt aussah, als habe er einen hohen militärischen Posten inne. Oder einen Gefängnisaufenthalt hinter sich.

Die Rasierdame nickte ungerührt, das Rasiergerät surrte weiter. Die dritte Friseurin kämpfte gegen die Kahlköpfigkeit einer alten Dame, Haarteile und Lockenwickler auf allen Seiten. Sämtliche Anwesenden richteten ihre Blicke synchron auf.

»Nehmen Sie doch bitte kurz Platz«, sagte die Vollbusige freundlich und streng zugleich und wies mir ein Platz neben dem Aquarium zu. »Da müssen Sie aber eine Mütze anziehen, bei dem Wind«, wandte sie sich wieder an ihren rasierten Herrenkopf.

»Das ist mir selbstverständlich bekannt«, sagte der und strich sich über den ausrasierten Nacken.

Sein abgesäbeltes, federleichtes Haar wurde zusammengefegt und in einen mit Plastik ausgekleideten Mülleimer geklopft.

Ich setzte mich neben das Aquarium und stellte mir vor, ich würde alle Friseurläden um das gesammelte Haar bitten, würde das fellige Gut in grobe Jutesäcke stopfen, bis sich Berge davon ansammelten und ich eine Scheune voller nach Shampoo duftendem Menschenhaar hätte, weich, stoppelig, lockig und glatt.

»Jetzt bist du dran, Liebchen«, rief die vollbusige Friseurin.
Ich setzte mich vor ihren Spiegel. Energische Finger drehten und wendeten meinen Kopf. Manchmal berührte mich der üppige Busen von hinten. Als ob er ein Mitspracherecht hätte.
»Ganz sicher?«, fragte die Friseurin, und ich nickte.
Meine Nixensträhnen segelten eine nach der anderen auf den gekachelten Boden wie fliegende Schmuckbaumnattern. Ich sah nicht hin, bedauerte nichts und lauschte den Frauen bei ihrem Plausch.
»Alle tot, nach gerade mal zehn Minuten. Kannst du dir das vorstellen. Ein einziger Fisch!«
»Ja, war er denn hungrig?«
»Sie verkaufen Piranhas und sagen einem nichts.«
Ich warf einen Blick zu dem Aquarium, das ich vorher nicht richtig beachtet hatte. Bis auf ein paar meditativ wehende Pflanzenranken schien es leer.
»Und jetzt?!«
»Jetzt sitzt das Biest hinter der Schatzkiste und starrt in die Blasen.«
»Der Arme! Willst du ihn zurückbringen?«
»Kauf ihm lieber ein paar neue Freunde, dann hat er wieder was zu essen.«
Die Frauen lachten ein glockenhelles Lachen.
Ich ließ meinen Blick über die aufgeschlagenen Seiten der Modemagazine wandern. Junge Männer posierten mit androgynen Zügen und fliederfarbenen Wimpern

und entblößtem Brusthaar. Sie trugen Frisuren, für die man hier auf der Straße nachts verprügelt würde.
»Mehr?«, fragte die Friseurin und hielt die Schere an meine Ohren.
»Ja«, sagte ich.
»Wunderbar«, tönte es aus dem Busen hinter mir.
Ich schlug die Augen auf und befühlte meinen bloßen Nacken. Ich sah aus wie ein Kind. Der Luftsog der Ventilatoren hob meine abgeschnittenen Strähnen an und schob sie quer über den Boden zu meinen Füßen.
»Gegen Aufpreis kann ich Strähnchen machen«, sagte die vollbusige Friseurin vertraulich.
»Ein anderes Mal vielleicht.«
Ich fuhr mit den Fingern durch das kurze, feuchtkühle Flachs, als jemand neben mir an die Fensterscheibe klopfte. Da niemand reagierte, klopfte es noch einmal, dringlicher, die Vollbusige zog den Gardinenschleier beiseite, und ich erblickte Achim. Ich erkannte ihn an den Augen. Sie leuchteten hell aus seinem braungebrannten Gesicht, das von langen blonden Dreads und einem krausen Bart gerahmt wurde. Achim spähte hinein und winkte mir zu.
»Der Angetraute?«, fragte die Vollbusige freundlich. »Der hat aber auch einen Wuchs!«
Ich bedankte mich artig, zahlte und trat zu Achim auf die Straße. Wir sahen uns lächelnd an. Wir betrachteten unsere Gesichtszüge, forsteten nach Linien, die in der Abwesenheit des anderen entstanden waren, versuchten

einander einzuschätzen. Das Gemisch aus Fremdsein und Vertrautheit war wie ein exotisches Gericht im alten Lieblingsrestaurant. Man war vorsichtig und neugierig, auf eine gute Weise gespannt.

»Du siehst toll aus«, sagte Achim.

»Du auch«, sagte ich.

Wir umarmten uns, wie zwei Leute, die sich jahrelang aus den Augen verloren hatten. Ich atmete ein, aber Achim roch nicht nach Indien. Er hielt mich fest, so fest, wie ich es von ihm gar nicht kannte.

»Ich wusste gar nicht, dass du hier bist«, sagte Achim.

»Ich auch nicht«, sagte ich.

Wir gingen ein Stück zusammen. Achim war gerade angekommen und verbrachte ein paar Tage bei seiner Mutter. Er war nie besonders laut gewesen, aber nun lag in seiner Ruhe eine Gelassenheit, die sich in seinem Blick, seinen Worten und all seinen Bewegungen manifestierte. Er hatte einer indischen Familie, die entfernt etwas mit Paris Verwandtschaft zu tun hatte, geholfen, ein Haus zu bauen, erzählte er. Man sah es ihm an – alles an ihm war kräftiger geworden, sogar seine Stimme. Wir setzten uns auf die Stufen des Stadtbrunnens.

»Nike und Julian sind jetzt zusammen«, sagte ich.

»Oh«, sagte Achim, »wie ist das denn passiert.«

»Wahrscheinlich war ich ihm zu langweilig«, sagte ich.

»Ich glaube, es ist einfacher«, sagte Achim. »Julian ist nun bewiesenermaßen ein Arschloch. Und Nike war auch nie perfekt. Was sagt sie denn dazu?«

»Ich glaube, es tut ihr leid«, sagte ich.
»Ich glaube, sie hat dir einen großen Gefallen getan«, sagte Achim.

Wenn man lange genug stillhält, klären sich viele Fragen von selbst. Das ist eine unerträgliche Wahrheit. Nach ein paar Wochen stand es plötzlich fest: Ich und Achim würden die Kleinstadt in ein paar Monaten gemeinsam verlassen und studieren.
»Diesmal aber richtig«, betonte meine Mutter.
Ich hatte mich für Journalistik eingeschrieben und durch das Losverfahren in Berlin einen Platz bekommen. Den Platz für das Kunststudium in Kassel sagte ich endgültig ab. An dem Tag, als ich sämtliche Unterlagen und Formulare beisammen hatte, traf ich meinen Vater auf einen Kaffee. Er sah anders aus, als ich ihn in Erinnerung hatte. Er war immer noch groß und trug eins seiner gestreiften Hemden. Er hatte immer noch diese durchgeknallte Gürtelschnalle und spitze schwarze Schuhe. Der unzufriedene Zug um den Mund war allerdings verschwunden, und durch die Brille auf seiner Nase hatte er nicht mehr diesen stechenden Blick. Sie ließ ihn eher ein bisschen hilflos aussehen. Seine Haare waren ganz weiß geworden. Er trug sie aber immer noch wie früher, eine wuschelige, lang aus der Mode gekommene Mähne. Wie ein Beatles-Weihnachtsmann. Wir hatten uns nicht viel zu erzählen.
»Konntest du etwas mit meinem Geld anfangen«, fragte

er mich steif. Ich dachte an die Zeit mit Julian, an Nike und die Abende in Rabens Bar. Ich sah meinen Vater an und nickte.

Sein langer Hals erinnerte mich auf eine rührende Weise an den Hals einer Meeresschildkröte. Ich erwartete, dass er etwas Geistvolles sagte, das ich für mein Leben mitnehmen würde.

»Ich hatte lange Angst, du würdest es mir nie verzeihen, dass ich gegangen bin«, sagte er.

»Ich bin eher der großzügige Typ«, sagte ich, und er lachte.

Als wir uns zum Abschied umarmten, beugte er sich zu mir, als ob er mich mit seinem langen Körper umfangen wollte. Seine Arme hingen an mir herunter, wie die Äste einer Trauerweide. Ich fühlte eine mollige, vertraute Geborgenheit. Ein Hauch von einem vorgewärmten Bademantel nach einem Schaumbad und Kakao. Etwas, das mir gefehlt hatte, seit er nicht mehr bei uns lebte. Ein Wunsch, der mir erst jetzt, im Moment des Abschieds, bewusst wurde.

Nach dem Treffen mit meinem Vater entschied ich mich, auf den Berg zu steigen, der über unserer Kleinstadt thronte. Er lag eine halbe Fahrradstunde von der Kleinstadtmitte entfernt und war zu dieser Jahreszeit, von einigen Rentnern abgesehen, kahl und verlassen. Früher einmal stand an der Bergspitze ein Holzkreuz. Das gab es nicht mehr, wahrscheinlich war es verwittert. Stattdessen hatte man an der Stelle eine Aussichtsplattform angelegt. Der See sah von hier hübsch und klein aus. Man konnte weit über das Tal und die Kleinstadt schauen, schlicht und anrührend wie ein Hopper-Gemälde. Achim hatte sich für Ethnologie eingeschrieben. Wir wollten uns gemeinsam mit Pari, der aus seiner Hinterhofhöhle in bester Lage ausziehen musste, eine Wohnung in einem abgelegenen Stadtteil von Berlin teilen. Eine, die wir gerade noch zu dritt bezahlen könnten. Jeder sollte ein Zimmer für sich haben. Das vierte würden wir gemeinsam als Atelier und für Gäste nutzen.

Die Wolken zogen vorbei, der kalte Wind rauschte in den übriggebliebenen Blättern. Niedrige Apfelbäume wuchsen am Hang, die Zweige voller knubbeliger Blattansätze. Die Geräusche menschenleerer Natur kreisten mich ein, und auf einmal keimte in mir der dringende Wunsch, Julian und Nike zu verzeihen. Einen Moment lang betrachtete ich den Weg, der zur Aussichtsplattform führte. Niemand kam den Weg hinauf. Ich sprach ein paar Worte, erst leise, dann lauter. Es war ein pantheistisches Gebet, dass alles umfasste. Ich erwähnte meine Mutter, meinen Vater, meine Oma und meine Urgroßmutter. Meine Liebe zu Nike und Julian. Ich atmete tief in den Bauch ein, es fühlte sich gut an, befreiend. Dann zückte ich mein Telefon und wählte Nikes Nummer. Sie ging nicht dran.

In den kommenden Wochen versuchte ich immer wieder, Nike zu erreichen. Ich war neugierig, manchmal hoffnungsfroh und zwischendurch beleidigt, weil sie sich nie zurückmeldete. Auch Nikes Eltern schienen in einer Art Dauerurlaub abgetaucht. Ihr Anrufbeantworter verkündete fortwährend, sie seien verreist. Ich sprach ihnen meine Telefonnummer aufs Band, aber es änderte nichts. Dann begann Nike, in meinen Träumen aufzutauchen.

Abstruse Träume kann man nicht mit Logik erfassen, aber sie machen nervös. Ich träumte, dass meine Mutter in der Badewanne ertrunken war, und davon, dass ich schwanger war und das Baby in meinem Bauch verrutscht und mir dann gut sichtbar wie in einer Hosentasche auf der Hüfte hing. Es war mit meiner eigenen, durchscheinenden Haut überzogen, wie mit einer Art Glasur, und schaute mich neugierig an. Nike war bei alledem immer dabei, stumm und teilnahmslos.

Die Träume hatten keine Bedeutung, zumindest keine, die ich ihnen zuordnen konnte. Sie irritierten mich aber zunehmend. An einem Morgen, als ich verschwitzt und verstört nach einem Albtraum aufgewacht war, trat ich im Nachthemd an das Bücherregal, holte Nikes Brief aus dem Versteck und las ihn.

Fai-Fee, ich verzichte darauf, mich lang zu erklären. Nur so viel: Der Schwede brach mir mein Herz und ich dir deins. Ich hasse mich dafür. Wenn du mir irgendwann ver-

zeihen kannst, lass es mich wissen. Ich vermisse dich tödlich, dicht gefolgt von deinem Kefir, deinem Sauerkraut und deiner Traumdeutung. Nur mit dir war ich nicht betäubt. Das bleibt.
Sie hatte dem Brief unser Foto beigelegt, auf dem wir in Julians Badewanne zwischen den schwimmenden Erdbeeren in der roten Pigmentbrühe sitzen. Das Foto war als sechsfacher Aufkleber für Einmachgläser ausgedruckt, mit einer freien Stelle zum Beschriften, die sich als weißer Zensurbalken über unsere Brüste zog.

Zwei Wochen vor Studienbeginn fanden wir eine Wohnung in einem heruntergekommenen Mietshaus in Moabit. Gemeinsam mit Pari und Achim schliff ich den Fußboden ab und strich die Wände. Es hatte diesen Winter nicht geschneit, und wir waren froh, als der graue Himmel sich aufzulösen begann und die ersten warmen Tage den Frühling ankündigten.

DAS HASENPARADIES

Nike war nie besonders innig mit ihrer Mutter gewesen. Ihre Stimme erkannte ich trotzdem sofort. Sie war wie immer unterwürfig leise, mit der Spur eines Vorwurfs darin. Die stille Frau mit mausgrauem Dutt rief mich endlich zurück. Nachdem sie das erste Hallo gesagt hatte, schwieg sie. Es war spät am Abend, ich war gerade erst aus der Bibliothek heraus und auf dem Weg nach Hause.

»Frau Molpe?«

Meine Fingerspitzen wurden kalt.

»Ihr seid ja Freundinnen gewesen«, sagte Nikes Mutter tonlos.

»Ja«, sagte ich, »das sind wir noch.«

»Sie hat dir immer alles erzählt«, sagte Nikes Mutter.

Es war befremdlich, dass Nikes Mutter so viel über uns wusste. Mir hatte Nike immer gesagt, dass sie ihrer Mutter kaum etwas anvertraute. Jetzt kam es mir vor, als müsste ich mir das Vertrauen der Mutter verdienen.
»Ich habe in letzter Zeit dauernd versucht, sie zu erreichen«, sagte ich. »Sie ist nie rangegangen.«
»Nike ist gegen einen Elch gefahren«, sagte Nikes Mutter, »sie hat ihn nicht gesehen, hat zu spät gebremst. Der Elch ist draufgefallen, auf das Auto. Es war dunkel, sie hat ihn nicht bemerkt, und dann war es zu spät.«
Fenstergriffschlüsselloch, Straßenschildbeschädigungsstelle, Hundeknochensplittergeschmack. Bei der Wortkombination *Elchunfall* musste ich früher immer lachen. Fast so lustig wie *Elchtest*. Mir fiel ein, dass ich nur mit Nike so viel lachen konnte, dass ich mir fast in die Hose machte. Dann dachte ich daran, wie Nike an einem weit zurückliegenden Nachmittag einen orangefarbenen Badeanzug kaufen wollte. Ich hatte behauptet, dass auch ich einen bräuchte, und folgte ihr in den billigsten Teenie-Klamottenladen unserer Stadt. Dort fanden wir einen letzten orangefarbenen Bikini. Zusammen standen wir in der langen Schlange zu den Umkleidekabinen und tauschten uns über das schlimme Verkaufsgedudel aus den Boxen aus und die Poesie von »Wild is the Wind«[11].

11 *Wild is The Wind* von David Bowie, das 1976 auf dem »Station To Station«-Album erschien, wurde zum ersten Mal von dem amerikanischen Entertainer Johnny Mathis 1957 für einen Film eingesungen. Das Lied wurde

»Ich vermisse David Bowie«, sagte ich.
»Er war der beste Außerirdische von allen«, sagte Nike.
Ich schob den Vorhang beiseite und drängte mich zu ihr in die Kabine. Ich erinnerte mich, wie ich ihr ganz anstandslos auf den Busen schaute. Und gleichzeitig wusste, dass diese Nähe nicht selbstverständlich war.

»Sie war eigentlich schon tot.«
Frau Molpes Stimme klang seltsam gefasst. Mein Telefon piepte, der Akku war nicht geladen.
»Aber dann kam der Hubschrauber, sie haben sie nach Stockholm gebracht, und ihr ...« Nikes Mutter stockte. »Ihr Freund hat sie operiert. Er hat alles getan. Alles, was er konnte.«
Jetzt kapierte ich, warum Nikes Telefon so lange abgeschaltet war.
Es existierte überhaupt nicht mehr.
Ebenso wenig wie Nikes Auto, das sie vor ihrer Abreise mit dem Sohn von Frau Molpes Nachbarn bei einem Gebrauchtwagenhändler gekauft hatte. Nikes Mutter schluchzte, als sie davon sprach. Der Nachbarssohn, sagte sie, sei so ein netter junger Mann, so klug, auch gutaussehend. Er studiere auch Medizin.

---

für den Oscar nominiert und von diversen Weltstars gecovert. Johnny selbst wurde als einer der größten USA-Sänger gehandelt, bis er sich in den achtziger Jahren zu seiner Homosexualität bekannte und daraufhin Morddrohungen bekam. Die zarte Interpretation von David Bowie, der sich nie auf eine Sexualität festlegen wollte, zählt zu seinen brillantesten Stücken.

»Er hätte so viel besser zu ihr gepasst als dieser Schwede.«

Ich musste daran denken, wie Nike und ich einmal in die Einkaufspassage mit dem künstlich angelegten Teich gegangen waren. Dort lebten dicke Goldfische, sie waren fett und rosig. Nike nannte die Fische »verhexte Schweinchen« und beharrte darauf, eines Tages einen fangen und küssen zu wollen. Mindestens einer von denen würde sich schon in etwas Brauchbares verwandeln, witzelte sie.

Der Oberarzt hatte Nike nach dem Elchunfall also operiert. Wie seinen Sohn. Er hatte sie vereinnahmt, verschluckt und verwandelt ausgespuckt. Wer gab ihm das Recht, dachte ich.

Nikes Mutter erklärte, dass Nike die letzten Monate im Koma gelegen hatte. Es sei nicht bei einer Operation geblieben, und auch die Überführung nach Deutschland war schwierig gewesen. Als Frau Molpe über die einzelnen Etappen von Nikes Krankengeschichte berichtete, fing sie sich zunehmend. Sie klang sehr nüchtern. Inzwischen lebte Nike in einem Heim. Nikes Mutter benutzte ein Wort dafür: *behindertengerecht.*

Etwas in mir verschloss sich, wie eine verschreckte Meeresmuschel. Froh darüber, dass Achim mit Pari unterwegs war und ich nicht mit ihnen über den Anruf reden musste, machte ich mich auf den Weg, kaum

dass es hell wurde. Ich hatte tausend Fragen. Ich glaubte Nikes Mutter kein einziges Wort. Ich hatte keine Kraft, jemanden anzurufen und zu sprechen, und zwar ganz gleich, worüber. Bestimmt war alles nur ein Missverständnis und würde sich bald auflösen, sicherlich war alles halb so schlimm und weit weniger dramatisch, und vielleicht hatte ich mich verhört und mir etwas Falsches zusammengereimt. Der Anruf gestern Abend kam mir mit jeder Minute unwahrscheinlicher, unglaubwürdiger und unmöglicher vor. Ich quetschte mich mit anderen Reisenden durch die engen Gänge der Regionalbahn, stolperte über einen zusammengeklappten Kinderwagen und fiel fast auf eine Nonne, die am Fenster saß.
»Hier ist noch frei«, sagte die Nonne.
Ich nickte, verstaute meine Sachen in der Ablage und setzte mich. Mir gegenüber saß ein sehr ernster indischer Mann. Neben ihm seine Tochter mit einer alten grauen Katze auf dem Schoß.
»Und? Gab es Schnäppchen?«, fragte plötzlich die Nonne und schielte auf die Plastiktüte, die aus meiner Reisetasche lugte.
»Das sind Mitbringsel. Für meine Freundin«, sagte ich.
»Ach schön. Ich besuche auch jemanden. Bei Wuppertal, meine Schwester«, sagte die Nonne.
»Ach ja?«, erwiderte ich höflich.
»Meine richtige Schwester. Ja, so ein bisschen Ferien habe ich mir schon verdient«, stellte die Nonne freundlich klar.

Dann sah ich Nike. Direkt vor mir, sie fläzte sich wie eine Bardame auf den Sitzen weiter vorne, machte einen Knutschmund und sandte mir Luftküsse. Unsicher, ob meine Halluzination ein gutes Zeichen oder einfach nur gruselig war, versuchte ich mich zu erinnern, ob ich gestern mein Getränk in der Bibliothek irgendwann unbeaufsichtigt stehen gelassen hatte. Ich wusste es nicht. Nike deutete auf die Nonne.

– Ich sag's dir: Lass-es-wachsen-Orden!

Es war Nikes Stimme, die da gerade direkt in mein Ohr drang. Sie war laut. Ich sah die Nonne an. Sie war eine alte Frau, mit sehr buschigen Augenbrauen und einem üppigen Damenbart, zerbrechlich, aber auch voller Energie, selbst im Sitzen. Sie trug ein blaues Kleid und eine gestärkte weiße Haube.

»Mit den ganzen Drogenkranken bei uns im Haus«, sagte die Nonne, schüttelte den Kopf und seufzte. Offenbar führten wir ein Gespräch.

»Drogenkranke?«, fragte ich ertappt.

– Kommt er denn auch vorbei, um sie zu besuchen?, drang es aus dem Mund der Nonne.

Ich schauderte.

»Was?!«

– Der Oberarzt? Nein? So ist es also, an Ende bleiben immer nur wir Frauen übrig, kam es über die Lippen der Nonne.

»Oberarzt?«, sagte ich laut.

»Oberarzt?!«, wiederholte die Nonne verstört.

Der Inder und das Mädchen mit der Katze schauten mich verwirrt an. Ich hörte Nike lachen.
»Ich verstehe nicht ganz«, sagte ich.
»Die Reha ist an unser Mutterhaus angegliedert. Aber die Liebe zu Gott gibt einem die nötige Kraft. Dann ist alles zu schaffen«, erklärte die Nonne bereitwillig.
– *Bis aufs Rasieren!* Nikes lachende Stimme war überall. Ich bekam Kopfschmerzen und neigte mich hinunter, als hätte ich etwas auf den Boden fallen lassen. So, als würde ich, wie bei einem Flugzeugabsturz, die empfohlene Körperhaltung einnehmen.
»Sei endlich still«, flüsterte ich in Richtung des grauen Bahnteppichbodens. »Erst bist du nicht zu erreichen und dann hörst du gar nicht mehr auf zu quatschen.«
Der Zug surrte, die Menschen um mich herum schwiegen. Das indische Mädchen fummelte in ihrer Umhängetasche, holte eine Tupperdose in einer kleinen Plastiktüte hervor und fütterte ihre Katze. Ich tauchte wieder auf, und die Nonne blickte mich zuvorkommend an.
»Warum hast du mit ihm geschlafen«, flüsterte ich tonlos.
Man wird nicht automatisch heilig, wenn man nicht fickt, hörte ich Nikes Honigstimme.
Es war so laut, als würde sie bei mir auf den Knien sitzen. Ich schaute erschrocken auf meine Gegenüber, aber die zeigten keine Regung. Ich stand abrupt auf.
»Ich muss bald umsteigen«, sagte ich zu der Nonne und

den anderen. Der Inder und das Mädchen nickten. Ihre Katze schnurrte laut und tief über ihrem Trockenfleisch.
»Ich segne Sie für Ihre Weiterfahrt«, sagte die Nonne. Sie sah freundlich blinzelnd zu, wie ich mich aus dem vollgestopften Zug quälte. Zweimal wandte ich mich noch um, aber Nike war nicht hinter mir. Auch wenn es sich so anfühlte.

Der Kiesweg zum Pflegeheim knirschte unter meinen Schuhen. Meine Schritte wurden fester und zielstrebiger, je näher ich dem verglasten Gebäude kam. Rollstuhlfahrer standen verstreut auf dem Rasen, als habe man sie extra für mich in einem kontrollierten Chaos angeordnet. Damit ich mir erst gar keine Illusionen über den Grund meines Besuchs hier machte.
– Schau mal die. Die schreit die ganze Nacht. Ich kann die gar nicht ab, sag ich dir, hörte ich wieder Nikes Stimme.
Meine Achseln wurden feucht, es war die Nervosität.
Das hier ist ein Hasenparadies, dachte ich, überall dieser grüne Rasen, wie angemalt. In Berlin gab es überall Kaninchen, aber auch Füchse, die Jagd auf sie machten. Hier würde es Hasen gutgehen.
– Du bist aber einfühlsam.
Typisch Nike mit ihrem Sarkasmus.
»Vielleicht war ich einmal ein Hase«, flüsterte ich.
– Vielleicht wirst du mal einer.
Unter meinen Armen begann es heftig zu jucken. Ich atmete ein, presste meine Hände an den Körper und hielt

sie dort, bis ich meine verrückte Haut wieder im Griff hatte. Dann schob ich die schwere Glastür auf und trat ein. Es roch nach Krankenhaus.

Der Flur war mit gelbem Linoleum ausgelegt, Pflanzen mit einer feinen Staubschicht auf den fleischigen Blättern zierten die Ecken der Flure. An einem Tisch neben einem Rundbogenfenster spielten zwei junge, bärtige Männer Karten. Beiden fehlten die Beine.

Motorradunfall.

Ich suchte Nikes Zimmernummer. Verschiedene Türen standen halb offen, aber ich scheute mich davor, hineinzublicken. Nikes Tür war angelehnt.

Ihr Bett hatte ein Rausfallgitter. Es stand kein Stuhl im Raum, dafür ein kleiner, runder Tisch mit einer gehäkelten Tischdecke. Postkarten hingen an der Wand zwischen den beiden kleinen Fenstern. Ein Gestrüpp aus Trockenblumen stand auf der Fensterbank. Nike war nicht da. Ich packte meine Tüte aus. Das Rascheln kam mir aufdringlich vor, viel zu viel Verpackung. Es war mir peinlich, dass der kleine Papiermülleimer deswegen überquoll. Ich hatte Farbtuben für Nike gekauft, doch auf dem Tisch lag bereits eine Schachtel neuer unbenutzter Buntstifte und ein Malblock. Ich stellte meine Farben dazu, legte meine Tasche auf einen Hocker in der Ecke, überlegte kurz, nahm sie noch einmal hoch und holte die Pralinenschachtel heraus. Ich stellte die Pralinen mittig auf den Tisch, die Blumenvase von der Fensterbank platzierte ich daneben. Jetzt erinnerte der Tisch

an eine Geburtstagsfeier. Ich ging ein paar Schritte, betrachtete mein Werk aus einer gewissen Entfernung und sah mir dann die Postkarten an der Wand an.
Schweden, Arizona, New York. Ein schwarzer Scherenschnitt zweier Schwäne, die ein Herz aus ihren Hälsen formen. Ich hob die Karte vorsichtig an der Ecke an. Eine fremde, krakelige Schrift kam zum Vorschein.
I was trying to go fishing ... I am thinking of you ... stand dort.
Ich dachte daran, dass ich Nike früher auch immer Postkarten geschrieben hatte. Auch immer eine zum Valentinstag.
Die Tür hinter mir ging auf. Ein unrasierter Pfleger kam herein, er schob Nike im Rollstuhl vor sich her. Ich musste schlucken. Sie sah anders aus. Nike trug eine Brille. Ihre Augen leuchteten nicht. Und sie war dick, ziemlich dick sogar. Ihre schweren Brüste und die dicken Arme steckten in einem formlosen grauen T-Shirt, auf dem ein Fleck Spaghettisoße prangte. Aber zweifellos war es Nike. Jemand hatte ihr alberne Zöpfe geflochten, wie bei einem kleinen Mädchen, hoch am Kopf. Pippi-Langstrumpf-mäßig.
Nike starrte apathisch nach vorne, die Frisur passte nicht zu ihrem Gesichtsausdruck.
»So. Na, schau, da hast du Besuch bekommen«, sagte der Pfleger monoton und wandte sich an mich: »Die Therapie hat heute länger gedauert.«
Ich nickte, kniete mich vor Nike hin und legte meine

Hand auf ihre. Sie fühlte sich rau an. Handcreme, schoss es mir durch den Kopf. Ich Idiot hätte Handcreme mitbringen sollen.

»Hallo, Süße«, sagte ich.

Niemals wieder würde ich *Bitch* sagen.

»Ich stell dich hier an den Tisch, dann kannst du mit deiner Freundin gemütlich Tee trinken, na?«, sagte der Pfleger, ohne Nike anzusehen.

Er schlug bei dem Satz einen künstlich beschwingten Tonfall an, wie ein Animateur im Cluburlaub. Der Pfleger rollte Nike zum Tisch und brachte die Blumenvase ungefragt wieder auf ihren Platz am Fenster. Dann holte er hinter dem Kopfende des Bettes einen Metallklappstuhl hervor und stellte ihn für mich auf. Ich setzte mich. Es war unbequem. Nike rührte sich nicht.

»Den Tee bringe ich gleich«, sagte der Pfleger zu mir und ging aus dem Zimmer.

Mir fiel auf, dass zwischen den Postkarten an der Wand ein Foto von Nikes Abiball klebte. Ein schönes Mädchen in ihrem senfgelben Abendkleid, schlank, mit Blumen in den Haaren. Ich spürte einen Druck im Gaumen. Der Pfleger kam mit zwei großen, dampfenden Teetassen wieder und stellte sie auf den Tisch.

»So, dann viel Spaß«, sagte er geschäftig und schloss die Tür.

Ich beugte mich vor und schob die Pralinenschachtel vor Nike.

»Ich habe dir Pralinen mitgebracht«, sagte ich.

Nike hob eine Hand, ohne mich eines Blickes zu würdigen, nahm eine Praline und schob sie sich in den Mund. Ihre andere Hand musste gelähmt sein, denn sie lag reglos und irgendwie eingetrocknet auf ihren Oberschenkeln. Bevor sie überhaupt mit dem Kauen anfing, nahm Nike noch eine Praline, und dann noch eine. Sie stopfte sich die Pralinen in den Mund, als wäre sie am Verhungern.

»Deinen Tee stelle ich hierhin, damit er nicht stört«, sagte ich und schob die heiße Tasse etwas weiter von Nike weg.

Sie reagierte nicht, kaute mit vollem Mund und schmatzte. Die Pralinen verwandelten sich in braunen Matsch, es roch nach Nougat und Spucke.

»Hör auf damit, ja?«, sagte ich leise.

Nike reagierte nicht. Ich starrte sie an. Über den Postkarten und dem Abifoto hing ein Kruzifix.

Gib sie mir zurück, dachte ich. Gib sie mir zurück!

Einen Gott gibt es im Leben nicht, hatte Nike früher immer gesagt, nicht in einer Welt, wo kleine Kinder in Kellerverliesen gequält und Hühnerküken lebendig geschreddert werden.

Gib sie mir zurück.

Nike machte den Mund auf, aber es kam kein Ton heraus. Ihr Mund war voller Schokolade.

»Rede mit mir«, sagte ich.

Aber Nike schwieg. Ich rüttelte an dem Rollstuhl. Nikes Kopf schlackerte hin und her. Sie öffnete den Mund und gab ein gurrendes Geräusch von sich. Ich ließ erschrocken los, ihr Atem stockte. Plötzlich öffnete sich die Tür, der Pfleger steckte seinen Kopf in den Spalt. Er lächelte, vom Flur her roch es nach Abendessen.

»Bei euch alles okay?«

Ich zwang mich zu einem Lächeln und nickte. Die Tür fiel wieder zu. Nike saß am Tisch, vor ihr die leere Pralinenschachtel. Plötzlich ließ sie den Kopf fallen und knallte mit voller Wucht auf den Tisch. An Nikes Schläfe pochte unter der blassen Haut eine schmale Ader. Kaum merklich. Fast unsichtbar.

DAS LIEBLINGSSPIEL

Die Parkwiese lag unter dem Herbstnebel, wie ein unwilliger Teenager, der sich morgens vorm Aufstehen noch ein letztes Mal die Decke über den Kopf zieht. Auf dem Gitter um den roten Tartanplatz hing kalter Tau, irgendwo plärrte die Trillerglocke einer verärgerten Straßenbahn, was von einer Autohupe erwidert wurde. Es war früh am Morgen, die Großstadtluft war unverbraucht und weich, ganz anders als im Sommer. Ich hatte meine Zwischenprüfung nach der vorgeschriebenen Semesterzahl zu allgemeiner Zufriedenheit abgelegt und gewöhnte mir gerade an, das frühe Aufstehen freiwillig beizubehalten, um weiter an meinen Artikeln zu arbeiten.
Auf dem Weg von der S-Bahn zur Bibliothek ging ich durch den Park. Ich strich im Vorbeigehen durch die

hohen Halme um den trockengelegten Springbrunnen, spürte den Tau auf meinen Fingern, horchte, wie der tönerne Kies unter meinen Stiefeln rieb, und betrachtete das Flammenmuster auf den herbstgefärbten Ahornblättern. An einer Ampel blieb ich stehen, wartete, musterte die morgenmüden Passanten. Der dort hinten sah aus wie Julian. Ich betrachtete den Mann, kniff die Augen zusammen. Nein, er war es tatsächlich.

Wie oft hatte ich mir schon ausgemalt, wie wir uns wiederbegegnen würden. In meiner Vorstellung entdeckten wir uns beide gleichzeitig. In Wirklichkeit aber sah er mich nicht, wartete an der Kreuzung und hielt sich an der Ampel fest, um nicht vom Fahrrad steigen zu müssen. Ich betrachtete ihn unbemerkt. Julian hatte sich einen Bart zugelegt, der dicht, rot und kraus war. Seine Augen lagen tief in ihren Höhlen, er wirkte müde und älter. Ich hätte ihn ansprechen können, rufen, winken, anlächeln. Aber ich tat es nicht.

Wir hatten einmal miteinander telefoniert, als ich ihm von Nikes Unfall erzählte. Damals hatte er angefangen zu weinen und abrupt aufgelegt. Ein zweites Mal, als ich sie mit ihm zusammen besuchen wollte, hatte er kurzfristig abgesagt.

Jetzt war er da, direkt vor mir, gutaussehend und männlich, angenehm älter und auf eine seltsame Art und

Weise sogar modisch. Irgendwann würde Julian mit einem um viele Jahre jüngeren Mädchen ein Baby bekommen und dann die üblichen Beziehungsprobleme haben, dachte ich. Oder er würde eine um Jahre ältere, zynische Frau kennenlernen, die weder Kinder noch seine Liebe brauchte. Er würde sie furchtbar anziehend finden und sie in inbrünstiger Überzeugung und voller Stolz ehelichen. Auch, um Steuern zu sparen. Es gab so viele Möglichkeiten. Aber alle hatten nichts mehr mit mir zu tun. Doch da war noch etwas anderes. Nike und mich würde er niemals loswerden. So wie ich ihn nicht loswurde.

Die Ampel schaltete auf Grün, die Zeit bewegte sich wieder schneller. Julian trat in die Pedale und verschwand hinter dem Gelb einer Straßenbahn. Aus einem Blitzimpuls sprang ich auf einmal zwischen die hupenden Autos und wedelte wie eine Windmühle mit den Armen.

»Julian! Julian! Julian!«

Meine Stimme erhob sich sirenenhell über die Bäume, über die alten Häuser und die ausgebauten Dachgeschosse, höher noch als der Fernsehturm, höher als die schmutzigen Stadtwolken. Ich rief seinen Namen so laut und so lange, bis Julian mich hörte, und ich wartete mitten auf der Kreuzung, bis er vor mir stand. Er umarmte mich lange.

Von da an trafen wir uns selten, aber regelmäßig. Seltener in Berlin, umso häufiger in den Ferien, oder um die

Weihnachtstage, wenn wir unsere Familien in der Kleinstadt besuchten. Achim wollte nie mitkommen, wenn ich mich mit Julian traf. Aber wenn ich selbst einmal keine Lust hatte, Julian zu sehen, drängte er mich dazu, meine Verabredungen einzuhalten. Achim kannte mich, und ich ärgerte mich nur zum Schein, wenn er mich wie ein altkluger Guru über den Umgang mit Vergangenem und Zukünftigen belehrte. Innerlich wusste ich, dass er recht hatte, selbst wenn er hin und wieder ziemlich besserwisserisch wurde.

Diesmal hatten Julian und ich uns in dem Café verabredet, wo wir uns mit der Zuckerdose unterhalten hatten. Der Winter hatte das beschauliche Leben der Kleinstadt in alle vier Himmelsrichtungen eingefroren. Julian war aus Rom angereist, wo vor kurzem eine Ausstellung von ihm eröffnet wurde und er als Künstler anwesend war.
»Ich habe dir etwas mitgebracht«, sagte er und reichte mir ein verschnürtes Paket. »Damit du weißt, wie wichtig du mir bist«, sagte Julian. »Auch in der Zeit, in der wir uns nicht ... sehen.«
Er hustete erkältet. Für einen kurzen Moment hatte ich das drückende Gefühl, ich müsste ihm das Gleiche entgegnen. Ich packte einen Ausstellungskatalog von seinen Arbeiten aus. Es war Julians erfolgreichstes Jahr.
»Es ist das letzte Exemplar der Originalausgabe mit dem Lithocover«, sagte Julian. »Ich wollte, dass du es bekommst.«

Es war ein Bild von zwei Mädchen auf einem Sofa. Zwei wilde Hexen mit wehendem Haar. Über die schwarzen Tuschestreifen und pastosen Farbspuren floss eine luzide grünliche Brühe. Sie verschleierte die Mädchenfiguren wie mit einem Vorhang, ohne sie wirklich zu verbergen.

»Spülmittel?«, fragte ich, und Julian nickte.

Die Mädchen auf dem Bild tranken Wein, eine von ihnen hatte die Beine hochgelegt, wie ein Pin-up.

Wir schwiegen.

»Hast du wieder jemand?«, fragte er mich.

Unwillkürlich musste ich grinsen.

»Ja, so ein Typ aus der Uni«, sagte ich dann, »klug, lustig und sexy – alles richtig gemacht.«

Es hörte sich an, als würde ich einen Witz erzählen, dabei war es die Wahrheit. Trotzdem spürte ich, wie meine Ohren rot wurden. Wie ein tasmanischer Teufel, dachte ich und verschluckte mein aufsteigendes Kichern, als wäre es ein peinliches Aufstoßen.

»Es fühlt sich ganz erwachsen an, eine richtig ernste Beziehung«, sagte ich stattdessen. »Es ist ... schön.«

Julian schwieg einen Moment und legte dann seine kühle Hand schwer auf die meine.

»Ich glaube, es war gut, dass ich dich damals ... habe ziehen lassen«, sagte er. »Es ergibt Sinn, das Leben, das du jetzt hast. Ich, Haus, Hof und Kinder – kannst du dir das vorstellen?«

»Weiß ich nicht«, sagte ich.

»Habt ihr denn vor zu heiraten?«, fragte Julian, ohne mich anzusehen.
Er schnäuzte sich, seine Augen tränten. Er sah elend aus. Ich blickte ihn an.
»Vielleicht. Eigentlich nicht. Er würde gerne.«
»Und du?«
»Kennst du Jenny Holzer?«, fragte ich.
»Die Konzeptkünstlerin?«
»Jenny Holzer hat mal gesagt, sie macht Konzeptkunst, weil ihr irgendwann klarwurde, dass sie nicht Mark Rothko sein kann.«
»Mark Rothko, der Maler?«
»Genau.«
»Und das bedeutet?«
»Dass ich nicht heiraten will.«
Ich trank von meinem Tee, hörte mein Schlucken, und es kam mir wie immer zu laut vor. Julian atmete hörbar ein und aus.
»Das klingt deprimierend.«
»Ist es aber nicht. Jenny Holzer ist inzwischen über sechzig, eine anerkannte feministische Konzeptkünstlerin, und hat sogar wieder angefangen zu malen«, sagte ich.
Julian lachte.
»Und sie verdient damit einen Haufen Kohle?«, fragte er.
»Vor allem ist sie immer noch politisch relevant«, ich grinste, »und klar verdient sie einen Haufen Kohle.«

Julian machte ein Geräusch, eine Mischung aus Jauchzen und Seufzen.
»Ich hätte nie gedacht, dass alles so ausgeht«, sagte er leise. »Ich habe mir viele Vorwürfe gemacht.«
Er grinste schief, dann verzog sich sein Mund zu einer schmerzverzerrten Grimasse. Das Unausgesprochene zwischen uns blieb, ganz gleich, wie oft und offen wir miteinander sprachen.
»Ich trage dir nichts nach«, sagte ich.
Julian betrachtete den Katalog vor mir auf dem Tisch. Kurz wirkte er aufrichtig dankbar.
»Seit Kara das Management macht, ist es krass geworden. Sie trägt nur noch Designerklamotten und macht alle wahnsinnig«, sagte er lächelnd.
»Das kann sie gut«, sagte ich.

Noch bevor wir den Klingelknopf drücken konnten, öffnete uns Frau Molpe schon die Tür. Sie musste gewartet haben, sah uns kaum an und ließ uns eintreten. Die Wohnung war umgebaut worden. *Behindertengerecht.* Wir folgten Nikes Mutter über den Flur. Es roch nach Reinigungsmitteln und Medikamenten.
Nikes Vater hatte ihren Unfall nie verwunden und tat alles dafür, ihn zu vergessen. Er war vor einem Jahr nach Ägypten ausgewandert, wo er von seiner Rente unweit einer Bucht leben konnte, in der die Knabberfische an seiner Hornhaut kauten, kaum dass er die Füße ins Meer tunkte. Frau Molpe kümmerte sich fast ausschließ-

lich alleine um Nike, kämpfte tapfer und weit über ihre Kräfte hinaus.

Im Wohnzimmer sah ich den Rollstuhl und das glänzende Braun von Nikes Haaren. Ich hatte ihr schon vor einer Weile die Haare kürzer geschnitten. Keine blöden Zöpfchen mehr. Nike wirkte älter, als sie war, doch auch moderner und selbstbestimmter. Sie saß aufrecht da, ihr Körper kräftig, aber nicht mehr aufgeschwemmt. Drei Mal die Woche bekam sie Besuch von einer Physiotherapeutin, die mit ihr das Gehen am Rollator übte. Nikes Mutter nickte uns knapp zu. Dann nahm sie ihren Mantel und verließ die Wohnung.
Ich setzte mich auf den gepolsterten Hocker. Julian blieb mit einer entspannten, naiven Miene, die er immer bekam, wenn wir hier waren, am Schreibtisch stehen. Als würde die Zeit in seinem Kopf innehalten und nur eine dumpfe Freundlichkeit zulassen. Nike zeigte uns ihr frisch renoviertes Zimmer. Ein paar Möbel waren neu, ich hatte sie gemeinsam mit Nikes Mutter ausgesucht. Danach klammerte sich Nike an einem Wandgeländer fest, um uns ihre Standfestigkeit zu demonstrieren. Wir bewunderten ihre Erfolge. Sie lachte ein fremdes Lachen mit ihrer tiefen Stimme. Von düsteren Gedanken schien sie nicht mehr geplagt zu werden. Die neuen Tabletten wirkten.

Erst nach und nach hatte Nike begriffen, was mit ihr geschehen war. Sie hatte sich geweigert, zu essen und zu trinken, bis man sie zwangsernährte. Ihr Erinnerungsvermögen war beschädigt. Julian und ich erzählten ihr immer wieder, wer wir waren. Alles, ohne etwas auszulassen.

»Ich lasse dich nicht alleine«, hatte ich zu ihr gesagt, aber sie hatte mir nicht geglaubt.

Auch Nikes Mutter hatte mir nicht geglaubt. Mittlerweile gehörte diese mir fremde Frau zu meinem Leben dazu – ich sah sie ebenso regelmäßig wie meine eigene Mutter. Manchmal blieb ich über Nacht bei Nike, in den Ferien zusammen mit Julian auch für mehrere Tage, damit Frau Molpe in den Urlaub fahren konnte. Wenn Julian länger nicht in Deutschland war und nicht kommen konnte, begleitete Achim mich. Nur sagten wir nicht mehr Nike zu ihr. Ich nannte sie Berenice, so wie es auch ihre Mutter tat. Selbst Julian nannte sie nie wieder bei ihrem alten Namen. Er sagte: *Du* und lächelte freundlich. *Berenice* stand in ihrem Pass, und der Name passte besser zu der Person, die sie geworden war.

Am Abend holte ich eine Schüssel mit warmem Wasser und weichte Berenice' Finger darin ein. Julian massierte ihr die Hände, und ich feilte und lackierte ihr die Nägel. Wir brachten sie ins Badezimmer. Ich half ihr beim Ausziehen, und Julian setzte sie auf den runden Hocker in der ebenerdigen Dusche. Nike sah verwandelt aus. Jungfräulich weiß und unrasiert, wie ein Pan. Ich wusch ihr das kurze Haar mit einem nach Mango duftenden Shampoo und half ihr beim Zähneputzen. Dann ging ich ihr nach, als sie zum Kleiderschrank rollte, um mir das Nachthemd zu zeigen, das sie tragen wollte. Mir kam es vor, als leuchte ein Funke Schadenfreude in ihren Augen auf, als sie mir erklärte, dass sie von mir und nicht von Julian ins Bett gehievt werden wollte.

»Schwer bist du«, keuchte ich unter ihrem Gewicht, schaffte es aber, sie ins Bett zu legen.

Julian machte das Fenster auf, um noch kurz vorm Schlafen durchzulüften. Berenice starrte düster auf die Wand über ihrem Bett. Ihre Mutter hatte dort ein Aquarellbild aufgehängt. Ein Sonnenaufgang über der Ostsee.

Wie im Altersheim, dachte ich und tauschte einen Blick mit Julian. Wir hatten sie noch, die Verbindung, wenn wir uns ansahen – wir drei. Ich ging in den Flur, holte Julians Katalog aus meiner Tasche. Ohne ein Wort zu verlieren, nahm er eine Schere von Berenice' Schreibtisch und schnitt das Cover ab. Berenice lächelte zustimmend, Julian reichte mir den abgehängten Rahmen, und ich steckte das Blatt mit den weintrinkenden Mädchen über den Sonnenuntergang.

Als ich mit der Wärmflasche kam, fummelte Berenice an ihrer Windel herum. Ich sah die Tücher und die Seife und die Unterlagen, die griffbereit neben dem Bett lagen. Ich sah auch die Einweghandschuhe. Aber es kam mir immer unpassend vor, sie zu benutzen. Ich wollte

meine Freundin nicht mit Plastikhänden anfassen und kümmerte mich um sie wie um ein Baby. Mit müder Stimme bestand Nike darauf, dass wir ihr die Decke unterschoben, von allen Seiten, so dass sie wie eine Raupe dalag. Ich küsste sie auf die Stirn, bevor Julian das Fenster schloss und das Licht ausmachte.
»Gute Nacht, Süße«, sagte ich.
»Schlaf gut, streck Fuß!«, rief Berenice und kicherte ihr neues Lachen.
So etwas hätte Nike früher nie gesagt.
»Träum was Schönes, Frechdachs«, sagte Julian ernst und ruhig.
Ich ging ins Badezimmer und wusch mir die Hände. Medizinisch sauber, dachte ich beim Schrubben. Es war eine fragile Ruhe, bei der man am liebsten selbst die Hausschuhe ausziehen möchte, um jedes Knacken und Knarzen zu vermeiden, damit man wie ein Eiskunstläufer nur in lautlosen Wollsocken durch die Flure gleitet. Julian ging in die Küche, um Tee zu kochen. Wenn wir für länger blieben, schliefen wir im Gästezimmer, aber heute Nacht würden wir hier nicht übernachten. Ich hängte das Handtuch zurück an den Haken, blieb kurz unschlüssig im Flur stehen und trat dann noch einmal in Berenice' Zimmer.

Meine Augen gewöhnten sich langsam an die Dunkelheit. Ein kleiner Plastikwecker tickte. Berenice' schlafendes Gesicht sah wie eine Wachsmaske aus, sie lag bewegungslos und atmete unhörbar. Mir fiel erst jetzt auf, dass vor ihrem Bett ein Stapel Bücher lag. Ein Positiv-Denken-Ratgeber, ein Gedichtband und fünf oder sechs dicke Kitschromane, die Nike früher nicht einmal angefasst hätte. Vermutlich hatte ihre Mutter die Bücher dorthin gelegt, nur für den Fall – Berenice' Gedächtnis funktionierte nicht mehr gut genug für das bewusste Lesen. Ich nahm ein Buch nach dem anderen, sah sie mir an. Ganz unten im Stapel entdeckte ich das gelbe Buch mit dem Liebespaarfoto. Der nackte, nachdenkliche Junge und das Mädchen, das sich das Kleid auszog. Es war die gleiche Ausgabe, die Nike mir zum Abschied geschenkt hatte, als sie zum Studium aufgebrochen war. Ich dachte an die toten Ratten auf den ersten Seiten und daran, dass ich mein Buch in Paris alter Wohnung zurückgelassen hatte. Ich klappte die Buchdeckel im Halbdunkeln auf. Die Seiten fächerten auseinander, ich atmete ihren Geruch. Im hinteren Drittel steckte ein Foto. Es war kaum sichtbar, vielleicht hatte Nike es dort versteckt. Ich klappte das Buch wieder zu. Wahrscheinlich hat jemand es dort vergessen, bestimmt hatte Nike es selbst vergessen. Ich atmete die kühle Luft in dem Zimmer, die graue Verlassenheit, die langsamen Minuten, die vergingen, während Berenice unbeweglich dalag und ich dabeistand. Julian kruschelte in der Küche herum. Er räumte den Geschirrspüler ein und stellte die Waschmaschine an.

Ich schlug das Buch wieder auf. Das Foto starrte mich an:

Nike, die in einem fast schwarzen See zwischen dunklen Felsen badete. Nordische Kiefern und Gräser umsäumten das Wasser. Sie stand nackt bis zur Hüfte im Wasser, sah hoch zu der Kamera und lachte. Ihre Gestalt war schmal, aber nicht zerbrechlich, ihr nasser Busen leuchtete gleißend weiß in dem Licht des Blitzes. Nikes Augen waren durch ihr Lachen zu grünen Schlitzen geworden. Ich schaute lange in ihr glückliches Gesicht, als wollte ich hineintauchen, wie Nike in diesen nachtschwarzen See. *Wir müssen aufhören, uns unsere Träume von ranzigen alten Männern vorbeten zu lassen. LP.*[12] stand in Nikes unverwechselbarer Schrift auf der Rückseite. Vor meinem inneren Auge drehte Nike sich nach mir um. Eine ihrer typischen, schnellen Bewegungen, voller Aufmerksamkeit, wie ein Vogel.

Ich fand meine Handtasche im Flur, holte mein Portemonnaie raus und steckte Nikes Foto zwischen die Scheine. Keiner würde es vermissen, da war ich mir sicher. Weil es überhaupt niemand suchte. Es war das schönste, fremdeste und fernste Bild, das ich je von meiner Freundin gesehen hatte.

Nike hat es für mich dort aufgehoben, dachte ich. Weil ich keines ihrer anderen Bücher aufgeschlagen hätte. Das

---

12 Der Satz stammte aus »Unsagbare Dinge: Sex, Lügen und Revolution« von Laurie Penny, das in Hamburg in der Edition Nautilus 2014 erschienen ist. Auch Faina hatte das Buch auf ihrem Kindle und den Satz im Nachwort Absatz 11 schon vor Jahren beim Lesen farbig markiert.

war bestimmt kein Zufall. Trotzdem war ich hektisch, als würde ich etwas stehlen. Mit dem Foto in meinem Besitz spürte ich, wie sich das Leck in meinem Inneren schloss. Es blieb eine Narbe. Aber ich würde daran nicht zugrunde gehen.

Draußen fielen klumpige Schneeflocken, die wie Zuckerwattefetzen aussahen. Es schneite immer zuerst auf der Nordseite. Im Fernsehen lief eine Komödie. Julian wartete bereits auf dem Sofa im Wohnzimmer und stellte den Ton aus, als die Werbung einsetzte.
»Dein Tee wird kalt«, sagte er.
Ich setzte mich zu ihm. Im Nebenzimmer hörten wir Berenice schnarchen. Sie klang wie ein schnurrendes Tier. Nach einer Weile schaltete Julian den Ton wieder an. Ich legte meinen Kopf in seinen Schoß. Der Film war hohl und bonbonfarben und passte zu Julians freundlichem Gesicht von vorhin, das er nun nicht mehr hatte. Seine Hände waren angenehm warm. Julian schaltete den Fernseher aus, aber wir rührten uns nicht. Erst als sich der Haustürschlüssel in der Tür drehte und Berenice' Mutter hereinkam, erhoben wir uns, zogen unsere Schuhe und Jacken an und verabschiedeten uns leise.

Auf dem weitläufigen Rasen im Vorgarten lag Schnee. Die Luft war trocken und rein. Unsere Räder waren auf der anderen Seite der Straße angeschlossen, verrostete Gazellen in Ketten.

»Lass uns das Lieblingsspiel spielen«, sagte ich.
Julian blickte mich fragend an. Seine violette Wollmütze hatte einen dicken roten, albernen Bommel. Er folgte mir auf die Wiese. Ich nahm ihn an beiden Händen und drehte mich wie ein Kreisel. Julian rannte um mich herum, die Augen fest auf mein Gesicht geheftet, immer schneller, bis er die Orientierung und den Boden unter den Füßen verlor. Dann ließ ich los, und er taumelte aus meiner Umlaufbahn, quer über die unberührte Schneefläche wie eine vom Wind verwirrte, schwere grauviolette Schneeflocke. Das Kreisen in meinem Kopf zwang mich auf die Knie. Ich sackte am Ende meiner schnörkelnden Schuhabdrücke zusammen und kauerte einen Moment lang im Schnee.
Dann nahm ich erneut Schwung und drehte mich, bis ich nichts mehr sehen konnte und wie betäubt um die nassschmelzenden Fußstapfen von Julian herumtanzte. Nikes verwitterter Fensterrahmen formte die Dunkelheit in ihrem Zimmer zu einem sauberen Rechteck. Es war ihr Lieblingsspiel, sie hat es schon als Kind nicht sein lassen können.

Die junge Nacht um uns herum war absolut still. Die Schneeschicht dünn, nicht ganz weiß, eher gräulich. Als wir gingen, hinterließen wir ein bezauberndes Gemälde aus schwunggelenkten Matschspuren, die sich langsam mit eisklarem Wasser füllten.

Ich danke Nicole Gruchot, die mich trotz unserer wenigen Treffen für mein Leben lang mit ihrem Mut, ihrer Stärke und ihrer Freiheit beeindruckt hat. Ich danke Dr. Christoph Sedlin für Karas Diagnose, den freundlichen Ausblick auf ihr spannendes Leben und den Einblick in die psychiatrische Arbeit. Ich danke Dr. Fridolin Groß für das aufschlussreiche Gespräch um Mitternacht, bei dem ich den philosophischen Aspekt der T-Lymphozyten begriffen habe. Ich danke Dr. Friedrich W. Johenning für die Bereitstellung des Python-Codes für Julians nackte Haut und den unterhaltsamen Crashkurs in Systembiologie und molekularen Zellforschung, den die Systembiologie wie die Zellforschung hoffentlich unbeschadet überstanden haben. Ich danke Dr. Julius Heinicke für die imposante Beratung bezüglich der Feinheiten der Performativen Künste.
Danke an Philipp Bellinger für die unerschütterliche Freundschaft und die Bar KIM, in welcher ich zu jeder Tag- und Nachtzeit schreiben durfte. Philipp Bellinger, Gernot Wöltjen, Maria Christine Brehmer und Hannes Held danke ich an dieser Stelle auch für ihre kostbare Zeit, beeindruckendes Können und Kreativität bei der

Umsetzung des Videotrailers zu diesem Buch. Ich danke Susanne Aichele, Katheryna Bessonova, Ramona Bobu, Rebecca Brouwers, Patrick Dettling und Wolfram Lotz, Peter Fischer, Dr. Joachim Friedmann, Lisa Violetta Gaß, Heicke Johenning, Frank Oberhäußer, Ellen Mappes, Adina Matulat, Susanne Metzger, Timon Morgan Modersohn, Myvanwy Ella Penny, Ludger Maria Schäfer, Dr. Lars D. Schmidt, Orest B. Skakun, Christoph Stöter, Eva Strasser, Jenny Marie Elisabeth Sturm, York-Fabian Raabe, Oliver Miller und Kuno Herrling: Für die Liebe, Herausforderungen, Unterstützung in aufregend wichtigen Lebenslagen und die sehr besonderen Momente, die mich inspiriert haben.
Tatjana Kadis, Sarah Elisabeth Rabkina, Margret Held, Delphine und Andrea Pinkowski danke ich für das hilfreiche Lesen von frühen Fassungen. Ich danke Alexandra Rak für ihren aufmunternden Humor und die inspirierte Sorgfalt mit meinen Texten. Ich danke meiner Verlegerin Ulrike-Anne Metzger für ihr Vertrauen und ihre Zuversicht. Meiner Mutter danke ich für das unbezahlbare Geschenk der Zeit, die ich in meine Arbeit investieren darf. Ein großer Dank geht an Hannes Held für die strukturelle Unterstützung und partnerschaftliche Rücksichtnahme in kreativen Krisenzeiten.

Ein besonderer Herzensdank gilt Tilman Spreckelsen, der beständig an mich und diese Geschichte geglaubt hat und mir die Kraft geschenkt hat, sie fertigzuschreiben.

Tilman Spreckelsen ist Redakteur der »Frankfurter Allgemeinen Sonntagszeitung« und vielseitiger Autor. In der Reihe mit dem »Blauen Band« erscheinen Bücher, die er als Kind und Jugendlicher geliebt hat – oder solche, die er gerne gelesen hätte. Bücher für den Kopf, für das Herz, Bücher, die einen ein Leben lang begleiten können.

DIE BÜCHER MIT DEM BLAUEN BAND

Herausgegeben von Tilman Spreckelsen

David Almond, *Heaven*

Dieter Bartetzko, *Türme, Paläste und Kathedralen. Eine Zeitreise durch die Geschichte der Architektur*

John Boyne, *Der Junge im gestreiften Pyjama. Mit farbigen Bildern von Gianni De Conno*

Nadia Budde, *Such dir was aus, aber beeil dich!*

John Christopher, *Der Fürst von morgen*

Dr. Seuss, *Grünes Ei mit Speck. Das Allerbeste von Dr. Seuss*

Susanne Fischer, *Der Aufstand der Kinder*

Susanne Fischer, *Der Aufstand der Kinder – Die Rückkehr der Feuerlandbande*

John D. Fitzgerald, *Mein genialer Bruder und ich*

Louise Fitzhugh, *Harriett – Spionage aller Art*

Clement Freud, *Grimpel*

Robert Gernhardt, *Ein gutes Wort ist nie verschenkt. Gedichte und Geschichten für Kinder*

Marie Hamsun, *Die Langerudkinder*

Ludwig Harig, *Wie die Wörter tanzen lernten. Eine erlebte Poetik*

Herbert Heckmann, *Geschichten vom Löffelchen*

Oscar Hijuelos, *Runaway*

Felicitas Hoppe, *Iwein Löwenritter*

Regina Kehn, *Das literarische Kaleidoskop*

Ole Lund Kirkegaard, *Hodja im Orient*
Tanya Lieske, *Sommernachtstraum*
Michael Morpurgo, *Nur Meer und Himmel. Die Geschichte meines Großvaters*
Marie-Aude Murail, *Das ganz und gar unbedeutende Leben der Charity Tiddler*
Peggy Parnass, *Kindheit – Wie unsere Mutter uns vor den Nazis rettete*
Alexandra Rak (Hg.), *Mitten im Leben sind wir vom Tod umfangen. Erzählungen über den Ersten Weltkrieg*
Gianni Rodari, *Gutenachtgeschichten am Telefon*
Marlene Röder, *Cache*
Georg Rüschemeyer, *Menschen und andere Tiere. Vom Wunsch, einander zu verstehen*
Nataly E. Savina, *Meine beste Bitch*
Silke Scheuermann, *Emma James und die Zukunft der Schmetterlinge*
Robert M. Sonntag, *Die Scanner*
Wolfgang Spreckelsen (Hg.), *Das Haus hinter Mitternacht. Unheimliche Geschichten zum Erzählen*
Theodor Storm, *Mondschein über dem Deich. Spukgeschichten und Märchen*
Richard von Volkmann Leander, *Die Traumbuche und andere Träumereien an französischen Kaminen*
Volker Weidermann, *Ma.Lu.Lu.Ka. – Ein Ratekrimi*
Martina Wildner, *Grenzland*
Johann David Wyss, *Der schweizerische Robinson. Nacherzählt von Peter Stamm*